Krischan Koch
Der Weiße Heilbutt

AF214980

Ein Bilderbuchsommer auf Amrum. Halb Fredenbüll und die komplette »Hidde Kist« machen Urlaub auf der Insel. Am trubeligen Strand spült eine Welle dem kleinen Finn plötzlich einen abgetrennten Frauenfuß auf seine Kinderschaufel, während alle aufs Wasser starren. Ein riesiger weißer Fisch ist vor der Küste aufgetaucht. Massenpanik bricht aus. Hat der Killerfisch bereits eine Frau getötet? Aber wo ist dann die Leiche?
Das eingespielte Team Thies Detlefsen & Nicole Stappenbek nimmt unverzüglich die Ermittlungen auf.

Krischan Koch wurde 1953 in Hamburg geboren. Die für einen Autor üblichen Karrierestationen als Seefahrer, Rockmusiker und Kneipenwirt hat er sich geschenkt. Stattdessen macht er Kabarett und Kurzfilme und schreibt seit vielen Jahren Filmkritiken u. a. für die ›DIE ZEIT‹ und den ›Norddeutschen Rundfunk‹. Koch lebt mit seiner Frau in Hamburg und auf der Nordseeinsel Amrum, wo er mit Blick aufs Watt seine Kriminalromane schreibt.

Krischan Koch

Der Weiße Heilbutt

Ein Insel-Krimi

dtv

Von Krischan Koch
sind bei dtv großdruck außerdem erschienen:
Flucht übers Watt
Venedig sehen und stehlen

Die Fredenbüll-Reihe
Rote Grütze mit Schuss
Mordseekrabben
Rollmopskommando
Dreimal Tote Tante
Backfischalarm
Pannfisch für den Paten
Mörder mögen keine Matjes
Friedhof der Krustentiere

Ungekürzte Ausgabe 2025
© 2021 dtv Verlagsgesellschaft mbH & Co. KG,
Tumblingerstraße 21, 80337 München
produktsicherheit@dtv.de
Umschlaggestaltung: dtv unter Verwendung eines Bildes
von Gerhard Glück
Satz: 3w+p Typesetting Automation Experts, Rimpar
Druck und Bindung: Druckerei C.H.Beck, Nördlingen
Printed in Germany ISBN 978-3-423-25459-5

Für Gudi und Matthias
auf dem Törn durch die Dänische Südsee

»Wir werden ein größeres Boot brauchen.«
Martin Brody in Steven Spielbergs ›Der weiße Hai‹

1

Über dem Wasser liegt ein sommerliches Flirren. Die müde warme Meeresbrise verweht in einem Duftcocktail verschiedener Sonnenöle. An dem Aufgang in Nebel stehen dicht gedrängt die Strandkörbe. Dazwischen pesen dünne Jungen mit Keschern hindurch. Einem kleinen Mädchen rutscht das Eis vom Stiel in den Sand. Ihr Schluchzen geht in dem Johlen anderer Kinder unter. Das Klackern vom Strandtennis und Boccia mischt sich mit den Kommandos des Surflehrers, dessen Schüler mit ihren Brettern auf dem Wasser dümpeln. Rufen, Lachen und Kinderschreien verbinden sich mit dem Klatschen gebaggerter Volleybälle und dem trägen Flattern eines Drachen zu einer Toncollage. Es klingt wie in einem überfüllten Freibad. Auch im Wasser sieht es aus wie in der Badeanstalt. Das flache Ufer ist dicht bevölkert von Kindern mit Taucherbrillen, von Familienvätern, die mit kalkweißen Beinen im knietiefen Wasser verharren, von riesigen, auf den Wellen schaukelnden Gummischwänen und Sonnenbadenden auf Luftmatratzen, die mit den Surfschülern kollidieren. Weiter draußen treibt eine Gummibadeinsel, von der zwei Jungs immer wieder johlend herunterspringen. Und noch ein Stück weiter pflügt kraulend ein betagter Fahrtenschwimmer mit Badekappe und Nasenklammer durchs Wasser.

Die Flagge am DLRG-Häuschen hängt schlapp am Mast herunter. Die beiden Bademeister stehen mit verspiegelten Sonnenbrillen auf ihrem Beobachtungsstand. Einer blickt gebannt in die weite Ferne, als würde vor Helgoland gerade jemand ertrinken. Der andere sieht den vorbeilaufenden Mädchen hinterher, die sich kichernd nach ihm umdrehen.

Die Fredenbüller Imbisswirtin Antje und ihr Stammgast Piet Paulsen beobachten die Sommerszenerie von ihrem Strandkorb aus. Finn, der kleine Sohn der Husumer Kriminalhauptkommissarin Nicole Stappenbek, verbringt mit Quasi-Patenonkel Piet und Antje vor seiner Einschulung eine Ferienwoche an der See. Während Finn mit ein paar anderen Kindern zusammen begeistert im nassen Sand buddelt, döst Imbisshündin Susi im Schatten des Strandkorbs vor sich hin. Die blonde Frau im benachbarten Strandkorb dagegen hält ihr glänzendes Gesicht der gleißenden Mittagssonne entgegen. Ihr schwitzender Gatte daneben beschränkt das Sonnenbad auf den bereits dunkelbraun gerösteten Bauch. Über den Beinen liegt ein Badehandtuch und auf dem Kopf die Titelseite der Zeitung mit der Schlagzeile »Schon wieder Jahrhundert-Sommer!«.

Während Antje für Piet ein Krabbensandwich und ein

kühles Getränk aus der schicken neuen Kühltasche mit dem Kirschmuster zaubert, schaufelt Finn zusammen mit Emma, August und seinem neuen Freund Karlchen aus dem Kinderheim freudestrahlend einen Kanal in den Sand. Finn und August schwingen die Kinderschaufeln. Der nasse Sand fliegt durch die Luft.

Die Mutter von Emma und August kann das gar nicht mit ansehen. »Auuuugust! Achtung! Die Schaufel! Das ist gefääährlich!« Es sieht tatsächlich aus, als würde die über-besorgte Helikoptermutter aus ihrem Strandkorb heraus-fliegen. Aufgebracht zeigt sie auf die Kinderschaufel. Am liebsten würde sie Finn die gefährliche Waffe gleich aus der Hand reißen.

»Seid ihr verrückt? Damit könnt ihr euch verletzen!«

Antje und Paulsen drehen sich staunend zu ihr um. Die Kinder bekommen es in ihrem Eifer gar nicht mit.

»Abenteuerurlaub mit August«, raunt Antje mit einem Grienen.

»Schon komisch.« Piet wischt sich mit dem Handtuch ein paar Schweißperlen von der Stirn. »Emma und August, dat waren doch früher die Namen von den Großeltern.«

»Stimmt. Und die haben ihre Kinder dann Piet und Antje genannt …« Die Imbisswirtin reicht Piet das Krab-bensandwich. »… oder nachher auch Janine und Kevin.«

»Dann können ja die Enkel August und Emma dem-nächst mit Opa Kevin an den Strand losziehen.«

Jetzt widmen sich Antje und Piet erst mal ihrem Imbiss und genießen mit Blick aufs Wasser ihr Krabbensandwich. So voll haben sie den Amrumer Badestrand noch nie erlebt. Es gibt keinen freien Meter. Zwischen den plantschenden Kindern mit Schwimmflügeln stelzen die Sonnenbadenden, die sich nur kurz abkühlen wollen, in geschlossener Formation ins auflaufende Wasser. Für die Boards der Windsurfer gibt es kaum ein Durchkommen. Überall spritzt das Wasser, und in den Tropfen glitzert die hochstehende Sonne.

Die beiden Lifeguards von der DLRG lassen ihren Blick gelangweilt über das ausgelassene Badeleben schweifen und reiben sich ihre trainierten Waschbrettbäuche mit Sonnencreme ein. Sie fühlen sich im Augenblick wenig gefordert. Jan, der große Dunkelhaarige, der mit seinem Undercut wie ein GI aus den Sechzigern aussieht, nimmt aus lauter Langeweile das Fernglas zur Hand. Langsam fährt er damit den Horizont ab und bleibt dann an einem weißen Etwas im Wasser neben der Badeinsel mit den beiden Jungs hängen. Was ist das? Ein weißer Fisch? Er sieht riesengroß aus. Die aufgeblasene Gummibadeinsel kommt gefährlich ins Schwanken. Die badenden Jungs haben es noch gar nicht mitbekommen. Aber ein Wal kann es doch nicht sein, oder?

»Hörbi, was is 'n das für 'n Fisch?«, nuschelt der Dunkelhaarige. »Du kennst dich doch aus. Wat is dat?«

Der zweite Bademeister greift jetzt ebenfalls zum Fernglas »Keine Ahnung.« Hörbi stellt sein Fernglas scharf.

»Du hast doch diese Fisch-App.« Dabei behält Jan den weißen Fisch immer im Blick.

Hörbi hat sofort sein Handy gezückt und die Fischbestimmungs-App aufgerufen. »Ich muss was eingeben ... Gruppe, Größe oder Vorkommen ... Keine Ahnung.«

»Ja ... Nordsee. Gib schon ein!«

»Da kommt gleich Scholle.«

»Verdammt, Hörbi, das is keine Scholle.« Der Rettungsschwimmer mit der modischen GI-Frisur ist nervös. Er sieht, wie der große Fisch unter die Badeinsel taucht und sie zum Kippen bringt.

»Na ja, dat meiste hier im Wattenmeer sind Schollen, Sandschollen ... ich kann hier die Größe eingeben.«

»Ja, mach hin! Gib die Größe ein!« Jan sieht jetzt, wie die beiden Jungs neben der Badeinsel und dem weißen Fisch im Wasser zappeln.

»Wie groß?« Hörbi tippt und streicht weiter auf seinem Smartphone herum. »Steinbutt? Bis zu siebzig Zentimeter?«

»Größer!« Jan sieht gebannt durch sein Fernglas. »Er kommt jetzt auf das Ufer zu. Verdammt, was ist das?« Er sieht eine dreieckige Schwanzflosse aus dem Wasser ragen.

»Hier steht auch was von Laichzeit und den passenden Ködern zum Angeln.«

»Scheiße, Hörbi, uns interessiert nicht die Laichzeit. Wir

wollen wissen, was das ist und wie gefährlich dieser weiße Monsterfisch ist.«

»Ein bis zwei Meter?« Hörbi ist in der nächsten Kategorie gelandet.

»Größer. Wesentlich größer!« Mit Entsetzen beobachtet Jan, wie der Fisch jetzt auf die Luftmatratze mit einem Mädchen zusteuert. »Der ist dreimal so groß wie das Mädchen auf der Luftmatratze. Mindestens.«

»Hier … der Weiße Heilbutt.« Hörbi ist fündig geworden. »Wird bis zu fünf Meter groß. Der König der Raubfische. Gehört nicht zur Familie der Butte, sondern der Schollen. Wat hab ich gesagt.« Er zeigt seinem Kumpel das Foto des Fisches.

»Scheiße, was ist das denn? Abartig. Sieh dir dieses riesige Maul an!« Und dann sieht Jan wieder aufs Wasser. »Neiiin, er hat das Mädchen von der Luftmatratze geworfen! Ich bin mir nicht sicher, ob die schwimmen kann. Sieht mir nicht danach aus.«

Auch Hörbi zückt wieder sein Fernglas. »Der Monsterbutt nimmt Kurs auf die Windsurfer. Was hat der vor?«

»Verdammt, wir müssen die Leute aus dem Wasser holen.« Den beiden coolen DLRG-Jungs steht die Panik im Gesicht.

»Erst mal die rote Flagge hissen«, stammelt Hörbi.

2

»Hörbi, einer von uns beiden muss da raus, das Mädchen ersäuft uns.« Der athletische Jan mit der Militärfrisur ist unter der Sonnenbräune blass geworden.

»Das Mädchen hol ich raus.« Hörbi sieht aufs Wasser und zögert. »Aber der Fisch …«

»Okay, ich schwimm raus.« Jan nimmt seine Spiegelsonnenbrille ab, und die beiden verlassen hektisch das DLRG-Häuschen. »Aber dann musst du die anderen Leute hier aus dem Wasser holen.« Hörbi sieht ihn fragend an. »Und zwar möglichst ohne dass eine Panik entsteht.«

»Ja, Scheiße, was soll ich den Leuten erzählen, warum sie bei dem Wetter nich baden dürfen?«

Die Badenden und auch die Leute am Strand haben von dem großen Fisch weiter draußen tatsächlich noch nichts mitbekommen. Und Hörbi ist sich nicht so sicher, ob sie wirklich gleich Alarm schlagen sollen und damit möglicherweise eine Panik auslösen. »Ich wart noch mal und behalt unseren Freund im Auge.« Hörbi hat das Fernglas dabei und die Fisch-App aufgerufen, während Jan sich in die Fluten stürzt und zu dem Mädchen hinauskrault, dessen Kopf immer wieder unter der Wasseroberfläche verschwindet.

Währenddessen geht der Strandbetrieb unbeirrt weiter. Finn und August sind nicht zu bremsen. Wie besessen schaufeln sie an ihrem Kanal. Die Sandspritzer landen in Emmas und Karlchens Gesicht. Die Mutter ist dem Nervenzusammenbruch nahe. Dann füllt sich die ausgehobene Rinne mit Wasser. Die Kinder juchzen. Emma setzt sofort ihre Plastikente auf den kleinen Kanal. Finn gräbt derweil immer weiter. Antje und Paulsen beobachten amüsiert das Spektakel und beißen genüsslich in ihre Krabbenbrötchen.

»Wo will ihr Kollege denn hin?«, fragt ein Mann Baywatcher Hörbi.

»Der sieht nur mal nach dem Rechten … bei der Luftmatratze dahinten. Keine Panik.« Dabei steht Hörbi die Panik mittlerweile deutlich im Gesicht.

Eine Frau zeigt ebenfalls aufs Wasser. »Was ist das Weiße da? Delfine? Die sind doch gar nicht weiß … und auch nicht so groß.«

Jetzt deuten schon mehrere Leute nach draußen aufs Wasser und rufen aufgeregt durcheinander.

Bei Finn und seinen Freunden dagegen wird es plötzlich ganz still. Das auflaufende Wasser spült ein seltsames Etwas in die ausgehobene Rinne. Emmas kleine Gummiente gerät sofort in Turbulenzen. Das schüchterne Karlchen zeigt erschrocken auf das merkwürdige Teil. Finn unterbricht sofort die Grabungsarbeiten, um das Ding näher zu untersuchen. Was ist das? August fischt neugierig mit der

Schaufel danach. Das ist keine Qualle, kein ange-schwemmtes Stück Zellophan oder Plastik und auch kein toter Fisch. Den Kindern ist es ein Rätsel, was da in ihrem Kanal schwimmt. Mit der Schaufel bekommt August das Ding nicht zu fassen. Finn hüpft kurzentschlossen in den selbstgebauten Wassergraben und greift sich mutig das ge-heimnisvolle Objekt.

Mittlerweile deuten immer mehr Leute zu dem weißen Riesenfisch und dem Rettungsschwimmer, der das Mäd-chen jetzt erreicht hat. Auch die Volleyballer sind ans Was-ser gelaufen. Alle zeigen und rufen durcheinander. Sie wis-sen gar nicht, wo sie zuerst hinsehen sollen. Und auf ein-mal hat Finn ihre ganze Aufmerksamkeit.

Fassungslos hält der Kleine das nasse Fundstück in bei-den Händen vor seinem schmächtigen Oberkörper. Die anderen Kinder starren jetzt gebannt darauf. Der neugieri-ge Blick schlägt augenblicklich in blankes Entsetzen um. Sie können nicht fassen, was sie da in Finns Händen sehen. Es sieht aus wie ein menschlicher Fuß, ein abgetrennter Frauenfuß mit einer ausgewaschenen zerfransten Wunde. Die rosalackierten Fußnägel leuchten unwirklich auf den Zehen des bleichen Körperteils.

Finn möchte es am liebsten sofort wieder fallen lassen, aber irgendwie traut er sich nicht. »W-w-was is das?«, stammelt der Junge. Er streckt das Ding noch ein Stück weiter von sich, behält es aber tapfer in den Händen.

»Das ist ein Fuß«, stellt Karlchen aus dem Kinderheim mit staunendem Blick fest.

»Mama«, ruft der eben noch so unternehmungslustige August.

Die überbesorgte Mutter stößt einen spitzen Schrei aus, der über den breiten Strand gellt und sofort alles übertönt. Für einen Wimpernschlag scheint alles erstarrt, dann bewegen sich die Dinge für einen Moment wie in Zeitlupe, der Aufschlag beim Beachvolleyball, der mit seinem Board unter dem Arm vorbeilaufende Surfer, das Mädchen, das seine blonde Mähne durch die sonnendurchflutete Luft wirft. Entsetzensschreie hallen verzerrt wie in einer zu langsam abgespielten Tonspur über den Strand.

»Aaaantjeeee«, ruft Finn, und Emmas Ente nickt dazu wie in Trance.

Und dann geschieht auf einmal alles ganz schnell, so als müsse die verlorene Zeit aufgeholt werden. Die Mutter greift sich ihre beiden Kinder Emma und August und zerrt sie ein Stück von Finn und dem Frauenfuß weg, nur so weit, dass sie selbst alles weiter im Blick hat. Aus den anderen Strandkörben und aus dem Wasser, vom ganzen Strand strömen Schaulustige heran und wollen den spektakulären Fund bestaunen. Andere wiederum zeigen aufs Wasser. Mehrere junge Leute und auch eine nicht mehr ganz so junge Frau haben sofort ihre Smartphones gezückt und machen Fotos und Videos. Die Menschen schreien durcheinander.

»Das war der Fisch dahinten«, stammelt eine Frau. »Der weiße Fisch. Was ist das?«

»Verdammt, die Kinder müssen aus dem Wasser, schnell!«, ruft eine der Volleyballerinnen. »Mach was!«, pflaumt sie Hörbi an.

»Ja wat denn? Die rote Flagge ist oben.« Aber dann schreitet Hörbi zur Tat. »Keine Panik!«, ruft er über das Wasser und dann im amtlichen Ton. »Bitte alle langsam und geordnet aus dem Wasser kommen. Dies ist eine reine Vorsichtsmaßnahme. Also, keine Panik!«

Jetzt watet auch Rettungsschwimmer Jan mit dem kleinen Mädchen auf dem Arm zurück ans Ufer. Die Kleine hat blaue Lippen, sagt keinen Piep, ist aber ansonsten wohlauf.

»Ihr müsst den Strand sperren«, ruft jemand. »Das ist ein Wahnsinn!«

Finn stapft mit zittrigen Knien, aber unbeirrt weiter zum Strandkorb von Antje und Piet Paulsen und präsentiert ihnen stolz seinen Fund. Augenblicklich kommt es vor dem Strandkorb zu einem Menschenauflauf.

»Das war der Weiße Heilbutt«, konstatiert ein Nackter, der sich vom FKK-Strand verlaufen hat. »Einige Exemplare werden bis zu fünf Meter lang und vierhundert Kilo schwer.«

»Ja, dat ist uns auch bekannt!«, schnauzt Hörbi ihn an.

»Der große Räuber der Nordsee«, weiß der Nackte, der

als einziges Textil eine Schirmmütze aus hellblauem Frottee trägt.

»Ziehen Sie sich doch erst mal etwas an«, faucht die Mutter von August den Nackten an. Irgendwie findet sie die fehlende Bekleidung angesichts des Damenfußes pietätlos.

»Achtung! Lebensgefahr!«, ruft ein anderer Mann, ebenfalls mit Sonnenhut, aber mit Hose. In Panik läuft er vor den Strandkörben hin und her und stolpert dabei kurz über eine Sandburg.

Die Badenden kommen nur zögernd aus dem Wasser. Ein Kleinkind mit Schwimmflügeln wird aus den Wellen gehoben. Ein paar Luftmatratzen und ein Gummidino werden enttäuscht an Land gezogen. Aber der weiße Monsterfisch hat sich mittlerweile Richtung Sylt verzogen. Alles schreit hysterisch durcheinander.

»Achtung! Schnell raus aus dem Wasser!«

»Wo ist der Fisch denn? Ich seh gar nichts!«

»Keine Panik!«

Überall klicken die Handys. Vor Antjes und Piets Strandkorb stehen die Urlauber inzwischen in mehreren Reihen. Paulsen fällt in dem Tohuwabohu sein Krabbenbrötchen in den Sand.

»Mensch, Piet, dat schöne Brötchen!« Antje sieht ihn tadelnd an.

»Ja, jetzt is dat tatsächlich 'n ›Sand-witsch‹«, bemerkt Piet.

Aber Antje überhört das Wortspiel. Sie widmet sich gleich wieder Finn und dem unheimlichen Frauenfuß, den der Junge immer noch angeekelt, aber auch irgendwie stolz vor sich hält. Eine junge Frau bannt das in Großaufnahme auf ihr Handy.

»Wat machen wir denn jetzt nur?« Antje ist ratlos und besorgt. »Finn, igitt, lass dat mal los …« Aber wo er mit dem Fuß bleiben soll, weiß die Imbisswirtin auch nicht. »Ich hab mal gehört, so wat muss kühl gehalten werden.« Antje zückt kurzentschlossen die hellgrüne Kühltasche mit dem Kirschmuster. Sie öffnet die Tasche.

Piet Paulsen klappt den Sonnenaufsatz seiner Gleitsichtbrille hoch und wirft Antje einen kritischen Blick zu. »Antje, aber nich zusammen mit den Krabbenbrötchen!«

3

»Ganz langsam und tief einatmen … und jetzt genauso langsam, entspannt und beiläufig wieder ausatmen«, säuselt Birte mit monotoner Stimme. »Hier passiert gar nichts, alles ist ruhig, und es interessiert uns auch gar nicht.«

Sie blickt bedeutsam, aber gleichzeitig auch ein bisschen gelangweilt. Die um sie in einer Dünenmulde versammelten Frauen in luftiger Sommergarderobe sind kurz davor, einzuschlafen.

»Nicht einnicken, nur alles ausschalten und laaangweilen«, ermahnt Birte die Teilnehmer ihres Kurses. »Dasein, einfach nur dasein … ohne jede Absicht.«

Die zwanzig Frauen mittleren Alters blicken im Augenblick noch eher fasziniert als gelangweilt. Für die Mehrzahl ist es nicht die erste Veranstaltung bei Birte Birkenstolz. Die gestressten Großstädterinnen, Smartphone- und Social-Media-Junkies stürmen ihre Veranstaltungen zu den Themen Achtsamkeit und Kontemplation.

Der Hit der letzten Workshop-Saison waren ihre legendären mehrtägigen Kartoffelschälkurse im Hamburger Karoviertel. »Eine fantastische Entschleunigungsübung und spirituelle Erfahrung«, raunt eine der Damen einer anderen zu. Die Übung zeigte erstaunliche Resultate. Die Teilnehmer waren tiefenentspannt und hatten Blasen an den Händen. Die eimerweise geschälten Kartoffeln lieferte Frau Birkenstolz an die Hamburger Gastronomie, eine klassische Win-win-Situation.

Nach den Kartoffeln kam die Kakao-Zeremonie. Der neuste Trend heißt Lange-Weile. Nach sehr erfolgreichen Workshops in Hamburg bringt Birte Birkenstolz die Langeweile jetzt nach Amrum. Die Intensivwoche war sofort ausgebucht, dass sie gleich einen Zusatzkurs anbieten musste. In der Stille des einladenden Sitzens zwischen den Dünen will Birte ihren Kursteilnehmerinnen das absichtslose Dasein, die Balance zwischen Langeweile und Achtsamkeit näherbringen.

Auch Tadje, die Tochter des Fredenbüller Polizisten Thies Detlefsen, hat sich am heutigen Vormittag dem Kurs angeschlossen. Tadje und Telje sind beide auf der Insel. Die Zwillingsschwestern sehen sich immer noch täuschend ähnlich, sind aber durch ihr Outfit gut zu unterscheiden. Tadje lässt ihre langen mittelblonden Haare offen über das geblümte Sommerkleid im Grunge-Style fallen. Teljes kurzer Pferdeschwanz zeigt übermütig in die Landschaft. Außerdem hat sie sich von ihrer Schwester ein zu großes dunkles Männerjackett aufschwatzen lassen.

»Muss sie noch 'n büschen reinwachsen«, meint Thies.

»Nee, oversized ist angesagt«, korrigiert ihn Tadje, die

ihre Jeansjacke über dem Blümchenkleid ebenfalls ein paar Nummern zu groß trägt.

Telje, die im Losverfahren einen Medizinstudienplatz ergattert hat und seit einem Semester in Essen studiert, jobbt während der Semesterferien gern in der Kinderklinik Satteldüne. Und die angehende Tourismuskauffrau und Eventmanagerin Tadje arbeitet diesen Monat an einem Projekt: »Neue touristische Konzeptionen und Marketingstrategien für die Nordseeinseln«.

Mit den bisher geposteten Fotos vom Strand, von Reetdachhäusern und den Schafen am Deich werden sie keine jungen neuen Touristen anlocken. Bei den Influencern war die Insel Amrum bisher eine Wüste, hat der Tourismusverbund Nordfriesland festgestellt. Das will Tadje jetzt ändern. Und dabei steht das Thema Wellness bei ihr sowieso ganz oben. Kartoffelschälen als Workshop findet sie so richtig krass, eine geniale Verbindung origineller Aktivitätsangebote mit neuerdings angesagtem »Joy of missing out«, dem Glück des Verpassens. Das ist eigentlich ein ideales Konzept für die beschauliche Nordseeinsel Amrum. Tadje ist selbst schon so relaxed, dass sie kaum zum Überlegen neuer Konzeptionen kommt. Ihr Freund, der blasse Lasse aus ihrer Klasse, ist auch mitgekommen und hängt die Tage in den Dünen ab. So blass ist er im Augenblick gar nicht. Lasse hat sich am Strand einen hübschen Sonnenbrand eingehandelt.

Tadje sieht kurz auf ihr Handy. Sie muss einfach auf dem Laufenden bleiben, was diese neue Bloggerin, die offenbar auch auf der Insel ist, gerade so postet. Doch von ›Bibi Barrakuda‹ und ihren tausenden Followern gibt es nichts Neues. Selig glucksend vor Glück schmiert sie sich eine angeblich nach Kokos und Vanille duftende Sonnenschutzlotion namens »Joy of Sun« ins Gesicht.

»Krass cremig, das ist See und Sommer pur«, säuselt Bibi in die Kamera. Das Video, auf dem im Hintergrund recht eindeutig der Amrumer Leuchtturm zu erkennen ist, steht schon seit zwei Tagen online. »Joy of Sun« wäre vielleicht auch was für Lasse gewesen, denkt sie. Wegen des Handys erntet sie ein paar böse Blicke der Langweilerinnen.

»Lasst uns das Nichtstun annehmen«, raunt Birte Birkenstolz. »Wir wollen uns Zeit nehmen. In der Langweile steckt so viel kreatives Potential.«

Auch in dem sommerlichen Trubel haben die zwanzig Frauen ein ruhiges Plätzchen in den Dünen gefunden, »A quiet place«, haucht Birte in einem Ton, als befände sie sich im Nirwana statt am Strand. Die Gruppe hat sich nur ein paar hundert Meter von den Strandaufgängen entfernt, wo sich die Badegäste tummeln, schon sind sie weitgehend ungestört.

Es ist erstaunlich, denn der Strand auf Amrum ist dicht bevölkert wie noch nie. Sämtliche Hotels, Pensionen und Ferienwohnungen auf der Insel und auch der Campingplatz am Leuchtturm sind ausgebucht. In den Dünen haben sich ein paar wilde Camper versteckt, und dann kommen noch etliche Tagestouristen hinzu. Zurzeit haben alle Bundesländer Ferien. Es herrschen Temperaturen wie an der Adria. So einen heißen Sommer hat die Nordsee noch nicht erlebt. Auch der kleine Hafen in Steenodde ist völlig überlastet. Die Segelboote liegen in mehreren Reihen an der Mole. Für den morgigen »Dienstag für Dorsche« sind hunderte von Aktivisten angereist, natürlich nicht mit der Fähre, sondern im CO_2-neutralen Segelboot.

Von dem Trubel bekommen die Teilnehmerinnen von Birte Birkenstolz' Kurs kaum etwas mit. Sie lassen den Atem fließen und sind voll darauf konzentriert, einfach nur da zu sein. Doch dann werden mehrere der Frauen auf die Menschenansammlung am Strand einen halben Kilometer Richtung Süden auf der Höhe des Nebeler Aufgangs aufmerksam.

»Was ist los mit euch?« In Birtes Hauchen mischt sich ein vorwurfsvoller Unterton. »Da ist nichts. Das alles interessiert uns nicht.«

Doch da sind die Teilnehmerinnen ihres Kurses plötzlich ganz anderer Meinung. Mit der Langeweile und dem ruhigen Atmen ist es schlagartig vorbei. Die Gruppe wird unruhig.

»Dahinten ist irgendetwas passiert«, meint eine der Frauen.

»Ein Badeunfall vielleicht«, vermutet eine andere.

»Was ist da los?« Der Frau steht der Schrecken im Gesicht.

Auch Tadje blickt zum Strandaufgang hinüber, kann jedoch kaum etwas erkennen. Sie wählt Antjes Handynummer, aber bekommt keinen Anschluss. Birte Birkenstolz straft sie mit einem bösen Blick. Dann ploppt auf Tadjes Handy ein Post von ›Bibi Barrakuda‹ auf. Es ist ein Foto. Tadje kann gar nicht glauben, was sie da sieht. Rote Kirschen auf hellgrünem Grund. Das ist Antjes neue Kühltasche, die sie ihr gerade gestern stolz präsentiert hat. Aber was guckt da aus der Tasche heraus? Nach einem Krabbenbrötchen oder Croque »Störtebeker« aus der »Hidden Kist« sieht das nicht aus. Es wirkt wie der Teil eines Fußes, wie Zehen, lackierte Zehen. Das kann nicht sein. Darunter steht die Internetadresse www.beach-and-bags.com, über die man die Kühltasche mit den Kirschen bestellen kann. Das alles ist doch nur eine abgefahrene Werbeaktion.

»Krass«, murmelt die angehende Touristikmanagerin leise vor sich hin. Und dann sieht sie, dass Antjes Kühltasche und die rosalackierten Fußnägel bereits viral gehen. Auf ihrem Display kann Tadje die Klicks im Sekundentakt auflaufen sehen.

4

Thor Skorgaard ist elektrisiert, seit die Meldungen vom Weißen Heilbutt über die Inseln kursieren. Der Weiße Heilbutt lebt normalerweise in kälteren Regionen des Atlantiks und der Nordsee bei Grönland oder Island und verirrt sich eher selten an die deutsche oder dänische Nordseeküste. Der bis zu fünf Meter lange Fisch ist eine besondere Delikatesse. Die skandinavischen Steinzeitmenschen haben ihn bereits als heiligen Fisch und Geschenk der Götter verehrt.

Skorgaard hatte ihn in seinem früheren Restaurant in Dänemark schon mal auf der Karte gehabt. Roh oder mit Birkenrinde angeräuchert. Aber jetzt hat er die Chance, ein Riesenexemplar ganz frisch direkt aus dem Meer zu bekommen. Er hat sich mit seinem speziellen Freund, dem Nordseeangler Boy Boyksen, hier auf der Insel schon verständigt. Auch Boyksen ist ganz wild auf den Weißen Heilbutt. Für den besessenen Fischer, der auch als aktiver Rentner immer noch mit seinem kleinen Boot zum Hochseeangeln hinausfährt, ist es wahrscheinlich die letzte Chance, so einen spektakulären Fang zu machen. Boyksen muss den Weißen Heilbutt erlegen, und Thor Skorgaard will den vom Aussterben bedrohten und als besondere Delikatesse geltenden Fisch unbedingt seinen Restaurantgästen servieren. Leicht mariniert mit Queller und unter einem angerösteten Krabbenschalen-Granulat.

Der dänische Koch ist erst seit dieser Saison auf der Insel. Er ist wie aus dem Nichts aufgetaucht. Seitdem pilgern die Anhänger des New Nordic Food nach Amrum. Angeblich war Skorgaard in seiner dänischen Heimat ein gefeierter Star. Aber im Internet lässt sich über seine Vergangenheit wenig finden, eigentlich nichts. In Dänemark hat er sich aus dem Staub gemacht. Ihm blieb gar nichts anderes übrig. Offenbar will er hier noch einmal ganz von vorne anfangen, sich neu erfinden. Auch äußerlich hat sich der dänische Starkoch verändert. Die Haare auf seinem Kopf rasiert er sich neuerdings. Er hat jetzt einen kahlen Schädel. Dafür hat er sich einen gewaltigen struppigen Bart wachsen lassen. Es sieht ein bisschen so aus, als würde sein Kopf falsch herum auf dem Hals sitzen, als hätte man oben und unten vertauscht. Das enigmatische Tattoo aber prangt unverändert auf seinem Unterarm. »Vegvísir«, der Wikingerkompass mit den sternenförmig angeordneten Runen, umkränzt von einem Ring buchstabenähnlicher, unverständlicher Hieroglyphen symbolisiert die persönliche Reise, die jeder Mensch in seinem Leben so unternimmt. Skorgaard pflegt die nordischen Mythen, wobei er dänische, norwegische und nordfriesische Legenden durcheinanderwirbelt, wie es ihm gerade in den Kram passt.

In dem spartanisch eingerichteten ehemaligen Bootslager am Seezeichenhafen wird im »Thor« auf schwarz gebeizten Holztischen die pure authentische neue nordische Küche serviert: dampfgegarte Seeflechten und frittierte Farntriebe im Tempura-Teig, in Seewasser eingelegter Kohlrabi unter Lauchasche und mit Birkensaftessig aromatisierter Salzwiesengräser-Salat. Die nicht gerade preiswerten Menüs heißen dann auch einfach nur »Salzwiese«, »Meer« oder, noch geheimnisvoller, »Nordwest«. Die kargen Rezepturen halten sich streng an das Manifest der neuen nordischen Küche, die Reinheit, Schlichtheit und Ethik propagiert.

»Den Hornhecht haben wir ganz sanft mit Holzkohle von der Amrumer Strandkiefer angeräuchert. Da nehmen wir Holzkohlereste vom traditionellen Biikebrennen Anfang des Jahres«, erklärt Servicechefin Giselle, die eigentlich Gisela heißt, aber tatsächlich nicht wie Gisela aussieht. Giselle ist um einige Jahre älter als Thor. Mit ihren angegrauten Strähnen in den leicht gelockten dunklen Haaren, der schlichten wuchtigen Silberkette im Ausschnitt der weißen Bluse und ihrem grünen Pantherblick zieht sie sofort alle Blicke auf sich. Sie verleiht dem nordischen Lokal kosmopolitisches Flair. Die Restaurantbesucher fressen Giselle die Salzwiesengräser und die Inselholzkohle aus der Hand. Etliche Gäste kommen nicht wegen der dampfgegarten Seeflechten und des reichlich sauren norwegischen Rieslings, sondern wegen Giselle ins »Thor«.

Thor Skorgaard und Giselle sind nicht nur Partner im Restaurant, sondern auch privat liiert. Doch momentan kriselt es. Thor hat Giselle mit seinem Souschef Marko auf der Küchenanrichte zwischen den Salzwiesengräsern in eindeutiger Situation ertappt. Sein junger Koch ist sofort Giselles Pantherblick verfallen, und Giselle gefällt es, von einem so jungen Spund begehrt zu werden. Inzwischen ist daraus offenbar eine richtige kleine Affäre geworden. Aber rauswerfen kann Thor den Jungkoch Marko nicht und Giselle erst recht nicht. Die beiden schmeißen den Laden. Auf sie kann er unmöglich verzichten. Giselle hat die organisatorischen Abläufe, die Reservierungen, das Aufnehmen der Bestellungen und die Weinempfehlungen lässig charmant und gleichzeitig sehr effizient im Blick. Und Marko ist bei den Soßen und beim Abschmecken in der Küche mittlerweile nicht zu ersetzen. Marko ist seine Rettung. Denn auf seine ehemals feine Zunge kann sich Thor immer weniger verlassen, was ihm große Sorgen bereitet. Früher hatte er einen genauen Sinn für die feinen Nuancen und Aromen der nordischen Kräuter und Meeresfrüchte. In letzter Zeit schmeckt er manchmal gar nichts mehr.

5

»Der Strand muss gesperrt werden! Unbedingt!«, echauffiert sich der Nackte mit dem hellblauen Sonnenhut.

»Wir haben dat schon an die Touristik gemeldet!«,
schreit Bademeister Hörbi zurück. Jan, der Kollege mit
dem Sixpack, hat währenddessen das Wasser im Blick.

»Unmöglich! Das ist ein Skandal!« Der Kopf des Nackten leuchtet tiefrot unter dem Hellblau des Frottees hervor.
»Leeebensgefährlich!«

»Ziehen Sie sich bitte erst mal eine Hose an«, ereifert
sich erneut die Helikoptermama von August und Emma.

Die Stimmung am Strand ist hektisch. Aber Piet Paulsen
bewahrt die Ruhe. Er hat sofort seinen Freund Knut
Boyksen alarmiert, den früheren Leiter der Fredenbüller
Wache und Chef von Thies, der seit seiner Pensionierung
wieder auf seiner Heimatinsel Amrum lebt. Wenn auf der
Insel Not am Mann ist, springt Knut immer noch gern mal
ein, bei dem heißen Sommerwetter auch schon mal in
Shorts und kurzärmeligem Hemd. Die Schippermütze behält Boyksen angesichts der offiziellen Rolle auf dem Kopf.

»Mensch, Piet, zur Feier des Tages in Tennishemd und
Badehose«, begrüßt Knut seinen Freund.

»Na ja, is ja warm heute.« Es klingt fast wie eine Entschuldigung.

»Gestern hat Onkel Piet sogar gebadet«, berichtet Finn stolz, der mit Emma, August und Karlchen um Antjes Kühltasche herumsteht.

»Ja, wieso denn nich.« Paulsen klappt den Sonnenaufsatz zurück auf seine Gleitsichtbrille.

»Piet, ich musste Jahrzehnte warten, um dich mal in Badehose zu erleben«, stellt Antje klar.

»Wieso, Neutönninger Siel war ich immer mal baden … in den Neunzigerjahren waren dat auch heiße Sommer.« Wie zur Bestätigung tupft er sich mit einem Taschentuch Schweiß von der Stirn. »Aber hier, zwischen den angespülten Füßen, kann einem der Badespaß ja auch vergehen.« Paulsen wirft einen verächtlichen Blick auf die Kühltasche mit dem Kirschmuster.

Piet und Antje wissen nicht recht, wie sie mit dem grausigen Fuß in ihrer neuen Kühltasche weiter verfahren sollen. Zum Glück hat die Imbisswirtin immer einen Gefrierbeutel dabei. Auch Knut Boyksen ist ratlos. Aber jetzt sind Thies und Nicole mit dem Schnellboot der Küstenwache angereist. Die beiden müssen sich durch eine Menschentraube drängeln, die sich um den Strandkorb von Antje und Piet, die Kinder und die Kühltasche gebildet hat. Gerichtsmediziner Carstensen und KTU-Mann Börnsen sind auf dem Festland geblieben.

»So einen Fuß werdet ihr ja wohl noch alleine von der Insel herunterbekommen«, hatte Börnsen gemault.

Bevor sie sich den angespülten Fuß ansieht, kümmert sich Nicole erst mal um ihren Sohn. Finn hat noch gar nicht realisiert, was er da gerade aus seinem Kanal gefischt hat.

»Deine letzten Ferien an der See vor deiner Einschulung hast du dir auch anders vorgestellt, oder?« Sie nimmt Finn in den Arm und drückt ihn fest an sich. Ihr Sohn weiß gar nicht, wie ihm geschieht.

»Ist doch cool, dann hab ich in der Schule gleich was zu erzählen.«

»Mein schönstes Ferienerlebnis«, kräht Paulsen. Nicole und Antje werfen ihm tadelnde Blicke zu.

»Sind Sie die ermittelnde Kommissarin?«, meldet sich die nackte Frotteemütze aus dem Hintergrund.

Nicole wendet sich stattdessen den Kindern zu. »Wie habt ihr diesen … dieses …«, sie windet sich, »… dieses Ding …«

»Wer von euch hat den Fuß aus'm Wasser geholt?«, springt Thies ein, der in kurzen Hosen und T-Shirt nicht unbedingt als Polizist zu erkennen ist. Daran kann auch die Aufschrift des Shirts »Polizei Fredenbüll, Sie sind verhaftet!«, das seine Freunde aus der »Hidden Kist« ihm geschenkt haben, nichts ändern.

»Der ist durch den Kanal geschwommen.« Die blondge-

34

lockte Emma und auch Karlchen sehen den Polizisten mit großen Augen an.

»Wat denn für 'n Kanal?«, will Thies wissen.

»Na, den Kanal, den Finn und August gebaut haben.« Emma klingt leicht bockig.

Aus der Menschentraube schält sich jetzt ein Kamerateam heraus, das gerade zu einem Dreh für die Serie ›Europas schönste Strände‹ auf der Insel ist. Mehrere lokale Radio- und Fernsehsender sind ebenfalls in Windeseile angereist. Die Kameraleute laufen zwischen den Strandkörben, zwischen schreienden Kindern und eingeölten Rentnern hindurch. Ein Tontechniker bekommt fast ein Surfbrett vor den Kopf. Ein anderer hält der kleinen Emma bereits sein Mikrofon vor die Nase.

»Die hat den Fuß doch gar nicht gefunden«, ruft die sonnenölglänzende Frau, die ihren Strandkorb jetzt verlassen hat, dazwischen.

»Das war eindeutig der Weiße Heilbutt«, ruft der nackte Mann, der auf keinen Fall etwas verpassen will.

»Seien Sie doch still! Nun lassen Sie Emma doch mal zu Wort kommen«, giftet die Helikoptermutter gleich zurück.

Nicole hält ihren Sohn immer noch fest an sich gedrückt. Finn findet das peinlich. Er möchte eigentlich viel lieber auch ganz normal von der Polizei verhört werden. Aber ein bisschen stolz ist er auch auf seine Mutter, die Kommissarin.

Und dann hat der Reporter Antjes Kühltasche entdeckt, und die ist auf einmal viel interessanter. Er winkt sofort seinen Kameramann heran, der Antje und ihren Strandkorb ins Visier nimmt.

»Wollen Sie so mit ins Bild? Ich frag nur«, wendet er sich an den hosenlosen Heilbutt-Spezialisten, der darauf nur seine Frotteemütze zurechtrückt. Dann drängelt sich das Fernsehteam zur Kühltasche durch. Aber Thies geht sofort dazwischen.

»Dat hier is 'n Tatort!«, blafft er den Fernsehfritzen an.

»Wieso Tatort?« Der Reporter will sich an ihm vorbeidrängeln. »Ich seh keinen Toten.«

»Wonach sieht dat denn aus?« Thies wirft einen Blick auf den Fuß im Gefrierbeutel, den die Kommissarin gerade mit spitzen Fingern in Einmalhandschuhen aus Antjes Kühltasche herauszieht und in der professionellen Iso-Box der Kriminaltechnik verstaut. »Dat is mindestens 'n tödlicher Unfall«, schnauzt Thies den Mann an. »Und für mich sieht dat nach Mord aus.«

»Ich sehe nur einen Fuß«, wendet der Reporter ein.

»Und der Rest läuft hier noch lebendig rum oder was?« Der Fredenbüller Polizeihauptmeister schüttelt den Kopf.

»Wo denn?«, will der etwas dusselige August gleich wissen. Seine blondgelockte Schwester Emma, die ihre Gummiente wieder an sich genommen hat, und ihre Mutter stehen inzwischen ein paar Meter weiter bei einem jungen Radioreporter vor dem Mikrofon, der live auf Sendung ist.

»Wie hast du den Fuß denn gefunden?« Der Reporter beugt sich zu dem Mädchen herunter und hält ihm den riesigen Schaumgummiaufsatz vor die Nase.

»Den hat Finn gefunden.« Das Mädchen sieht ihn mit großen Augen an.

»Und wo war der Fuß?«, will der Radiopraktikant weiter wissen.

»Emma, nun erzähl doch mal«, wird sie von ihrer Mutter ermuntert. »Du warst doch dabei.«

»In dem Kanal, den hat Finn gegraben ... und August und Karlchen haben auch mitgeholfen.« Mehr ist aus Emma nicht herauszubekommen. Jetzt will sich Finn aus Nicoles Arm befreien und auch vors Mikrofon. Aber seine Mutter schnappt ihn sich gleich wieder und liefert ihn bei Antje und Piet ab. Thies und Rentnercop Boyksen warten auf Instruktionen. Aber die Hauptkommissarin weiß auch nicht so recht, was sie mit dem Fuß jetzt anstellen soll. So einen Fall hat sie bisher noch nicht gehabt. »Vielleicht könnt ihr in Kiel rausbekommen, wie der Fuß abgetrennt wurde, und dann sollten wir auf alle Fälle die DNA bestimmen. Zuallererst müssen wir mal die Vermisstenmeldungen durchgehen«, gibt sie ein paar Anweisungen für die Kieler Kollegen in ihr Handy. Mehrere Schaulustige, einschließlich des Nackten, rücken den Ermittlern schon wieder auf die Pelle. Thies, dem in der Situation der Schweiß ausbricht, versucht sie zu verscheuchen.

»Schlimm, die Gaffer«, findet die eingeölte Frau aus dem Nebenstrandkorb. Sie steht jetzt direkt neben der Box mit dem Fuß und tut so, als würde sie zum Team gehören.

Jetzt drängelt sich auch Tadje zusammen mit einer Frau aus dem Langweiler-Workshop durch die Menschenmenge am Strand.

»Papa, du bist ja auch schon da«, stellt sie fest. »Und du auch, Nicole. Ist der echt, der Fuß?« Sie sieht sich um, kann aber keinen Fuß entdecken.

»Woher weißt du dat denn jetzt schon wieder?« Thies wundert sich.

»Mann, Papa, aus'm Internet, da ist der Teufel los.« Sie verdreht die Augen. »Im Netz geht es voll ab.«

»Min Deern, hier bei uns am Strand geht dat auch … voll ab.« Piet Paulsen klappt den Sonnenaufsatz seiner Gleitsichtbrille hoch. »Was, Finn?!«

»Ihr müsst euch mal ansehen, was in dem Blog von Bibi Barrakuda los ist.« Tadje sieht auf ihr Smartphone, das sie ohnehin schon die ganze Zeit in den Händen hält. Antje und die Strandkorbnachbarin zücken ebenfalls ihre Handys.

»Wegen des Fußes sind mega viele Kommentare gepostet. Hier zum Beispiel: ›Voll grumpy! Wie krass echt sieht das denn aus? In welchem Kostümversand gibt es das Teil?

Und was ist das für eine geile Nagellackfarbe? Ist das Pink oder Orange?‹«, liest Tadje vor. »Das ist doch krank.«

»Dat gibt's doch nich.« Auch Antje findet das überhaupt nicht komisch.

Über die Nagellackfarbe herrscht in der Gemeinde von ›Bibi Barrakuda‹ noch Ratlosigkeit. Die Hauptaufmerksamkeit richtet sich zurzeit auf Antjes schicke Kühltasche. »Der Fuß ist hier tatsächlich angespült worden«, hat ›Bibi Barrakuda‹ gepostet. »Und die Kühltasche gibt es bei … ›Beach and Bags‹, die haben auch noch andere voll süße Taschen.«

»Die Bloggerin kriegt von dieser Kühltaschenfirma die Mega-Kohle«, klärt Tadje die anderen auf. »Tausende, glaube ich, keine Ahnung. Das ist doch schizo.«

»Tausende? Für meine Kühltasche?« Antje ist von den Socken.

»Ja, die müsstest du eigentlich kriegen«, findet Tadje.

6

Der »Lustige Seehund« platzt aus allen Nähten. In der schummrigen Kneipe am Steenodder Hafen stehen sich die Besucher gegenseitig auf den Füßen. In dem mit allerlei Strandgut, verrosteten Schildern, Schiffsleuchten und Fischernetzen dekorierten Raum steht der Rauch. Und es riecht nicht nur nach Zigarettentabak. Kneipenwirt Raik Rettmer, der seinen Wohnsitz vorübergehend für ein paar Jahre in den Knast verlegt hatte, hält nicht viel vom Rauchverbot und vom Betäubungsmittelgesetz auch nicht. Aber deswegen lassen die Behörden seine Bewährung nicht platzen. Auf der Insel gibt es ohnehin keine Polizeistation mehr. Und im »Lustigen Seehund« gelten Rettmers eigene Gesetze. Die Lokalität, die wie eine Piratenspelunke aus der ›Schatzinsel‹ aussieht, gehört mittlerweile zu den ersten touristischen Attraktionen.

Heute sind nicht nur alle Sitzplätze belegt, auch zwischen den Tischen stehen dichtgedrängt die Kneipengäste. Rettmer, mit einer Kippe im Mundwinkel, kommt an dem gelblich ausgeleuchteten Tresen mit dem Zapfen der Biere kaum hinterher. Heute Abend ist das erste Amrum-Konzert von Bountys kleiner Inseltour »I am the Walrus – Unplugged«. Tadje hatte die Idee. Sie will dem Fredenbüller Althippie, der sich mal wieder in einem kleinen finanziellen Engpass befindet, wie er es selbst formuliert, zu einigen von den Touristikbüros gut bezahlten Auftritten verhelfen. Für die Inseltour haben Bounty und Bandkollege Niggemeier ein Programm maritimer Songklassiker zusammengestellt, von Donovans ›Atlantis‹ bis zu einem ihrer großen Favoriten ›A Salty Dog‹. Tadje weiß natürlich selbst, dass sie die aktuelle Influencer-Community damit kaum in Ekstase versetzen kann, aber vielleicht ein paar Jungrentner, die sich bei Bountys Zehnminuten-Gitarrensolo von Jimi Hendrix' ›All along the Watchtower‹ an wildes Nacktbaden in der Nordsee in den Neunzehnhundertsiebzigern erinnern.

Gestern haben die beiden Gitarristen von »Stormy Weather« schon auf Föhr im ausverkauften Kursaal gespielt. Heute auf Amrum haben sie Heimvorteil. Denn halb Fredenbüll verbringt die Sommerferien auf Amrum. Antje und Piet müssen mal wieder den Babysitter für Finn geben, weil Nicole unbedingt dabei sein will, wenn Bounty und Niggemeier im »Seehund« auftreten. Irgendwie hängt Nicole immer noch an »Niggi«, schließlich ist er der Vater von Finn. Das war damals passiert, als Niggemeier auch Gitarre gespielt hatte. So genau wussten das nachher beide nicht. In jener Zeit waren zu der Musik passende bewusstseinserweiternde Substanzen im Spiel gewesen.

Viel geändert hat sich bei Nicole eigentlich nicht. Sie trägt immer noch die alte Lederjacke, die sie bei diesem Wetter allerdings zu Hause gelassen hat. In ihre ohnehin schon blonden Haare hat sie sich zusätzlich ein paar platinblonde Strähnchen färben lassen. Heute Abend trägt sie die Haare offen, aber meist hat sie dann doch wieder den obligatorischen Pferdeschwanz. Leider raucht sie wieder mehr. Ihre Benson & Hedges sind immer griffbereit. Dabei hatte sie es sich in Finns Babyzeit fast abgewöhnt. Seit sie das kleine Kommissariat in Husum leitet, kann sie Beruf und Familie ganz gut unter einen Hut bringen. Ihre Familie besteht im Wesentlichen aus der Besatzung der »Hidden Kist«. Vor allem Antje und Piet Paulsen kümmern sich immer wieder rührend um Finn. Nur die Beziehung zu Studienrat Niggemeier ist alles andere als konstant. Nach einer gemeinsamen Nacht im Frühlingsmonat Mai hat er sich wochenlang wieder nicht gemeldet. Aber sie gibt die Hoffnung nicht auf.

Auch jetzt ist Nicole hin und weg, als Bounty und Niggi zur Einstimmung zweistimmig den alten Beatles-Song ›I am the Walrus‹ singen. Aber das zeigt sie natürlich nicht. Niggemeier kommt ohnehin nur bei der zweiten Stimme von »I am the eggman, they are the eggmen, I am the walrus« zum Zuge. Den Hauptpart hat Bounty, der sich alle Mühe gibt, so schön blechern wie John Lennon zu klingen. Die Nordseeurlauber im Rentenalter fühlen sich an selige Beatles-Zeiten erinnert. Für die Vierzigjährigen klingt es wie Oasis, die den Song bei Konzerten immer wieder gecovert haben. Und die massenhaft erschienenen Jugendlichen von »Dienstag für Dorsche« entdecken einen ganz neuen Sound. Bountys Haare sind schütter, und sein Pferdeschwanz ist immer dünner geworden, aber seine Stimme klingt wie die eines Zwanzigjährigen. Und Niggemeiers wilde Haarpracht und sein Karl-Marx-Bart sind sowieso wieder schwer angesagt.

»Ich will nur hoffen, dat sie nich gleich noch diese Surfer-Kacke spielen«, mosert Schwermetaller Hauke Schröder, der Schimmelreiter, der gerade beruflich als Raumausstatter auf der Insel zu tun hat und Bountys Faible für ›Good Vibrations‹ von den Beach Boys fürchtet.

»Lass mal!« Knut Boyksen, der wie jeden Abend auf seinem Stammplatz am Tresen sitzt, zieht gleich nach dem ersten Song sein Fazit. »Ohne den ganzen elektrischen Kabelsalat gefällt mir dat fast besser.« Er nimmt einen Schluck Bier. »Aber wat hat dat eigentlich mit diesem Walross auf sich?«

7

Die Tische im »Thor« sind wie immer seit der Eröffnung bis auf den letzten Platz besetzt. Dabei hat das Lokal in der ehemaligen Werfthalle gar keine richtige Adresse und schon gar keine Hausnummer. Auf der Karte in Packpapieroptik steht einfach nur »THOR« und »Amrum – Hafen«. Vor der Tür rostet eine abstrakte Stahlplastik mit schwer deutbaren Wikingersymbolen vor sich hin, die von den ausrangierten Bojen und Seezeichen ein Stück weiter kaum zu unterscheiden ist.

Durch die alten eisengerahmten Fenster hat man einen Blick auf den maritimen Schrott und den Hafen, vor dem zwei Boote auf Reede liegen. Das hereinfallende Abendlicht bringt die Batterie der Weingläser auf den Tischen zum Schillern. Die weihevolle Atmosphäre steht in auffälligem Kontrast zu dem rauen Ambiente der Werfthalle mit den dunkel gebeizten Tischen aus alten Schiffsplanken und den Backsteinwänden, deren jahrzehntealter weißer Anstrich verfärbt und halb abgeblättert ist. Gegenüber der offenen Küche liegt, für alle Restaurantbesucher sichtbar, der verglaste Wein-Raum. Die Flaschen liegen verschwommen sichtbar hinter einem mit Nordseewasser gefüllten Aquarium, in dem zwei traurige Heringe und ein paar Algen schwimmen.

Vor Kurzem hat das Restaurant eine enthusiastische Kritik und erstaunlich hohe Punktebewertung im internationalen Restaurantführer ›Grande Bouffe‹ bekommen. »Fine dining is storytelling«, hat die Kritikerin des Magazins geschrieben. »Skorgaard zelebriert Gottesdienste der Naturküche.« Danach war das Lokal nicht für zwei Wochen, sondern für fünf Monate im Voraus ausgebucht.

Angeregt durch die Lobeshymnen hat der dänische Kultkoch die verrücktesten Inszenierungen zelebriert. Das abschließende Dessert des Menüs mit dem schlichten Titel »Wald« hatte er nicht auf einem Teller oder in einer Schale serviert. Die Variation Amrumer Wildbeeren wurde den Gästen in verschiedenen Aggregatzuständen direkt auf den Holztisch geschmiert. Diesmal allerdings reagierte die exaltierte Kundschaft eher verhalten, worauf Thor das avantgardistische Kompott wieder von der Karte genommen hatte.

Der Maître Skorgaard läuft ganz in Schwarz durch die offene Küche. Mit aufgekrempelten Ärmeln, damit sein Wikingertattoo zu sehen ist, betastet er den frischen Steinbutt, prüft die Konsistenz des Wattwurm-Parfaits, zupft ein paar Schalensplitter von den geknackten Krebsscheren und schnuppert an den frisch geöffneten Austern und den gerade geschnittenen Zutaten des Salzwiesengräser-Salats.

Thor Skorgaard wirkt heute ein bisschen fahrig. Sein junger Souschef Marko dagegen macht in aller Ruhe drei Dinge gleichzeitig. Er reduziert Fischfond, püriert Algen-Mousse und filetiert mit dem japanischen Kochmesser den rohen Kabeljau für ein Ceviche mit Rhabarber von der Insel und dem sonnengetrockneten Meersalz vom Amrumer Fischkutter. Marko und seine beiden Assistenten haben das Geschehen in der Küche voll unter Kontrolle. Giselle serviert währenddessen Aperitifs und verteilt die Speisekarten mit den rätselhaft formulierten Menüs.

»Thor kommt gleich zu Ihnen und erklärt, was er vorhat.«

Die beiden Paare aus dem Rheinland beschweren sich, dass sie nicht mit ihrer Cessna kommen konnten. »Wann bekommt Amrum denn endlich einen Flughafen?«, mosert der Mann im gestreiften Hemd mit weißem Winchester-Kragen so laut, dass es das halbe Lokal hört. »Wir brauchen doch nur eine kleine Wiese zum Landen.«

»Hier sind wir alle ein bisschen von der Welt abgeschieden.« Giselle funkelt ihn aus ihren grünen Augen an. »Das macht doch gerade den Charme aus.«

»Charmant vorsintflutlisch«, tönt die Schmalzlocke in schönstem Rheinisch.

»Wir sind von Düsseldorf nach Sylt jeflogen und dann mit so einem kleinen Boot ...« Die Frau in dem sommerlich großgeblümten Hosenanzug ist ganz begeistert. »Mein Jott, war dat aufrejend.«

»Heute haben wir die beiden Menüs ›Hitze‹ und ›Salz‹«, schaltet sich Thor Skorgaard mit dänischem Akzent ein. »Bei Salz starten wir auf der Salzwiese mit unsere Spezialität, unsere Salzwiesengräser-Salat. Im Anschluss habe wir eine Lammherztartar, die Lämmer natürlich auch von die Salzwiese. Und dann die dünn gesnittene Steinbutt.«

»Klingt interessant«, findet der zweite Mann am Tisch, der bisher noch gar nichts gesagt hat.

»Wir servieren das heute auf fris gesammelte Treibholz«, verkündet Skorgaard.

»Hoffentlisch ist der Fisch auch frisch.« Der Düsseldorfer sieht den dänischen Maître herausfordernd an. Eigentlich wäre er lieber weiter von Giselle bedient worden. Skorgaard wirft ihm nur einen strafenden Blick zu.

»Auf Treibholz?« Auch die andere Frau im sportlich maritimen Outfit aus einer Sylter Boutique ist nicht so begeistert.

Der geblümte Hosenanzug dagegen gerät auf der Stelle in Ekstase. »Treibholz?! Toll! So ganz basic!«

»Alles aus dem Meer. Der Gesmack des Meeres.« Skorgaard blickt finster. »Das Salz von dem Meer ist auch in dem Holz.«

»Die Preise sind ja auch ziemlisch jesalzen«, grinst die Schmalzfrisur. »Siebzisch Euro für ein Stück rohen Fisch auf ’ner verrotteten Holzlatte.« Er sieht sich Beifall heischend in der Runde um. Doch die anderen Gäste hängen gebannt an den Lippen des Kultkochs.

»Der Steinbutt ist viele tausend Seemeile geswommen, und auch das Holz hat eine weite Reise hinter sich.«

»Aber vielleischt auch nur 'ne Kiste, die von der Fähre jefallen is.« Der Dicke kann seine Zwischenbemerkungen nicht lassen.

»Man weiß es nicht.« Skorgaard hebt bedeutungsvoll die Hände. »Unsere Produkte haben eine spannende Erzählung. Diese Erzählung is volle Geheimnisse. Als Dessert haben wir heute eine Apfelkuchen. Ganz einfach. Das Spannende ist das Produkt. Wir haben eine Lieferanten, der baut seine Äpfel nicht an, der klaut sie. Du weiß also nie, woher der Apfel aus deine Kuchenstück wirklich kommt. Ist das nicht aufregend?«

»Als Erstes bringen Sie uns mal eine Flasche Wein«, ordert die Frau in dem maritimen Shirt.

»Aber bitte nisch wieder den norwegischen Riesling. Da zieht sisch ja alles zusammen.« Der Düsseldorfer lacht dreckig.

Der Hauptgang aus dem Menü mit dem schlichten Titel »Hitze«, das die beiden Männer gewählt haben, sieht aus wie ein lange nicht geleerter Aschenbecher. In Wahrheit sind es aber nur sehr scharf angebratene kleine Kartoffelwürfel, Zwiebeln und Speck. Es schmeckt wie Bratkartoffeln, die deutlich zu lange in der Pfanne waren.

»Hier waren uns vor allem die Röstaromen wichtig«, erklärt Giselle. »Das hat bei Thor eine eigene Geschichte. Als er sechs Jahre alt war, hat er bei einem Osterfeuer ein glühendes Stück Holz angefasst und erstmals die Hitze gespürt. Damals wusste er, dass er Koch werden muss.«

So ganz hat das die Düsseldorfer nicht überzeugt. Die Runde nimmt sich vor, nach dem Besuch im »Thor« noch irgendwo ein Fischbrötchen essen zu gehen.

»Und wenn Sie in eine paar Tage wiederkommen, dann haben wir hier eine Koch-Challenge mit mehrere Köche, und dann hab ich wahrscheinlich etwas ganz Besonderes«, verspricht Thor Skorgaard seinen Gästen und blickt dabei verschwörerisch. »Sie haben ja vielleicht son gehört, vor de Kniepsand is eine gewaltige Weiße Heilbutt gesichtet worden.«

8

Im »Lustigen Seehund« gehen die Biere dutzendweise über den Tresen und vor allem Raik Rettmers hochprozentige und gutgeschenkte Spezialdrinks »Salty Dog« und der Rum-Limetten-Cocktail »Skorbut‹, deren Ruf weit über die Insel hinausreicht. Bei dem vielstimmig von der ganzen Kneipe gegrölten ›Yellow Submarine‹ hat Knut Boyksen das Weite gesucht und ist in die Sommernacht abgetaucht. Seinen Stammplatz am Tresen hat inzwischen sein jüngerer Bruder Boy eingenommen. Er ist in angeregter Debatte mit Rettmer und einem der jungen Demonstranten mit wilden schwarzen Haaren und einem blauen Kreuz auf der Wange. Lautstark wettern der Wirt und der Typ mit dem blauen Kreuz gegen Grundstücksspekulanten und gegen das neue Edelrestaurant von diesem dänischen Superkoch.

»Scheiß-Schicki-Schuppen«, schimpft Rettmer.

Die anderen Gäste nehmen davon gar keine Notiz. Zwei Damen in den mittleren Sechzigern, die direkt vor der kleinen improvisierten Bühne stehen, schütteln verzückt die Kurzhaarfrisuren zu Jimi Hendrix' ›Castles Made of Sand‹. Sie singen mit und flirten die beiden Gitarristen an.

»And so castles made of sand, melts into the sea …eventually.«

Von Nicole ernten sie prompt einen bösen Blick. Niggi darf nur von ihr angehimmelt werden. Was bilden diese Rentnergroupies sich ein? Tadje erkennt die beiden gleich wieder. Sie haben heute Mittag mit Birte Birkenstolz zum Lang-Weilen in den Dünen gesessen und genießen jetzt offenbar, dass im »Lustigen Seehund« ordentlich was los ist. Thies dagegen schnippt leicht gelangweilt mit dem Finger. Eigentlich wollte er mit Nicole über den angespülten Fuß reden. Aber daran ist jetzt überhaupt nicht zu denken.

Auch Giselle ist, nachdem im Restaurant die Desserts und Digestifs gereicht wurden, noch auf einen Sprung in den »Seehund« gekommen. Das »Thor« ist praktisch nebenan. Sie ist ebenfalls ganz hin und weg von dem Song und den beiden Gitarristen, vor allem von Bounty. Die Wirkung des Frontmannes von »Stormy Weather« auf die weiblichen Fans ist im Laufe der Jahre etwas verblasst. Aber im »Lustigen Seehund« erlebt Bounty ein unerwartetes Comeback. Irgendwie erinnert er Giselle an frühere wilde Zeiten, als sie noch kein Nordsee-Sashimi zelebriert haben, sondern Spaghetti Carbonara und als Nachtisch einen Joint.

Die jungen Aktivisten vom »Dienstag für Dorsche« schwenken lächelnd die Handys und Feuerzeuge. Sie fühlen sich wie Hippies, die ihre Eltern nie waren.

»Voll schöner Song«, findet auch Telje. »Das ist doch

von dem Typ, nach dem Bounty seine Ziege benannt hat, die wir immer mal gefüttert haben. Jimi, voll süß.«

»Ach so, ja, stimmt.« Tadje beobachtet aufmerksam die Szenerie. Sie hat noch keine Ahnung, welche touristische Konzeption sie daraus ableiten soll. Inzwischen hat sie auch ihren Vater, Nicole, die Langweilerinnen und Bademeister Hörbi im Publikum entdeckt. Und ist das da am seitlichen Bühnenrand, das Smartphone in Richtung der Musiker gestreckt, die Bloggerin Bibi Barrakuda?

»Macht mal die scheiß Feuerzeuge aus!«, ruft der Typ mit einem blauen Kreuz auf der Wange dazwischen. »Plastik und Butangas, was hat denn das für eine scheiß CO_2-Bilanz!«

Trotz der chilligen Musik ist die Stimmung im »Seehund« aufgeheizt. Bei den Protestlern gibt es ganz offenbar verschiedene Fraktionen. Neben den friedlichen Dorsch-Demonstranten, die wie Oberschüler mit einem Abischnitt von eins Komma drei aussehen, gibt es da noch eine kleine Fraktion, die ihre Aktionen etwas weniger zimperlich gestaltet. Das »Kommando Käpt'n Ahab« ist eine militante Splittergruppe von »Extinction Rebellion«. Im »Seehund« sind es heute Abend vielleicht sechs oder sieben junge Leute. Sie fallen durch ihre Klamotten auf. Sie tragen zusammengenähte oder getackerte Shirts, BHs und Kleider aus Strandgut. Es sieht nach Plastikfolien und halbzerrissenen Persenningstoffen aus, wie Rüstungen aus zersplitterten Teilen von Kanistern und Kunststoffflaschen. Die Crewmitglieder vom »Kommando Käpt'n Ahab« sehen aus wie in Seenot Gestrandete auf einer verlassenen Insel. Mehrere haben sich das blaue X fett auf die Wange gemalt. Der große gutaussehende Junge mit langen Haaren, der eben erst gegen die Feuerzeuge protestiert hat, kommt richtig in Schwung, als Bounty ›Revolution‹ von den Beatles anstimmt. Seine Kette mit mehreren türkisfarbenen Steinen und einem Tierzahn schwingt an seinem Hals hin und her.

Bibi Barrakuda filmt mit ihrem Handy alles mit. Tadje ist sich auf einmal ganz sicher, dass es sich um die Bloggerin handelt, deren Videos und Posts sie seit einigen Tagen verfolgt. Ja, das ist Bibi Barrakuda. Aber sie filmt gar nicht die Band, vor allem filmt sie sich selbst, und sie quatscht permanent in die Kamera. Bei der Musik und in dem lauten Durcheinander fällt es gar nicht auf.

»Das ist so krass, was hier auf der Insel abgeht. Wir haben heute Nachmittag diesen Riesenfisch im Meer gesehen, der war echt soooo gefährlich … und dann war da dieser angespülte mega-unheimliche Fuß. Das war so krass, oder?« Bibi Barrakuda schwenkt ihr Smartphone, dass jetzt auch der neben ihr stehende Hörbi mit im Bild ist.

»Jo, echt krass.« Dann fällt sie Hörbi gleich wieder ins Wort. Mehr will sie von dem Baywatcher mit dem Sixpack gar nicht wissen.

»Und jetzt dieses Konzert hier im ›Lustigen Seehund‹. Das ist … keine Ahnung, ja, tatsächlich voll lustig. Also, hier ist echt was los auf der Insel.« Sie gackert gekünstelt in die Kamera. Und im Hintergrund singen Bounty und Niggemeier »You say you want a revolution … Well you know … We all want to change the world …« Thies, Hörbi und Giselle schnipsen mit den Fingern.

»Wisst ihr, wie das hier gerade ist?« Bibi Barrakuda reißt die geschminkten Augen weit auf. »Was meinte eben einer von den ›alten Leuten‹?« Bei dem Begriff »alte Leute« malt sie mit theatralischer Geste Anführungszeichen in die Luft und kichert wieder. »Groovy. Halloo?! Grooovy! Wie cool ist das denn? Groovy ist das neue krass! Und damit sagt eure Bibi Barrakuda: Tschüss, ihr Süßen. Bis morgen. Liked mich oder schreibt mir euern Kommentar! Ganz egal was, aber schreibt mir! Und morgen mach ich auch mal ein Q&A zu den coolen Taschen mit dem Kirschmuster. Das wird richtig geil.«

Tadje beobachtet sie die ganze Zeit. Plötzlich hat sie einen Verdacht. Vielleicht hat Bibi Barrakuda alles nur inszeniert. Was diese Influencer so ins Netz stellen, ist doch alles gar nicht echt. Vielleicht ist der weiße Fisch nur eine Attrappe, der Fuß ist gar nicht echt oder Bibi hat ihn irgendwo aufgetrieben und dann im Wasser deponiert. Tadje mag es sich gar nicht weiter vorstellen. Sie hat Bibi Barrakuda die ganze Zeit im Auge, und Bibi, die jetzt nicht mehr auf »Sendung« ist, hat derweil ein Auge auf den attraktiven Typen mit dem großen blauen X auf der Wange und dem Faible für die Beatles-Revolution geworfen.

»Was heißt eigentlich dieses X auf deiner Backe.« Sie grinst ihn an wie sonst in ihre Handykamera. »Voll süß! Blau ist das neue Rosa, oder wie?« Sie kichert.

»Sag mal, wo lebst du eigentlich?« Der Junge vom »Kommando Käpt'n Ahab« ist fassungslos, aber irgendwie fasziniert ihn eine so geballte Ahnungslosigkeit auch. Gegensätze ziehen sich bekanntlich an.

Niggemeier röhrt immer noch ›Revolution‹ in die Rauchschwaden. Der Oberstudienrat des Husumer Theodor-Storm-Gymnasiums ist durch den einen oder anderen »Skorbut« schwer in Schwung gekommen.

»Ja und? Was heißt das denn nun?« Das Mädchen klimpert mit den Wimpern, in denen dick die Tusche hängt.

»Extinction Rebellion«, schreit er gegen die Musik an.

»Extensions … Rebellion?«, fragt sie staunend. »Rebellion? Das heißt doch Protest?«

»Ja, klar heißt das Protest. Deswegen sind wir hier.«

»Ihr protestiert gegen Haarverlängerungen?« Sie sieht ihn aus ihren überschminkten Augen entgeistert an. »Aber wieso?«

9

Die Sonne geht gerade als roter Ball über dem Wattenmeer auf. Ein ganzer Schwarm Austernfischer sitzt krakeelend auf dem trockengefallenen Ufer. Am Horizont stehen auf der glitzernden Oberfläche die nahegelegenen Halligen. Boy Boyksen lädt Gerätschaften und Proviant für mehrere Tage auf sein Boot: Konservendosen mit Eintöpfen, die er sich auf seinem Gaskocher warmmachen kann, Knäckebrot, Hartwurst, Pulverkaffee, drei Flaschen Rum, eine Harpune und einen Revolver. Es sieht aus, als hätte er einen längeren Törn vor. Er verstaut ein ganzes Sortiment Angelruten und eine Kiste voller Pilker im Boot. Boy macht das mit Bedacht, denn viel Platz ist nicht auf dem alten dänischen Fischerboot, das er sich vor ein paar Jahren zugelegt hat. Die »Margarethe« ist ein echtes Museumsstück. Für große Fahrten ins Nordmeer ist der klapprige Kahn eigentlich nicht geeignet. Boy hat sie trotzdem unternommen.

Die kleinen Bleifische und Köder mit verschiedenen Gewichten, je nach Tiefe der Fanggründe, nach Fisch, Wetter und Beißlaune der Fische, schillern in unterschiedlichsten und grellsten Schockfarben in der Morgensonne.

Die robuste Bootsrute, die geflochtenen Schnüre und die schweren chromblinkenden Pilker für den Weißen Heilbutt muss er gesondert verstauen. In einem Eimer stapelt sich ein Dutzend Makrelen als Köder für den großen Butt. Aber vielleicht grillt sich Boy auch den einen oder anderen Fisch. Außerdem ist er nicht allein an Bord.

Touristikchefin Silke Zaluskowski und sein älterer Bruder Knut haben ihn überredet, diesen komischen Ozeanografen von der Kieler Uni mitzunehmen. Eigentlich kann er den gar nicht gebrauchen. Er bereut schon, dass er sich hat breitschlagen lassen. Auf seinen Törns spricht Boy mit den Fischen und dem Meer. Jetzt soll er auf einmal mit dem neunmalklugen Wissenschaftler Smalltalk machen. Er hofft nur, dass dieser Professor Dreifuß mit der Nickelbrille und dem zotteligen Bart ihm die Jagd auf den Heilbutt nicht ausreden will. Hoffentlich ist der Typ in der alten Jeansjacke und dem Schlapphut keiner dieser fanatischen Tierschützer. Was Dreifuß von dem Weißen Heilbutt will, weiß Boy nicht. Nach einem Hochseeangler sieht er zumindest nicht aus. Und dann hat er allerlei Zeug dabei, mehrere Kameras, unzählige Röhrchen für Wasserproben, Schachteln und Thermometer, die dringend benötigten Platz an Bord wegnehmen.

»Guten Morgen, das heißt Moin.« Professor Rüdiger Dreifuß steht reichlich unbeholfen auf dem Anleger. Er rückt seine Nickelbrille zurecht, in deren Gläsern die Sonne reflektiert.

»Moin!«, brummt Boyksen. »Ja, wat denn nu? Mit an Bord oder doch lieber an Land bleiben?« Er sieht provozierend zu ihm hoch. »Dann reich mal runter deinen Kram.«

Boy Boyksen will keine Zeit verlieren. Er hat lange genug auf den Zausel gewartet. Aber der Weiße Heilbutt wartet nicht auf sie.

Innerhalb kürzester Zeit steht die Sonne schon strahlend über Föhr. Es verspricht wieder ein heißer Sommertag an der See zu werden. Im Augenblick ist das Wetter ruhig, und die Vorhersage für die nächsten drei Tage verspricht weiterhin heißes Sommerwetter. Aber Boy traut dem Frieden nicht und hat vorsichtshalber warme und regenfeste Klamotten, Öljacken und Südwester eingepackt. Der Meeresbiologe scheint nur seine Jeansjacke und einen alten Schlafsack dabeizuhaben. Irgendwie wird er den Jungen an Bord schon auf Kurs bringen.

Seine Angelleidenschaft will sich Boy auf keinen Fall nehmen lassen.

»Das Meer ist der letzte freie Ort der Welt«, sagt Boy Boyksen. Und sein Bruder Knut antwortet ihm dann immer. »Aber auch nur, weil du an Land schon so allerlei angestellt hast und jederzeit Gefahr läufst, von mir verhaftet zu werden.« Äußerlich haben die beiden Brüder eine große Ähnlichkeit, derselbe weiße Bart. Beide sehen blendend aus, ein bisschen wie George Clooney in Rente. Aber Boy ist das schwarze Schaf in der Familie. Schon als Kind war Knut immer der Bulle und Boy der Pirat. Er ist mehrmals von der Küstenwache beim Schmuggeln erwischt worden. Er hat angeblich einige illegale Frachten transportiert und das eine oder andere in der Nordsee entsorgt. Am laufenden Band hat er gegen Fangverbote verstoßen und gerade in diesem Frühjahr noch kistenweise Kabeljau gefischt. Boy ist fischverrückt, da interessieren ihn keine Fangquoten.

Er muss einfach immer wieder rausfahren, auf die Nordsee und weiter in den Nordatlantik, bis hoch zu den Lofoten. Er hat hunderte Fische am Haken gehabt, ein paarmal auch einen Weißen Heilbutt. Und dieses Prachtexemplar kennt er, da ist sich Boyksen sicher. Vor zehn Jahren hat er ihn schon gejagt, nicht vor der nordfriesischen Küste, sondern weiter oben vor Norwegen. Fast wäre er ihm in einem der Fjorde in die Falle gegangen. Aber dann ist der riesige Fisch doch entwischt. Er hatte ihm mit seiner dreieckigen Schwanzflosse höhnisch zugewinkt, dann war er abgetaucht und Richtung Island und Grönland verschwunden. Boy Boyksen hatte entnervt kehrtgemacht. Aber er konnte warten, und das Warten hat sich gelohnt. Er hat ihn sofort an seiner weißen Schwanzflosse erkannt, die strahlend hell aus dem Wasser herausleuchtete. Normalerweise ist der Weiße Heilbutt schwarz-weiß gefleckt. Aber dieser strahlt weiß aus dem Wasser heraus.

Alle sagen, Angeln sei Glückssache. Wie man es nimmt, denkt Boyksen. Du musst zur richtigen Zeit am richtigen Ort sein, vor dem norwegischen Tromsø, rund um Island oder vor der Westküste Grönlands. Und wenn du Geduld hast, dann kommt dein Fisch zu dir. Gestern war er direkt vor dem Amrumer Kniepsand aufgetaucht. Allzu lange wird er im Naturpark Wattenmeer nicht bleiben. Der Weiße Heilbutt ist kein niedliches Fischchen für Naturparks, sonders ein wildes Tier. Normalerweise hält er sich in fünfzig bis zweihundert Meter Tiefe in Wasser mit hohem Salzgehalt auf. Im Sommer kommt er aber auch immer mal wieder in flachere Gewässer. Und in diesem Sommer hat er sich offenbar vorgenommen, Urlauberinnen mit lackierten Nägeln die Füße abzubeißen. Boy Boyksen muss innerlich grinsen. Aber der gefräßige Räuber fällt tatsächlich über alles her und reißt alles, was ihm in die Quere kommt.

Wer den aggressiven Biss des Weißen Heilbutts erlebt hat, wird das so schnell nicht vergessen. Viele Angler hatten schon ein Exemplar an der Angel, ohne die Chance, ihn zu bezwingen. Wenn die Rolle zischend und jammernd die Schnur freigibt und die Rute sich fast bis zum Wasser hinunterbiegt, dann verlieren die meisten Angler die Nerven. Mit leichtem Pilk-Gerät hat man keine Chance. In rasendem Tempo zieht der Fisch dann die Schnur von der Rolle und verabschiedet sich in die Tiefe. Der Drill eines Heilbutts ist Schwerstarbeit. Stück für Stück muss man den kräftigen schweren Fisch nach oben pumpen, das hat Boy schon ein paarmal gemacht. Aber wenn man den Fisch an der Wasseroberfläche hat, fangen die Probleme erst richtig an. Mit seiner gewaltigen Schwanzflosse kann dieses Fischmonster so ein kleines Boot wie seines innerhalb kürzester Zeit in Kleinholz verwandeln. Diesem Riesenexemplar kann man nicht mal eben ein Tau durch Kiemen und Maul ziehen und es, wie bei anderen Fischen üblich, mit einer zweiten Schlinge um die Schwanzflosse ruhigstellen. Aber Boy hat eine Harpune an Bord und zur Not einen Revolver. Diesmal wird er den Fight mit dem Weißen Heilbutt gewinnen. Außerdem hat Boyksen einen Deal mit diesem verrückten dänischen Koch. Skorgaard hat ihm richtig viel Geld geboten, fünfzig Euro das Kilo. Und so einen riesigen Butt hat Boy noch nicht gesehen. Er hat von Weißen Heilbutts gehört, die dreihundert oder vierhundert Kilo auf die Waage bringen. Dieser blöde Däne ist ein Affe, genau der Typ, den er eigentlich ablehnt. Aber fünfzig Euro pro Kilo sind fünfzig Euro.

Professor Dreifuß steht die ganze Zeit reichlich unbeholfen an Deck. Er verstaut ein paar Gerätschaften, Glasröhrchen, Schläuche und Chemikalien in der Backskiste, dem Stauraum vor dem kleinen Steuerhaus. Dabei wirft er einen argwöhnischen Blick auf den zwischen den Fendern und dem Angelgerät liegenden Revolver. Und dann hält

Dreifuß auf einmal einen Schuh in der Hand, eine mit Pailletten besetzte Damensandale mit Goldriemen.

»Was haben wir denn hier?« Hinter dem zauseligen Vollbart zeigt sich ein Grinsen. »Damenbesuch an Bord gehabt?«

Boyksen fühlt sich ertappt. »Was ist dat denn?«, wiederholt Boy die Frage des Professors. »Wat macht der denn hier?« Boy reagiert für seine Verhältnisse ungewöhnlich nervös. Was macht der Schuh noch bei ihm an Bord? Wie hat er den übersehen können? Aber er geht über diese Fragen einfach hinweg. Den Zausel von der Uni hat das nicht zu interessieren. Soll er doch gern an Damenbesuch glauben. Egal, jetzt wollen sie zum Angeln rausfahren.

Boyksen macht die Leinen los, wirft die Maschine an und manövriert das Boot aus dem Hafen heraus. Es ist heute gar nicht so einfach, durch die in mehreren Reihen an der Mole liegenden Jollen der Dorsch-Demonstranten hindurchzukommen.

Boy Boyksen schüttelt den Kopf. »Darf ja wohl nich wahr sein. Dienstag für Dösköppe.«

10

Smilla staunt über die Fülle auf der Frühfähre. Nur mit Mühe hat sie einen Sitzplatz auf dem Sonnendeck ergattert. Die dänische Touristikmanagerin sitzt eingezwängt zwischen schwitzenden Urlaubern, quengelnden Kindern, Surfern in Sportklamotten und Jugendlichen mit Rucksäcken und zusammengerollten Transparenten. Smilla fühlt sich bedrängt. Die blonde Dänin ist auch nicht gerade schlank. Ihre heimliche Vorliebe für Hotdogs mit Røde Pølser ist ihr anzusehen. Auch sie schwitzt in der abgeschabten roten Lederjacke, der nicht so genau anzusehen ist, ob sie wirklich aus Leder ist. Smilla zerfließt. Aber der knallrote Lippenstift sitzt akkurat.

»Was soll das hier werden, wenn's fertig is?« Smillas niedlicher dänischer Akzent täuscht. »Das is hier keine Abenteuerspielplatz!«, giftet sie die Mutter an, deren Jungs neben ihr auf der Sitzbank herumturnen und ihr fast auf den Schoß springen. Sie blickt die Frau abschätzig an, was durch die Sonnenbrille allerdings kaum zu erkennen ist. »Und du pass mal mit deine blöde Stöcke auf«, raunzt sie den mit seinem Transparent vorbeilaufenden Dorsch-Demonstranten an.

Ein solches Gedränge hat Smilla wirklich nicht erwartet. Und nach Edeltourismus, den sie hier etablieren soll, sieht es nicht aus. In ihrer Firma hat man behauptet, Amrum sei ein verschlafenes Eiland. Deshalb ist sie ja auf dem Weg dorthin. Der dänische Touristik-Investor VHI, »Vester-Havet-Invest«, ist auf der dringenden Suche nach neuen Standorten an der See. Dänemark ist klein und die Bauge-setzgebung rigide. Vor einiger Zeit haben die Skandinavier Deutschland entdeckt. Hohe Preise schrecken die skandi-navischen Investoren nicht. In turbulenten Zeiten gelten Immobilien immer noch als vergleichsweise sichere Anla-ge. Dass die deutschen Immobilienfirmen sich schon wie-der von ersten Objekten trennen, schreckt die Dänen nicht. Im Vergleich zu Skandinavien sind die Wohnungen und Grundstücke in Deutschland immer noch echte Schnäppchen. In den deutschen Großstädten hat die Ko-penhagener Immobilienfirma »Danske Real Estate« schon reichlich investiert. Deren Tochtergesellschaft VHI, die exklusive Hotelresorts an besonderen Locations baut, er-kundet jetzt die deutschen Inseln und Küsten.

Vor ein paar Jahren noch war Smilla Söland Asset Ma-nagerin eines skandinavischen Hedgefonds. Aber dann hatte sie bei ein paar waghalsigen Wetten auf Kurse, die sich darauf gegen sie entschieden, ein paar Millionen ver-senkt. Der CEO des Fonds hatte ihrer ständigen Kokserei die Schuld gegeben. Jedes Auf und Ab der Finanzmärkte hatten sie und ihre überdrehten Kollegen mit einer solventen Linie Kokain gefeiert, zuerst aus einer Euphorie heraus und schließlich mit Galgenhumor. Über ihre Vorliebe für Schnee war Fräulein Smillas Gespür für Kohle verlorengegangen.

In der Tourismusbranche wird nicht gekokst. Seitdem sie sehr erfolgreich für »Vester-Havet-Invest« tätig ist, trinkt Smilla stattdessen südafrikanische Syrahs. Ihr Gespür für Zahlen hat sie wiedererlangt, und ihre im Investmentbanking erworbene Kaltschnäuzigkeit kann sie auch im Immobilien-Business ganz gut ausleben.

Die Firma hat in letzter Zeit dreihundert Millionen Euro in neue Hotelprojekte und Ferienanlagen investiert. Die brancheninternen Analysen über die Perspektiven des Tourismus ergeben, dass Fernreisen und Kreuzfahrten angesichts der Klimadebatte in Verruf geraten sind und vor allem das bisherige niedrige Preissegment nicht mehr zu halten ist. »Vesterhavet«, was auf Dänisch nichts anderes als Nordsee heißt, baut exklusive Resorts und Hotelanlagen an besonderen Standorten. Aber mittlerweile gehen ihnen die Bauplätze aus, in Dänemark und auch an der deutschen Nordseeküste. Sylt ist bereits vollgebaut. Föhr hat gar keinen rechten Strand, aber dafür schon eine vergleichbare Anlage. Und auf Amrum soll es nach ersten Expertisen noch Potential geben. Die Insel hat angeblich noch keine richtige Infrastruktur und kein zeitgemäßes Wellnessangebot. Die Zeit soll etwas stehengeblieben sein.

Smilla will sich selbst ein Bild machen. Vor allem will sie sich ein interessantes Objekt in sehr attraktiver Lage ansehen, das für ein exklusives Luxushotel in Frage kommt. Das ehemalige Kinderheim ist alles andere als rentabel. Die Auslastung ist angeblich dürftig, die Bezuschussungen nicht mehr angemessen. Smilla hat von katastrophalen Bilanzen gehört. Das Heim steht wohl kurz vor der Schließung.

Doch so verträumt, wie die Kollegen ihr versprochen haben, ist die Insel dann wohl doch nicht. Auf dem Sonnendeck ist es mittlerweile so eng, dass Smilla laufend Rucksäcke, eingerollte Schlafsäcke und Zweimannzelte vors Gesicht geschleudert werden. Sie muss aufpassen, dass sie die langen Stecken der zahlreichen Transparente nicht in die Augen bekommt. Einige der jungen Klimaaktivisten haben schon ein paar Spruchbänder entrollt. Die Aufschrift »Dienstag für Dorsche« flattert müde in der ungewöhnlich heißen Sommerbrise. Smilla schiebt sich die Sonnenbrille auf die Nase zurück, dann wendet sie sich wieder ihrem Smartphone zu und scrollt sich durch die gängigen Internetseiten der Insel. Nach den aktuellen Wassertemperaturen, den Windvorhersagen für Surfer und denen für Allergiker, den Tidenzeiten und den aktuellen Auftrittsterminen von »I am the Walrus – Unplugged« sind vor allem die zahlreichen Posts und auch der Artikel im Onlinemagazin über das neue Restaurant »Thor« und seinen dänischen Koch Thor Skorgaard nicht zu übersehen.

Zuerst stutzt Smilla nur, dann ist sie elektrisiert und wischt hektisch auf ihrem Handy herum. Fiebrig klickt sie sich durch die Website des angesagten Restaurants mit der neuen Nordseeküche.

»Es ist beeindruckend, was die Insel uns bietet: die Fische und Meeresfrüchte, frisch geerntete lebende Muscheln, aber auch Moose und Flechten«, verkündet das Team des »Thor«. »Wir sind Experten für die jeweiligen Jahreszeiten. Und wir genießen den Prozess beim Kochen und auch beim Essen.«

Ja, irgendwie kommt ihr das bekannt vor. Je näher sie die Homepage vom »Thor« studiert, desto vertrauter ist ihr vieles. Das sommerliche Meeresfrüchtemenü. »Ein kulinarisches Puzzle, das sich auf genial einfache Weise zusammensetzt.« Über dem Satz ist die anatomische Zeichnung einer Seeschnecke und eines Wattwurms zu sehen. Auch die puristischen Namen der Menüs »Ebbe«, »Flut«, »Salzwiese« oder »Wald« erinnern sie an das Restaurant ihres verstorbenen Bruders Börre und seines deutschen Partners, die in Kopenhagen zusammen mit ihrem nordischen Küchenkonzept für Furore gesorgt hatten. Die zitierten Kritiken sind beeindruckend. Der internationale Restaurantführer ›Grande Bouffe‹ spendierte auf Anhieb die volle Punktzahl und schwärmt in den höchsten Tönen. »In einer ehemaligen Bootswerft auf der deutschen Nordseeinsel Amrum erfindet der Däne Thor Skorgaard die Küche neu.« Es ist wirklich erstaunlich, ihr Bruder und sein Partner hatten für eine solche Beurteilung jahrelang hart arbeiten müssen. Was maßt der Typ sich an? Smilla wird richtig sauer.

Dieser Skorgaard hat sich angeblich die letzten Monate vor allem mit der Struktur und der Haptik des Salzwiesengrases beschäftigt. Bei ihrem Bruder und seinem Partner war es vor einem Jahr noch das Seegras gewesen. Sie hatten ewig experimentiert, ob sie das Seegras marinieren, in den eigenen Säften kochen oder frittieren sollten. Schließlich hatten sie das maritime Grün den Gästen unbehandelt einfach roh serviert. Wahnsinn! Es war wirklich ein phänomenales Geschmackserlebnis. Smilla wollte ihren Bruder als Starkoch eines Fünf-Sterne-Hotels ganz groß rausbringen. Aber das war jetzt nicht mehr möglich. Börre lebt nicht mehr.

Hat dieser dänische Koch auf Amrum das alles frech geklaut? Smilla wird richtig wütend. Wer ist dieser Thor Skorgaard? Der Koch ist auf keinem Bild zu erkennen. Er ist nur von hinten in der Küche zu sehen, nur seine Hände, das japanische Kochmesser, ein Krebs, die Salzwiesengräser in Makroaufnahme. Aber auf einem Foto, beim Filetieren eines Steinbutts, kriecht sein Tattoo aus dem Ärmel des schwarzen Hemdes heraus. Vegvísir, die Kreise und Runen des Wikingerkompasses, Thors Hammer … Warum muss inzwischen jeder angesagte Koch diese Wikingertattoos auf dem Arm haben?

Diesem neuen Restaurant will Smilla unbedingt einen Besuch abstatten. Vielleicht kann sie ja für heute Abend noch einen Tisch ergattern.

11

»You say you want a revolution«, schreit Sascha über das morgendliche Watt. In den Pfützen glitzert bei Niedrigwasser das Morgenlicht. Die Austernfischer simulieren mit ihrem schnellen Piep-piep-piep-piep-Stakkato die schrille Sologitarre zu Beginn des Songs. Sascha bekommt das ›Revolution‹ nicht aus dem Kopf, als er mit den Spraydosen im Rucksack den Sandweg am Watt zurück zum kleinen Hafen in Steenodde läuft. Vielleicht kann er nach dieser Nordseenacht unter der Persenning in der Jolle seiner Leute noch mal ein paar Stunden schlafen. Der Junge vom »Kommando Käpt'n Ahab« hat eine ganze Schafherde auf dem Deich mit seinen Tags und verschlüsselten politischen Botschaften versehen. Auf dem Fell der Schafe leuchten jetzt geheimnisvolle Zeichen in dem knalligen Blau von »Extinction Rebellion«.

»You say you want a revolution.« Sascha ist voller Tatendrang. Er fühlt sich sicher und gut. Sonst spürt er bei seinen Aktionen oft diesen Zorn in sich. Wenn er sich an Gleise gekettet oder in Baumkronen des Hambacher Forstes verschanzt hatte, dann war er wütend gewesen. Er hätte kotzen können, als sie in die stinkenden Riesenställe mit der Massentierhaltung eingebrochen sind, um die geschundenen Kreaturen zu befreien. Auf dem Hamburger G20-Gipfel hatte er in der Schanze gewaltig mitgezündelt, Dächer gestürmt und irgendwelche scheiß Hipster-Boutiquen geplündert. Anschließend waren sie mit einem kleinen Kommando die Elbchaussee hinuntergezogen und hatten ein paar fette Porsches angezündet. Dabei war er vor allem wütend. Er fühlte sich wie der King, aber er hatte auch Muffe. Der Fight mit den Bullen war kein Spaß. Er mag das Gefühl, sich im Krieg zu befinden. Es gefällt ihm, bei anderen rauschhafte Ängste vor der Zukunft auszulösen.

Dagegen sind die Aktionen auf Amrum wie Urlaub für ihn. Er genießt es richtiggehend. Das Einzige, was ihn sauer macht, sind die Kohorten von milchgesichtigen Dorsch-Demonstranten, die so tun, als sei der politische Kampf ein Klassenausflug im Segelboot. Allein diese lächerlich lustigen Spruchbänder mit den gemalten Fischgesichtern. Dieses PETA-Motto »Fische sind Freunde, kein Essen« war ihm schon vor ein paar Jahren auf den Geist gegangen. Verdammt noch mal, Rebellion ist kein Kindergeburtstag. Am liebsten würden sich diese schrecklich netten jungen Spießer noch von Mami und Papi zur Demo kutschieren lassen. »Dienstag für Dorsche«. Allein schon das Motto! »Wednesday für Weicheier«. Fuck off! Zumindest hätten diese Freizeitrevoluzzer sich ja vorher mal informieren können, dass Dorsche hier in der Nordsee Kabeljau heißen.

Was für ein Fisch ist der Weiße Heilbutt dagegen. Dieses große edle, wilde Tier hat es ihm angetan. Aus den kalten Tiefen des Meeres kreuzt er hier am Strand auf und beißt Urlauberinnen die Füße ab. Er ist der König hier. Die Wikinger haben ihn vor Jahrhunderten bereits als Geschenk der Götter, als heiligen Fisch verehrt. Das Meer, von der Nordsee bis zu den Lofoten, gehört ihm, das ist sein Lebensraum, den will er verteidigen. Jetzt machen sie Jagd auf ihn, Hochseefischer, Touristikmanager, und diese beiden bekloppten Bademeister wollen ihn hier doch auch vertreiben. Es ist ein Kampf der wilden Natur gegen die Zivilisation, das Meer tritt gegen den Menschen an, und der Mensch wird verlieren, dafür wird Sascha schon sorgen. Er wird für seinen Fisch kämpfen. In dem Punkt ist er sich mit den Dorsch-Demonstranten sogar einig.

Aber schlimmer noch als die Dorsch-Deppen ist die neureiche Schickeria, der es auf Sylt jetzt zu eng wird. Dieser dänische Immobilieninvestor VHI will hier einen schick designten Hotelschuppen hinsetzen, in dem die blasierte Kundschaft von der Sauna im Hotelbademantel gleich in die Bar schlendern kann. Diesen Wellness-Wichsern will er allzu gern eins einschenken. Das heißt, er will dafür sorgen, dass die dänischen und Sylter Heuschrecken hier gar nicht erst einfallen. Sascha weiß, was zu tun ist.

Und vor den Bullen muss er sich hier nicht fürchten. Hier gibt es keine Sonderkommandos mit Wasserwerfern und Schutzschildern, keine Bullenwannen. Hier gibt es die Bullen nur auf der Weide, und das sind in Wahrheit auch nur ein paar Kühe, die hier im Wind rumstehen.

Rebellion on Holiday. Und dann ist da auch noch dieses Mädchen aufgetaucht. Über fehlenden Zuspruch bei den Mädels kann Sascha sich nicht beklagen. Aber diese Influencerin Bibi ist mal eine ganz neue Erfahrung. Den Geruch nach allen möglichen Gels und Lotionen kennt er von seinen Rebellion-Freundinnen, die die dekadenten Aromen aus den tiermordenden Giftküchen der Kosmetikindustrie strikt ablehnen, gar nicht. Bibi ist dumm wie das Watt bei Niedrigwasser. Aber irgendwie macht ihn diese Naivität an. Letzte Nacht in den Dünen hatten sie ihren Spaß. Ihm gefällt, wie sie ihn anhimmelt, wie sie alles macht, was er sagt. Sie hält das offenbar alles für eine abgefahrene Aktion für ihren Video-Blog. Es ist ein Spiel, das ihm gefällt. Er fühlt sich noch ein bisschen größer, wilder und gefährlicher als ohnehin. Sascha vom »Kommando Käpt'n Ahab«.

»Tod und Teufel, ihr kennt ihn alle!« Seine Stimme hallt über das Watt, dass man ihn auch auf Föhr hören müsste. »Es ist Moby Dick … der Weiße Heilbutt!«

12

Thies und auch Nicole sind noch auf der Insel. Thies weiß nicht so recht, wie sie weiter verfahren sollen. Handelt es sich um einen Unfall oder um Mord? Für den Fredenbüller Polizeihauptmeister ist das natürlich keine Frage. Aber Nicole hat schon recht, dieses Mal ist die Ausgangsbasis für Mordermittlungen noch reichlich dürftig.

Die Husumer Kommissarin ist trotzdem auf Amrum geblieben. Sie muss sich jetzt unbedingt um ihren Sohn kümmern. Sie will auf jeden Fall verhindern, dass Finn durch den grausigen Fund traumatisiert wird. Nicole will sich das nicht eingestehen, aber das Konzert von Finns Vater, Studienrat Niggemeier, war sicher ein weiterer Grund, auf der Insel zu bleiben. ›I am the Walrus‹ im »Lustigen Seehund« wollte sie auf keinen Fall verpassen. Mit dem gruseligen Frauenfuß dagegen mag sie sich eigentlich gar nicht weiter beschäftigen. Gerichtsmedizin und Kriminaltechnik in Kiel versuchen gerade herauszubekommen, was es mit dem abgetrennten Fuß auf sich hat. Zu einem abschließenden Ergebnis sind Carstensen und Börnsen allerdings noch nicht gekommen.

»Seht mal zu, dass ihr den Rest auch noch irgendwo

auftreibt«, hat Carstensen gemault. »Das würde die Sache erheblich erleichtern.«

Thies und Nicole haben absolut keine Idee, wo sie nach dem restlichen Teil des Frauenkörpers suchen sollen. Die Boulevardpresse kennt die Hintergründe natürlich längst. »ALARM!« prangt es in großen roten Buchstaben auf der Titelseite, darunter das Foto eines Riesenfisches mit einem großen Maul und der Satz »Weißer Killer-Heilbutt vor Amrum«. Das Wort »Killer« franst in roten Fetzen nach unten aus. Der brutale Riesenfisch ist für den abgetrennten Fuß verantwortlich, daran besteht für das Revolverblatt kein Zweifel. Außerdem wurde vor ein paar Tagen zwischen Amrum und Sylt ein Windsurfer angeblich von einem fünf Meter langen Weißen Heilbutt angegriffen und von seinem Board gestoßen. So einen großen Fisch habe er in seinem Leben noch nicht gesehen, ein echtes Monster, beteuerte der blondierte Wellenreiter vor laufender Kamera.

»Ich hab echt Schwein gehabt, dass ich wieder heil an Land gekommen bin.«

Auch die beiden Jungs von der DLRG haben ihren Auftritt im Frühstücksfernsehen. Hörbi zeigt seinen gebräunten Sixpack und setzt dazu eine Miene auf, als habe er einen ganzen Winter lang mit Moby Dick im Eismeer gekämpft.

»Eindeutig Weißer Heilbutt, dat haben wir sofort gesehen«, raunzt Hörbi knapp. Jan steht mit Navy-Schnitt und Spiegelsonnenbrille daneben und sagt keinen Piep. Der Meeresforscher Dreifuß mit dem Jeans-Schlapphut hatte den Zuschauern vor dem Auslaufen mit dem Boot noch die zoologischen Fakten erklärt. Der Heilbutt kann fünfzig Jahre alt und bis zu vierhundert Kilo schwer werden.

Mehrere Fernsehsender berichten den ganzen Tag. Die Zeitungen sind voll mit Geschichten über den sagenumwobenen Fisch. Das Tourismusbüro erwägt angeblich eine Sperrung der Badestrände. Doch allzu ernst scheint man es damit nicht zu nehmen. Denn das Sommergeschäft brummt wie noch nie. Die Feriengäste lassen sich von dem Killerfisch und dem unheimlichen Frauenfuß nicht abschrecken. Ganz im Gegenteil. Die Amrum-Urlauber tummeln sich im Wasser, die Tagesausflügler strömen in Massen. Die Sonderfähren von Dagebüll auf die Insel quellen über. Der Schimmelreiter Hauke Schröder, der in einem Hotel gerade neue Teppichböden verlegt, musste einen Anhänger mit etlichen Teppichrollen auf dem Festland zurücklassen. Ausflugsdampfer organisieren Fahrten zum Weißen Heilbutt. Jeder Kapitän hat seine eigene Theorie, wo sich der dämonische Fisch versteckt hält. Und viele meinen, den weißen Rücken aus dem Wasser leuchten zu sehen. Doch in Wahrheit hat den Fisch seit seinem kurzen Auftauchen vor dem Kniepsand niemand mehr gesehen. Die Insel befindet sich im Overkill.

Auch Birte Birkenstolz hat Probleme, die Stimmung der Langeweile in der übrig gebliebenen Kleingruppe aufrechtzuerhalten. Wer ein Fernglas besitzt, steht am Strand und beobachtet das Wasser. Alle reden vom Weißen Heilbutt und dem angespülten Frauenfuß, über den die wildesten Gerüchte kursieren. Raik Rettmer behauptet steif und fest, der Fuß mit den lackierten Fußnägeln gehört einer Sylter Barfrau, die vor Kurzem auf Nimmerwiedersehen von der Kampener Whiskymeile verschwunden ist. In den sozialen Netzwerken wird weiterhin über die Farbe des Nagellacks spekuliert.

Die Blogs und Foren laufen heiß. Bei ›Bibi Barrakuda‹ gehen die Klicks und Kommentare im Sekundentakt ein. Außerdem hat Bibi jede Menge Fotos gepostet. Tadje glaubt, sie sieht nicht richtig. Bibi und der Typ von gestern mit dem blauen X auf der Wange zusammen in den Dünen, die beiden beim Baden in den Wellen. Sind die etwa nackt?

So genau kann Tadje es nicht erkennen. Wahrscheinlich hat er ihr noch mal erklärt, was »Extinction Rebellion« bedeutet, und dabei sind sie sich nähergekommen. Er trägt auf dem letzten Foto sein T-Shirt mit dem X, sie einen ziemlich knappen Bikini, der ihr Bauchtattoo mit dem Barrakuda zur Geltung bringt. Der Typ vom »Kommando Käpt'n Ahab« sieht grimmig in die Kamera und Bibi, als hätte sie den Unterschied zwischen Haarverlängerung und

Weltuntergang immer noch nicht kapiert. Die Posts haben schon wieder hunderte Likes. Neue touristische Konzeptionen kann Tadje daraus allerdings im Augenblick noch nicht ableiten.

13

Das Rufen und Lachen der Kinder, das Klappern der Frühstücksteller und Tassen hallt durch den großen Speisesaal. Die Kinder und mehrere Erzieherinnen und Erzieher haben gerade ihr Frühstück beendet und wollen jetzt an den Strand aufbrechen. Auch das Kinderheim ist voll belegt. Alle laufen durcheinander.

»Moin, moin, lassen Sie sich von uns gar nicht weiter stören«, brummt Timo Pohlmann den Erzieherinnen und dem Küchenpersonal jovial zu. Der breitschultrige und große blonde Bauunternehmer steht wie ein Fels in der Brandung mitten im Gewusel der um ihn herumlaufenden Kinder und Heimmitarbeiter. Zusammen mit Heimleiter Krüß und der Chefin des Touristikbüros Silke Zaluskowski macht er einen Rundgang durch das Haus. Pohlmann stampft durch Speisesaal, Küche und über die Gänge, als gehörte ihm die Immobilie bereits. Touristikfrau Silke macht ein paar Erläuterungen. Der schmale Krüß, der gerade mal die Hälfte des mächtigen Bauunternehmers auf die Waage bringt, tapert etwas hilflos hinter den beiden her.

»Nanu, was ist hier denn passiert?«, wundert sich Pohlmann, als sie den Aufenthaltsraum des Kinderheimes betreten. In einem der großen Fenster klafft ein großes Loch, das von Glassplittern gefährlich umkränzt wird. Auf dem Boden darunter türmen sich zusammengefegte Scherben. Das kleine Karlchen steht betrübt daneben.

»Herr Krüß, Herr Krüß!«, stürmt der Junge sofort auf den Heimleiter ein. »Wann kommt der Glaser denn endlich?«

Der Heimleiter fasst ihm beruhigend auf die Schulter. »Einer der größeren Jungen hat wohl mit einer Bocciakugel nach ihm geworfen«, erklärt er dem Bauunternehmer. »Und dann hat Karlchen, ermuntert durch andere Kinder, die Kugel zurückgeworfen und dabei statt des Jungen die Fensterscheibe getroffen.«

Der schüchterne Junge macht sich schwere Selbstvorwürfe und ist den Tränen nahe.

»Karlchen, wir bekommen das wieder hin«, versucht Krüß ihn zu trösten.

Es ist nicht nur das Fenster im Aufenthaltsraum, das schnellstens gerichtet werden muss. Das in den Achtzehnhundertneunzigerjahren als nobles Hotel erbaute Gebäude ist natürlich immer wieder renoviert und verändert worden. Aber das ist eine Weile her. Jetzt muss dringend etwas getan werden.

Die Eigentümer des Hauses, die Gemeinde Amrum und der Trägerverein, scheuen die aufwändige, kostenintensive

Modernisierung. Sehr bald nach ihrer Amtsübernahme hat die neue Touristikchefin Frau Zaluskowski einen Verkauf des Heims ins Gespräch gebracht. Es gibt eine ganze Reihe von Interessenten. Die Lage des Hauses direkt über dem Meer mit Blick auf die Halligen ist äußerst attraktiv und bietet sich für ein Hotel geradezu an.

Um das Projekt ist allerdings ein erbitterter Streit ausgebrochen. Die Belegschaft und auch die Heimleitung wollen das Haus unbedingt als Kinderheim erhalten und haben bereits mehrere Protestaktionen gestartet, die kurzfristig zu eskalieren drohten und im Inselboten für Schlagzeilen und wütende Leserbriefe sorgten. Der Fraktion der Denkmalschützer geht es um die Tradition des Hauses und die historische Bäderarchitektur, von der allerdings nicht mehr viel zu erkennen ist. Und der cleveren neuen Touristikchefin Silke Zaluskowski, so haben viele den Eindruck, geht es ums Geld. Einige Insulaner finden das gar nicht verkehrt, die Insel aus ihrem Dornröschenschlaf zu wecken.

»Denkmäler sind wat zum Angucken, aber wir wollen uns in einem Hotel wohlfühlen und einen gewissen Komfort«, poltert der Bauunternehmer Pohlmann. »Dat Wort Luxus nehm ich ja gar nich in den Mund, dann is man ja gleich …« Er macht eine wegwerfende Handbewegung und fasst sich an sein großes fleischiges Ohr. »Wir leben in einer Neidgesellschaft. Aber dat will keiner hören.«

Eine Erzieherin, die mit einer Kindergruppe vorbeiläuft, wirft ihm einen bösen Blick zu.

Das Bauunternehmen Pohlmann hat auf Amrum noch eine Rechnung offen. Timos Vater war vor acht Jahren auf der Insel zu Tode gekommen. Er wurde damals leblos in Golfklamotten in einem fremden Pensionsbett aufgefunden. Bevor sein Tod untersucht werden konnte, war sein Leichnam mehrmals auf mysteriöse Weise verschwunden und zwischendurch immer wieder aufgetaucht. Sein Tod war damals mit dem Golfplatz in Verbindung gebracht worden, den er auf Amrum anlegen wollte.

Der alte Pohlmann hatte seine Firma noch auf dem Festland. Seine Lastwagen und Bagger mit den stilisierten roten Backsteinen auf dem Firmenlogo waren in ganz Norddeutschland unterwegs. Sein Sohn residiert mit seinem Büro inzwischen auf Sylt, die Arbeiten auf den Baustellen verrichten Subunternehmer mit Arbeitern aus osteuropäischen Ländern.

»Auf Sylt sind wir allmählich durch«, raunt Pohlmann. »Da gibt es inzwischen keinen freien Bauplatz mehr. Jetzt müssen wir unser Betätigungsfeld allmählich mal erweitern.«

»Wäre doch gelacht, wenn wir die Insel nicht ein bisschen in Schwung bringen würden.« Frau Zaluskowski zeigt ihre makellosen und großen weißen Zähne. »Mit dem Golfplatz Ihres Vaters ist es nichts geworden. Aber das war ja vor meiner Zeit.«

»Jetzt bauen wir erst mal ein schönes Wellnesshotel«, donnert Pohlmann. »Alles vom Feinsten. Und Golfplatz können wir dann ja auch mal sehen.«

»Die Immobilienpreise auf Amrum haben sich mittlerweile allerdings auch etwas verändert.« Frau Zaluskowski, die auf keinen Fall zu billig verkaufen will, sieht den Bauunternehmer vielsagend an.

»Aber das Heim steht kurz vor der Pleite. Schlechte Auslastung, schlechte Zahlen.«

»Woher kennen Sie denn die Zahlen des Kinderheimes?« Silke wundert sich.

»Man hat so seine Verbindungen.«

»Meinen Sie unsere Buchhalterin, Frau Wilhelmi? Die seltsamerweise seit einigen Tagen verschwunden ist.«, hakt Silke nach.

Pohlmann geht gar nicht darauf ein. »Da werden wir uns schon einig. Wäre doch allen gedient, wenn wir auswärtige Investoren herauslassen und alles in nordfriesischer Hand bleibt.«

Eine vorbeilaufende Erzieherin bleibt in der Nähe stehen und bekommt immer längere Ohren.

»Die Planungen und auch die Hauptgewerke belassen wir schön auf der Insel.«

»Für die Veränderungen in dem denkmalgeschützten Haus sollten wir aber schon einen Architekten hinzuziehen«, gibt die Touristikchefin zu bedenken.

»Ach wat, Architekt brauchen wir nich. Bauanträge können wir selbst machen«, poltert Pohlmann. »Dat Festland lassen wir mal außen vor. Vom Festland kommt nix Gutes.« Er lacht dreckig.

14

Im Hotel »Halligblick« steht die Luft. In den nicht belüfteten Gängen und Zimmern unter dem Dach herrscht eine Affenhitze. Dem Schimmelreiter und seiner rechten Hand Holger läuft der Schweiß nur so herunter. Dieser Bilderbuchsommer an der See ist absolut kein Wetter zum Teppichverlegen. Aber Hauke hat den Auftrag für »Tapeten Tobarben« an Land gezogen, das war sein ganzer Stolz. Jetzt muss der kleine Raumausstatter aus dem nordfriesischen Luftkurort Leck ran. Hauke und Holger müssen fünfzig Zimmer in Deckenweiß »tropffrei« durchstreichen und zwölfhundert Quadratmeter mit dem Kurzflorteppich »Sahara« verlegen, im Treppenhausbereich unterbrochen von der Sauberlaufmatte im Dekor »Bohlenweg«. Hotelchefin Maggie war von dem täuschend echten Sanddekor aus dem Programm »Ambiente« ganz hin und weg.

»Mit dem Sand, das passt ja perfekt!«

»Na ja, ich will nix sagen …« Hauke hatte zunächst Bedenken. »Aber dat is Sahara, und wir sind hier an der Nordsee.«

»Ach was, Sand is Sand.« Maggie hatte gezögert. »Obwohl, auf Sylt haben sie tatsächlich anderen Sand. Kein

Vergleich mit Amrum.« Aber das waren letztlich alles keine stichhaltigen Argumente gegen »Sahara«. »Fällt dann auch gar nicht mehr auf, wenn die Gäste vom Strand mit sandigen Schuhen ins Hotel zurückkommen. Echt praktisch.«

Hauke und Holger können nach einer schweißtreibenden Woche im »Halligblick« keinen Sand mehr sehen, zumal wenn er penetrant nach Teppichkleber stinkt.

»Geht voll in die Birne, der Kleber«, brummelt Holger mit leicht verwischter Aussprache.

»Fast so wie Bountys Knaster.« Der Schimmelreiter grinst.

Vom tagelangen Hantieren mit dem Teppichmesser haben beide Schwielen an den Händen. Das geht nicht nur auf die Knochen, das Verlegen von zwölfhundert Quadratmetern »Sahara« bei laufendem Hotelbetrieb in der Hochsaison ist vor allem auch ein logistisches Problem. Und dann stehen immer noch drei Kinder im Weg, die lieber beim Teppichverlegen zugucken, als den Tag am überfüllten Strand zu verbringen. Pünktlich zum Arbeitsbeginn sind auch die Kids zur Stelle und nerven das Zweierteam von »Tapeten Tobarben« mit altklugen Ratschlägen.

»Holgeeeer, hier hast du 'ne kleine Ecke vergessen ... oder soll das so?«

Sämtliches Material haben die beiden in einem der Dachzimmer für Familien, das noch mit dem alten Standard ausgestattet ist und in der Hauptsaison normalerweise ebenfalls vermietet wird, gelagert. Der Schimmelreiter und Holger übernachten hier auch, zwischen Farbeimern, Malerutensilien und Teppichrollen. Es ist staubig, im Raum haben sich die beißenden Ausdünstungen der Farben und Teppiche eingenistet. In der Hitze unter dem Dach entfaltet sich der chemische Duftcocktail besonders intensiv.

»Frische Nordseeluft is wat anderes«, mault Holger und grinst müde. Er hat sich zur Mittagspause zwei Bierchen genehmigt und sich danach zwischen den »Sahara«-Rollen für einen Moment aufs Ohr gelegt.

Ausgerechnet jetzt klopft das Zimmermädchen mit dem blonden Dutt und will hier mal schnell durchsaugen oder zumindest das Bad ein bisschen putzen. Hauke, der an eine »Sahara«-Rolle gelehnt gerade die neusten Schlagzeilen über den weißen Killer-Heilbutt studiert, lässt sie ins Zimmer und bringt augenblicklich seinen geballten Fredenbüller Charme zum Einsatz.

»Machst hier sauber, nä?«

»Ja, oder passt das gerade nich so gut?«

»Doch, doch, nee, komm rein.« Hauke hat sich von den Teppichrollen erhoben. »Aber is 'n büschen vollgestellt hier.«

»Macht doch nix … ich guck mal, wo ich rankomm.« Sie blickt sich etwas ratlos in dem Raum um.

»Bist du schon lange hier … im ›Halligblick‹?« Der Schimmelreiter bemüht sich um Smalltalk.

»Nee, erst seit dieser Saison.« Sie nickt, dass der blonde Dutt leicht hin und her wippt. »Und du bist aber auch nicht hier von der Insel, oder?«

Zwischen den beiden knistert es offenbar gleich.

»Ja, nee, vom Festland. Fredenbüll drüben.«

»Fredenbüll? Noch nie gehört.« Sie lächelt Hauke an.

»Dat is 'n Fehler.« Der Schimmelreiter knaupelt verlegen an einem kleinen Fetzen Teppichrest herum. »Is nur 'n kleiner Ort. Die Firma, also ›Tobarben‹, sitzt auch in Leck.«

»Dat is sogar Luftkurort«, schaltet sich Holger ein, der mittlerweile auch wieder unter den Lebenden weilt.

»Leck? Kenn ich auch nicht.«

»Bist nicht von hier, oder?« Hauke lässt den Teppichrest wieder in seinem Overall verschwinden.

»Nee, aus'm Ruhrgebiet. Nordsee war schon immer mein Traum.«

»Wer einmal dat Meer gesehen hat, dem gefällt kein anderes Gewässer«, verkündet Hauke mit feierlicher Miene. Seit er vor zwei Jahren in einem Hamburger Chinarestaurant mit den Weisheiten des Konfuzius in Berührung gekommen ist, hat er in jeder Situation das passende Zitat des Meisters parat.

»Ja, stimmt voll.« Das Mädchen ist ganz verzaubert von der fernöstlichen Weisheit, aber dann besinnt sie sich auch wieder auf ihren Job. »Jetzt will ich bei euch mal ein bisschen klar Schiff machen.« Sie lässt ihren Blick über die gestapelten Teppichrollen schweifen. »Saugen ist ja schlecht im Augenblick, aber ich mach mal das Bad.«

»Ja, einmal kurz 'n büschen drüber.« Hauke will keine Umstände machen. »Wir haben da auch noch Eimer stehen und eingeweichte Pinsel und so …«

»Das ist hier sowieso länger nicht gemacht worden.« Sie überlegt. »Bestimmt eine Woche oder so. Da standen ja bis vor Kurzem immer noch die Koffer von diesem Gast, der einfach abgehauen ist. Das war 'ne Frau, glaube ich. Is plötzlich abgereist, ohne zu bezahlen. Aber Gepäck hat sie dagelassen.«

»Und ihr müsst dann sehen, wo ihr damit bleibt, nä.« Hauke zeigt Verständnis.

»Jo, Entsorgung is 'n Problem, dat kennen wir auch«, brummelt Holger, der mittlerweile schon wieder das Teppichmesser in der Hand hat und in dem angrenzenden Nebenraum auf dem Boden kniet. »Wollen alle schöne neue Auslegware, aber wo wir mit den alten Teppichen bleiben, interessiert keine Sau«, ruft er von nebenan. Er reißt neben dem Bett ein Stück alten Belag vom Boden herunter. Und dann hält er auf einmal ein rosa-weiß-geflecktes Etwas in den Händen.

»Wat ist dat denn?«, will Hauke, der dazukommt, gleich wissen. Es sieht aus wie ein eingestaubter verfärbter Wattebausch. »Das Rote, is dat Blut?«

»Is eher rosa, oder?« Holger hält sich das wattige Ungetüm an die Nase. »Riecht nach Teppichlöser. Komisch. Aber von uns is dat nich.«

Das Mädchen mit dem blonden Dutt wirft einen interessierten Blick drauf. »Das sieht nach so einem Teil zum Abschminken aus.«

Und dann pult Holger noch ein paar abgeschnittene rosalackierte Nägel aus dem alten Teppich.

Der Schimmelreiter grient das Mädchen an. »Hier muss wohl tatsächlich mal wieder gesaugt werden.«

15

Die Stimmung am Strand ist aufgeheizt. Aber die Badegäste genießen die Abwechslung und beteiligen sich nur zu gerne an den hitzigen Diskussionen. Die Baywatcher Jan und Hörbi werden von allen Seiten bedrängt. Jan hat das Wasser mit seinem Fernglas fest im Blick.

»Was ist jetzt mit dem Heilbutt? Wo ist er?« Die aufgebrachte Helikoptermutter rudert mit den Armen. »Unsere Kinder sind in Gefahr!«

»Keine Panik«, versichert Hörbi. »Wir hab'n dat im Griff.«

»Die Gemeinde muss ein Badeverbot erlassen!« Auch der Nackte mit der Frotteemütze hat sich wieder eingefunden.

»Frau Zaluskowski von der Touristik ist längst informiert«, brummt Jan, ohne das Fernglas abzusetzen.

»Wenn wir ein Badeverbot verordnen, haben wir sofort eine Panik auf der ganzen Insel.« Hörbi wirft dem Nackten einen kurzen bösen Blick zu, dann sieht er gleich wieder aufs Wasser. »Wat sag ich, an der ganzen Küste.«

»Sie wussten, dass da draußen ein Weißer Heilbutt ist, und Sie wussten, dass er gefährlich ist«, echauffiert sich der Nackte.

»Gestern wussten Sie doch noch gar nicht, wat ein Weißer Heilbutt überhaupt ist«, motzt Hörbi den Mann an.

»Aber natürlich!«, gibt der Mann empört zurück. »Ich kenne die Fische der Nordsee.«

»Und Sie ja wohl auch!« Die Stimme der Mutter, die sich mittlerweile mit dem Nackten verbündet hat, überschlägt sich.

»Nee«, grummelt Jan. »Das ist für uns alle eine neue Situation.«

»Aber mit dem Feldstecher müssen Sie den doch längst gesehen haben, und gleichzeitig lassen Sie die Menschen baden! Das ist ein Wahnsinn!«

Die Fredenbüller an Antjes Strandkorb bekommen die hitzige Diskussion nur aus der Ferne mit. Die Stimmen werden inzwischen wieder vom Wasserplantschen und dem Klackern des Strandtennis übertönt. Eigentlich könnten es unbeschwerte Sommertage an der See sein. Piet Paulsen baut mit Finn Sandburgen, Antje macht belegte Brote für den Strandkorb, und Bounty gibt ab und zu ein »Walrus«-Konzert. Vor allem genießt es Thies, mit Nicole mal wieder am Kniepsand baden zu gehen. Dass Heike auf dem Festland in Fredenbüll geblieben ist, findet er gar nicht so schlimm. Antjes Strandkorb entwickelt sich in diesen Tagen immer mehr zu einem Ersatz für »De Hidde Kist«. Piet Paulsen hat schon mal angeregt, einen kleinen Grill zu installieren. Doch bisher hat die Imbisswirtin nur

Krabbenbrötchen, Croque »Störtebeker« und eine kleine Getränkeauswahl aus der Kühltasche, die sie inzwischen gründlich gereinigt hat, im Angebot. Und jetzt kommt Knut Boyksen mit frischen Krabben vom Kutter.

Auch Telje und Tadje schauen immer mal vorbei. Telje nutzt die Mittagspause in der Satteldüne für ein schnelles Bad, und für Tadje gehört das touristische Treiben am Strand ja gewissermaßen zur Arbeit. Nur der blasse Lasse langweilt sich ohne das inspirierende »Dadadüdadadüdüdüda« des Daddelautomaten in der »Hidden Kist«. Mit seinem Sonnenbrand muss er am Strand sowieso aufpassen. Außerdem hat Tadje gar keine Zeit für ihn. Sie langweilt sich auf professionelle Art und Weise. Heute Morgen hat sie schon wieder bei Birte Birkenstolz und ihren Langweilerinnen vorbeigeschaut. Doch die Gruppe ist inzwischen stark dezimiert. Die meisten Teilnehmerinnen ziehen das turbulente Strandleben und die Diskussionen um den Heilbutt dem absichtslosen Einfach-nur-Dasein vor.

Tadje sinniert den ganzen Tag über neue touristische Konzeptionen. Als Erstes will sie für Amrum ebenfalls so einen Blog einrichten. Die meiste Zeit klickt und scrollt sie im Schatten des Strandkorbs auf ihrem Smartphone herum. Neben ihr döst Imbisshündin Susi ermattet mit halbgeschlossenen Augen vor sich hin. Macht ihr die Hitze zu schaffen, ist Susi krank oder hat sie einfach nur Langeweile? Vielleicht sollte Tadje sie mal zu Birte Birkenstolz'

Workshop mitnehmen. Die Workshop-Teilnehmerinnen könnten sicher noch etwas von ihr lernen. Im Augenblick informiert Tadje sich erst mal, was andere im Internet von sich geben und was es an Aktionen, Blogs und Videos gibt. Irgendwie bleibt sie immer wieder bei ›Bibi Barrakuda‹ hängen. In dem Video von gestern geht es noch mal um den Nagellack des angespülten Frauenfußes.

»Hallo, ihr Lieben«, säuselt Bibi ins Mikro, während im Hintergrund ein paar Surfer vorbeilaufen. »Ihr seid natürlich alle schon ganz gespannt, und ich hab es tatsächlich rausbekommen. Die supertolle Nagellackfarbe auf diesem spoooooky Fuß …« Sie reißt mit gespieltem Entsetzen die Augen auf. »Du weißt echt nicht, ob es Rosa ist oder Orange. Voll genial! Die Farbe heißt ›Pink Puff‹, und die gibt es von Junknail.« Sie hält eine Hand mit den lackierten Fingernägeln ins Bild, auf dem jetzt das Logo der Kosmetikfirma eingeblendet wird. »Mit diesem tollen UV-Nagellack bleibt dein Nail-Styling drei Wochen absolut makellos. Schon mit einer Schicht hast du die volle Deckkraft. Super. Und auch das Salzwasser hat keine Chance.« Bibis Stimme überschlägt sich fast.

»Zum Krabbenpulen sind die rosa Fingernägel aber nich so praktisch«, merkt Knut Boyksen mit rollendem R an.

»Absolut toll, unter der LED-Lampe ist der Lack in zwei Minuten durchgehärtet. Aber was das Irre ist, das geht auch hier am Strand. Echt genial. Und mit dem speziell entwickelten Pinsel bekommst du einen supergleichmäßigen Auftrag hin. ›Für freiheitsliebende Frauen, die unkompliziert und sorglos ihr Leben meistern, aber Wert auf gepflegte Nägel legen‹, sagen die von Junknail. Und das stimmt. Voll! Die Füße hab ich mir natürlich auch gleich gemacht.«

Das Bild schwenkt einmal kurz auf die lackierten Nägel im Sand und dann wieder nach oben.

» ›Pink Puff‹ von Junknail. Tschüssi und bis zum nächsten Mal. Eure Bibi.« Sie wedelt noch einmal mit den lackierten Nägeln durchs Bild. »Und das Liken und die Glocke nicht vergessen!«

»Sag mal Tadje, wat is dat eigentlich?« Thies schüttelt den Kopf. »Bibi Blocksberg oder wat? Aus dem Alter bis du doch langsam raus!«

»Papa, diese Bibi is voll krass.« Tadje kommt mit ihrem Handy aus dem Strandkorbschatten heraus. »Gestern hat sie noch einen auf Beauty-Queen gemacht. Und jetzt gerade eben … guck dir das mal an.«

»Nee, Tadje, wirklich nich, ich guck mir hier doch jetzt keine Schminktipps an.« Thies intensiviert das Kopfschütteln. Aber seine Tochter hält ihm das Smartphone direkt vor die Nase, dass er hinsehen muss.

Das neue Video ist in der letzten Dämmerung oder kurz vor Sonnenaufgang aufgenommen. Bibi hat sich jetzt ein schwarzes Piratentuch um den Kopf gewickelt, das in auffälligem Kontrast zu den pink-orange lackierten Nägeln steht. Sie trägt Klamotten, als sei sie auf direktem Weg in den Straßenkampf. Bibi ist kaum wiederzuerkennen, aber sie macht ihrem Namen Barrakuda auf einmal alle Ehre.

»Wat is dat denn?«, brummt Thies mit Blick auf das Handy seiner Tochter. »Große Verkleidungsparty oder wat?«

»Nee, das is echt krass.« Tadje macht ein ganz ernstes Gesicht. »Sieh dir das bitte mal an.«

»Hi, ihr Süßen«, flüstert Bibi verschwörerisch. »Diesmal kein Chillen am Strand. Heute Nacht haben wir mal was ganz anderes vor.« Sie rückt näher an die Handykamera, sodass ihr Gesicht jetzt verzerrt ist. »Was richtig Verbotenes ... ich bin schon mega aufgeregt. Zusammen mit dem Sascha vom ›Kommando Käpt'n Ahab‹ starten wir gleich eine eeeecht riskante Rebellion.«

Neben ihr kommt jetzt der Typ mit den langen Haaren und der Jacke aus Persenningstoff von einer ausgedienten Bootsplane ins Bild und blickt entschlossen und besonders finster in die Kamera.

Bibi wird immer aufgeregter. »Ihr seht, ich hab mir für unsere Aktion superbequeme Klamotten angezogen. Alles aus wiederverwertetem Zeugs, teilweise Sachen, die Sascha am Strand gefunden oder aus dem Meer gefischt hat. Einfach mega. Sachen aus fernen Ländern und von versunkenen Schiffen ... und alles in Schwarz oder Dunkel, damit man uns nicht erkennen kann … das ist echt mal ein ganz neuer Look.« Bibi bekommt Schnappatmung. »Sascha, was ist das für ein Label?«

Der Junge vom »Kommando Käpt'n Ahab« hält die gekreuzten Zeigefinger vor die Kamera. »Extinction Rebellion!«

Bibi schmachtet ihn an. Inzwischen weiß sie offenbar, was das bedeutet. Der kreisende Lichtstrahl des Leuchtturms wirft in regelmäßigem Abstand einen Reflex auf die Gesichter der beiden.

»Was soll das?« Tadje kann es nicht fassen. »Was ist in diese bekloppte Bibi Barrakuda gefahren?«

»Für diesen Quatsch hab ich wirklich keine Zeit.« Thies kommt aus dem Kopfschütteln gar nicht heraus.

»Papa, das is kein Quatsch, dat is Ankündigung einer Straftat oder zumindest Erregung von öffentlichem Ärger oder so wat.« Tadje ist jetzt fast genauso aufgeregt wie Bibi Barrakuda.

»Tadje, ich hab wat anderes zu tun. Wir müssen mit diesem lackierten Fuß langsam mal weiterkommen. Um deine Bibi soll sich der Kollege von Föhr kümmern. Für diesen Kinderkram hab ich keine Zeit.«

»›Dienstag für Dorsche‹ ist Kinderkram«, nuschelt Sascha prompt aus dem Handy. »Terror Tuesday. Morgen werdet ihr wissen, was passiert ist.«

»Wahnsinn«, haucht Bibi.

Und dann zieht sich Käpt'n Ahab das Piratentuch wie eine Maske vors Gesicht, und Bibi wischt noch einmal mit den pink-orangen Fingernägeln durch den Lichtstrahl des Leuchtturms.

16

Keine Aktien und kein Schnee mehr, Smilla hat inzwischen ein Gespür für Sand entwickelt. Sie hat ein Händchen für attraktive Hotelprojekte in Strandnähe mit Meerblick. Lage, Lage und noch mal Lage. Smilla Söland kennt die drei wichtigsten Kriterien für eine attraktive Immobilie. Und die Lage des alten Kindererholungsheimes direkt über dem Meer ist exzellent. Von außen hat sie das Gebäude schon eingehend begutachtet. Und sie hat sich auch die Insel etwas genauer angesehen.

Momentan herrscht außergewöhnlicher Betrieb. Aber mit den Massen an Touristen, die offenbar zusätzlich durch diesen ominösen Fisch angelockt werden, und den vielen Dorsch-Demonstranten ist die Insel merklich überfordert. Die Orte sind vor allem auf die Feriengäste eingestellt, die seit Generationen ihren Urlaub hier verbringen. Die kleinen Cafés und Restaurants, das Kino im Ort und die Gemüsekiste des örtlichen Landwirtes an der Straße, das ist ja alles ganz hübsch, denkt Smilla, aber den Ansprüchen ihrer Klientel kann das kaum genügen. Doch ein größeres Wellnessresort, wie es ihr vorschwebt, kann seine Gäste ohnehin den Tag über beschäftigen, sodass sie zum Essen oder zum Aperitif das Haus gar nicht verlassen müssen. Und zur Not gibt es ja auch noch dieses neue Restaurant ihres Landsmannes.

Jetzt hat Smilla einen Termin mit dem Leiter des Kinderheimes und der Touristikchefin Silke Zaluskowski, die für die Gemeinde die Verkaufsgespräche führt.

»Das Haus hatte ja schon mal skandinavische Eigentümer«, versucht Smilla mit dem typisch dänischen Akzent gleich einen vertraulichen Ton in die Verhandlungen zu bringen. Sie hat sich natürlich vorher über die Historie des Hauses informiert. In den Gründerjahren des Amrumer Tourismus Ende des neunzehnten Jahrhunderts wurde der exklusive »Kaiserhof« errichtet. Die vornehme wilhelminische Gesellschaft verbrachte hier ihre Sommerfrische. Es war das nobelste Haus an der deutschen Nordseeküste, wie es damals hieß.

»Ich hab mich natürlich etwas informiert. Der ›Kaiserhof‹ war ja in den Neunzehnhundertzwanzigerjahren eine Zeit lang schon mal in dänischem Besitz. Ich bin ja Dänin.« Sie lacht. Smilla ist um Lockerheit bemüht.

»Ich bin nicht so sicher, ob das für die Insulaner unbedingt ein Argument ist«, gibt Touristikfrau Silke zu bedenken. »Die Dänen waren ja mal die Besatzer hier in Nordfriesland.«

»Ach so, Sie meinen die schöne Sage von Pidder Lyng, der den dänischen Steuereintreiber in seiner Kohlsuppe ertränkte. Aber das ist fast zweihundert Jahre her und eine Sage, oder?«

»Aber die Sage lebt.« Die Touristikchefin kennt die jüngste Skandalchronik der Insel. »Vor sieben Jahren hat der Amrumer Wirt vom ›Lustigen Seehund‹ einen Hamburger Immobilienmakler im Labskaustopf ertränkt. Und Pidder Lyngs berühmten Satz ›Lewwer duad üs Slaav‹ hat er in seiner Kneipe über dem Tresen hängen.«

»Wäre es nicht super, wenn wir all diese Geschichten in die Konzeption von so eine große Hotel mit einprägen würden, sozusagen als DNA?« Smilla Söland wirkt ganz begeistert. Aber Silke ist sich nicht sicher, wie echt dieser mit so hübschem dänischem Akzent vorgetragene Enthusiasmus wirklich ist.

»Das is eine Superlocation für eine ganz besondere Restaurant!« Mittlerweile stehen sie in dem großen Speisesaal und Smilla blickt sich mit glänzenden Augen um. »Das hat die Aura von großer Sommerfrische wie vor hundert Jahren. Damals wurden im Speisesaal russischer Kaviar und Hummer von Helgoland serviert. Täglich hat ein Quartett aufgespielt. Es gab Ausstellungen und Lesungen. Wir könnten die Fassade und die Innenräume nach alten Fotos restaurieren. An den Tischen die Original-Thonet-Stühle.« Smilla hat eine Vision.

»Ich gebe zu, das klingt verlockend. Ich bin da durchaus aufgeschlossen.« Dabei klingt Frau Zaluskowski eher skeptisch. »Wir haben ja jetzt auch schon dieses dänische Restaurant. Aber ich weiß nicht, ob die Amrumer das mitmachen.«

»Ehrlich gesagt …«, Smilla zögert einen Moment, »… die Amrumer müssen das gar nicht mitmachen. Die Gäste so eines Resorts kommen nicht von der Insel. Und das Personal auch nicht unbedingt.« Ihr Tonfall hat auf einmal etwas Giftiges.

»Es gibt Leute, die das alles unbedingt in einheimischer Hand belassen wollen. Und, mal unter uns, es interessieren sich auch Investoren aus der Region für das Projekt.« Auch die Touristikchefin klingt jetzt alles andere als freundlich.

Smilla Söland tut so, als würde sie diesen diskreten Hinweis auf die Konkurrenz überhören. Gegenüber deutschen Mitbewerbern ist sie meistens im Vorteil. Hinter ihr steht ein finanzkräftiger skandinavischer Fonds, und das lässt sie ihre Verhandlungspartner spüren.

»Und dann gibt es diejenigen, die gar kein Hotel wollen …«, fährt Silke Zaluskowski fort, »… und ihren Protest lautstark äußern.«

»Was sind das für Proteste?«, will Smilla wissen.

»Alle möglichen Aktionen. Es gibt da offenbar ganz unterschiedliche Fraktionen.« Inzwischen wirkt es so, als wolle die Touristikchefin mit der Dänin gar nicht mehr ins Geschäft kommen. »Vor allem gibt es mehrere Initiativen, die sich für den Erhalt des Kinderheimes einsetzen, auf der

Insel und auch hier im Haus. Das geht normalerweise halbwegs zivilisiert ab. Aber in letzter Zeit wurde mit Aktionen gedroht, die … wie soll ich sagen … ins Militante kippen.«

»Was muss man sich darunter vorstellen?« Smilla bleibt dabei ganz sachlich. Sie wirkt keinesfalls geschockt. Widerstände gegen ihre Bauprojekte gehören für sie zum Alltag.

»Mir haben sie die Reifen zerstochen, und einem Bauunternehmer von Sylt haben sie das Auto mit so rätselhaften Parolen vollgespraypt … Kommando Käpt'n … sowieso, ich weiß auch nicht.«

»Ach so, das Auto hab ich schon gesehen.«

»Ihrem dänischen Landsmann in seinem schicken neuen Lokal haben sie auch schon gedroht.« Silke zuckt mit den Schultern. »Alles, was ein bisschen nach Geld aussieht, was die Insel ein bisschen schicker machen könnte, ist diesen Chaoten ein Dorn im Auge.« Der Blick der Touristikchefin wird immer ernster. »Wir machen uns da ein bisschen Sorgen … und …«

»Ja?« Smilla sieht sie fragend an.

»… und dann ist da ja jetzt dieser Frauenfuß gefunden worden. Haben Sie davon gehört?«

17

Zuletzt hatte Thies sich noch fieberhaft bemüht, die zu dem angespülten Fuß gehörige Frau ausfindig zu machen. Zwischenzeitlich hatte er sogar in Erwägung gezogen, dass die Frau vielleicht noch lebt. Er hatte sämtliche Krankenhäuser abtelefoniert. Seine Frage, ob eine Frau ohne linken Fuß eingeliefert worden sei, kam bei den Mitarbeitern der Kliniken in Schleswig-Holstein nicht ganz so gut an.

Vor allem haben Thies und Nicole die ganze Insel durchkämmt und auch auf den Nachbarinseln und in ganz Nordfriesland nachgefragt, ob irgendwo eine Frau vermisst wird. Ein Foto des angespülten Fußes hat Thies immer dabei. Doch sobald er das Bild aus der Tasche zieht, wenden sich alle mit Schrecken ab. Eine Mitarbeiterin im »Haus des Gastes« wechselt schlagartig die Gesichtsfarbe, und die Serviererin im Café droht samt Tablett mit vier Stücken Friesentorte kurz wegzusacken, kann sich dann aber wieder fangen.

Nicole sind diese Befragungen sichtlich unangenehm, aber Thies bleibt hartnäckig. »Haben Sie diesen Fuß schon mal gesehen?« Die Café-Bedienung wirft einen mutigen zweiten Blick auf das Foto. »Kommt Ihnen irgendwas bekannt vor?« Die Bedienung in der nordfriesischen Trachtenschürze stellt das Tablett mit den Torten ab. »Nee ...« Sie überlegt. »Das heißt ... die Farbe ... von dem Nagellack, das ist doch die Farbe, die jetzt gerade bei Insta und so rumgeht.«

»Insta?« Thies sieht fragend zwischen Nicole und der Café-Bedienung hin und her.

»Instagram«, raunt Nicole ihrem Kollegen zu. »Internet.«

In vielen Dingen ist Thies ja auf der Höhe der Zeit, aber mit dem Internet hat er es nicht so, wird ihr mal wieder klar.

»Aber wieso eigentlich Instagram?«, will Nicole von dem Café-Fräulein wissen.

»Bibi Barrakuda hat doch diesen Nagellack von Junknail gepostet. Man weiß nicht so genau, ist das Pink oder Orange. Voll toller Farbton, der heißt, glaube ich, ›Pink Puff‹ oder so.«

Aber viel weiter bringt es die beiden Beamten auf ihrer Suche nach der Frau ohne Fuß nicht. Auch der Besuch im »Lustigen Seehund« verläuft ohne neue Erkenntnisse. Raik Rettmer, der ruppige Wirt mit krimineller Vergangenheit, bringt wieder die Sylter Barfrau ins Gespräch.

»Die hat wild rumgemacht, ihre Liebhaber immer wieder hintergangen. Sie ist seit einiger Zeit verschwunden, und vor allem: Sie hatte rotlackierte Fußnägel.« Rettmer baut sich triumphierend hinter seinem Tresen inmitten der mit allerlei maritimem Krempel vollgestopften Spelunke auf.

»Nee, Raik, die sind nicht rot«, wendet Thies sofort ein.

»Die sind rosa … dat heißt, is schwer zu sagen, dat ist wohl 'ne Mischung aus Rosa und Orange.«

Nicole hebt die Augenbrauen.

»Wat weiß ich denn? Bin ich in der Parfümbranche oder wat? Lackiert is lackiert.«

»Mal was anderes«, unterbricht Nicole, die von den Nagellackdiskussionen allmählich die Nase voll hat. »Wann ist Ihre Bekannte oder Kollegin denn verschwunden? Wie lange ist das her?«

»Wann war dat? Is 'n büschen her.« Rettmer überlegt. »Letzte Saison war sie wohl noch in Kampen, aber dieses Jahr nich mehr.«

»'n ganzes Jahr hat der Fuß sicher nich in der Nordsee geschwommen«, stellt Thies fest.

»Da geht es eher um Tage als um Wochen, meint unsere Kriminaltechnik.« Die Hauptkommissarin beendet die Befragung mit dem Kneipenwirt.

Es ist seltsam, überall auf den Inseln sind Frauen verschwunden, und viele hatten jetzt im Sommer offenbar lackierte Fußnägel. Bei einigen wiederum weiß man es nicht so genau. Auf die Frage nach verschollenen Frauen fällt dem friesischen Gelatiere der Insel-Eisdiele sofort seine Bedienung an der Eistruhe ein, die ihn mitten in der Saison von einem Tag auf den anderen im Stich gelassen hat. Zu den lackierten Fußnägeln kann der Eisdielenbesitzer allerdings keine Aussage machen. Beim Jonglieren mit Limone, Stracciatella und Joghurt-Waldfrucht hatte die Dame ihre Zehennägel in bequemen Sneakers verborgen. Aber der Zeitpunkt ihres Verschwindens passte diesmal zu den Vermutungen der Gerichtsmedizin. Der Fuß hat ein bis zwei Wochen in den sommerlichen Nordseewellen gedümpelt, vermutet Carstensen.

Hauptkommissarin Nicole hat schon seit Längerem Zweifel. Inzwischen ist sich auch Thies gar nicht mehr so sicher, dass es sich wirklich um Mord handelt. Oder hat vielleicht tatsächlich dieser ominöse Weiße Heilbutt, von dem alle nur noch reden, zugeschlagen beziehungsweise gebissen?

Vielleicht sollten sie einfach noch einen entspannten Tag am Strand genießen, heute Abend Bountys zweites »Walrus Unplugged« anhören und dann wieder mit der Fähre nach Fredenbüll zurückfahren. Am besten hängen sie noch einen Tag dran. Nach dem ersten Konzert im »Lustigen Seehund« ist Bounty nämlich von Giselle ins »Thor« eingeladen worden. Irgendwie scheint die Servicechefin mit den grünen Augen einen Narren an dem Althippie gefressen zu haben.

»Bounty passt doch gar nicht zu diesen Sylter Schickis«, findet Antje. Den Fredenbüllern ist es ein Rätsel.

»Ich schätz mal, Bounty hat ihren Musikgeschmack getroffen«, vermutet Thies.

»Dat Walross, dat gelbe U-Boot und Pörpel Hase …

oder wie heißt dat Viech?«, gibt Piet Paulsen seinen Senf dazu.

Der Althippie hat die Einladung angenommen, aber nur unter der Bedingung, dass er seine Imbissfreunde mitbringen darf.

Und dann haben Thies und Nicole am Ende ihrer Befragungstour über die Insel offenbar doch noch eine verheißungsvolle Spur. Im Kinderheim ist die kaufmännische Leiterin des Hauses, Wiebke Wilhelmi, verschwunden. Und die gehörte nicht zu den Saisonkräften, ganz im Gegenteil. Wiebke war seit über zwanzig Jahren in dem Kinderheim tätig.

»Vor zehn Tagen is sie einfach nicht mehr zur Arbeit erschienen«, berichtet der Leiter des Kinderheimes Krüß. »Und das Seltsame ist, in ihrer Wohnung in Wittdün scheint sie auch nich mehr zu sein. Ist eigentlich gar nicht ihre Art.«

»Hat sie ihren Vertrag aufgelöst oder gekündigt?«, will Nicole wissen.

»Oder Urlaub?«, fragt Thies hinterher.

»Nee, einfach weg.« Der Heimleiter zuckt mit den Schultern. Thies und Nicole sehen sich vielsagend an.

»Dabei hat sie sich immer so für das Heim eingesetzt«, schaltet sich eine junge Erzieherin mit dem kleinen Karlchen im Schlepptau ein. »Auch bei dem Protest ›Kindererholungsheim muss bleiben‹ war sie anfangs ganz vorne mit dabei.«

»Was hat es damit auf sich?« Die Husumer Kommissarin wird hellhörig.

»Es gibt vage Überlegungen …«, der Heimleiter windet sich, »… möglicherweise soll das Kinderheim …«

»Wir warten alle auf den Glaser, der soll das Fenster wieder heil machen.« Karlchen sieht Nicole mit großen Augen an. Doch die Erwachsenen beachten ihn gar nicht.

»Die wollen das Kinderheim dichtmachen und so ein Nobelresort für die Schickis draus machen«, platzt es aus der jungen Erzieherin heraus. »Das stinkt uns allen. Wiebke hat es zuerst auch gestunken, aber sie war zuversichtlich, dass es Kinderheim bleiben kann. Doch dann hat sie ihre Meinung ganz plötzlich geändert, weiß auch nicht.«

»Gibt es denn konkrete Pläne für ein Hotel?«, hakt Nicole nach.

»Da gibt es wohl verschiedene Interessenten«, erklärt Heimleiter Krüß. »Genaueres kann ich Ihnen da auch nicht sagen.«

»Wusste diese Wiebke vielleicht mehr?« Thies sieht erst den Heimleiter und dann die junge Erzieherin an.

»Wiebke hat das irgendwie geahnt«, vermutet die Erzieherin. »Sie hat ja gesehen, wie hier die ganzen Interessenten und Investoren immer wieder angerückt sind zusammen mit Silke Zaluskowski von der Touristik. Erst war sie richtig wütend … aber zuletzt hatte sie sich wohl mit dem Verkauf abgefunden.« Die junge Frau ist immer noch sauer. »Sie hat scheinbar aufgegeben.«

»Ich weiß auch nicht, ich bin da nicht ganz schlau aus ihr geworden. Ihre Rolle ist da ... wie soll ich sagen ... etwas undurchsichtig ... genauso wie ihre Buchführung.« Herr Krüß wirkt besorgt.

»Und dann hab ich sie neulich mit diesem dicken Bauunternehmer gesehen«, fällt der Erzieherin ein.

»Sie sprechen von ihr nicht in der Gegenwart, sondern in der Vergangenheit«, fällt der Kommissarin auf.

»Na ja, sie ist seit einer guten Woche verschwunden.« Der Blick des Heimleiters ist jetzt richtig betrübt.

Und dann stellt Thies die alles entscheidende Frage. »Hatte Wiebke Wilhelmi lackierte Fußnägel?« Er zückt zum wiederholten Mal an diesem Tag das wenig appetitliche Foto aus der Polizeijacke.

»Lackierte Fußnägel? Keine Ahnung.« Heimleiter Krüß zuckt mit den Schultern. »Sie hat diese komische Brille mit den wellenförmigen Bügeln, wo ›Amrum‹ draufsteht.«

18

Smilla mag die Nordsee, sie mag die Inseln, und eigentlich dachte sie, dass sie auch diese Insel mag. Da ist sie sich inzwischen gar nicht mehr so sicher. Sie ist noch keinen Tag hier und hat sich schon wieder jede Menge Feinde gemacht. Das hat sicherlich mit ihrem Gewerbe zu tun, aber nicht nur. Bei dem Verkauf von Immobilien und bei der Planung größerer Bauvorhaben kommt es immer wieder zu Konflikten. Das scheint in diesem Falle garantiert.

Die Verhandlungen mit der Dame von der Touristik werden nicht einfach. Dann hatte sie ihr Konkurrent, dieser Sylter Bauunternehmer Pohlmann, heute Nachmittag in dem hübschen kleinen Café rüde angefahren. Während sie mit einem gewaltigen Stück Friesentorte kämpfte, war Pohlmann in Begleitung einer Frau, die sich hinter einer Riesensonnenbrille versteckte, an ihren Tisch gestürmt, und sie waren heftig aneinandergeraten. Sie hatte sich gewundert, dass dieser grobschlächtige Kerl sie überhaupt erkannt hat.

»Warten wir doch einfach mal ab, wem das Objekt mehr wert ist«, hatte sie ihn provozierend angegrinst. Und der Bauunternehmer mit den fleischigen Ohren hatte lautstark zurückgepoltert, sie solle sich schnell von der Insel machen. Sie werde sonst schon sehen, und Grundstücke mit Meerblick gebe es in Dänemark schließlich genug. Sie hatte zurückgegiftet, dass die spießigen Friesen sich von den Dänen doch ruhig mal ein bisschen Lebensart abgucken könnten. Darauf hätte er ihr wutentbrannt fast ihre Tote Tante samt Sahnehäubchen ins Gesicht geschüttet. Die Bedienung in friesischer Trachtenschürze konnte gerade noch beherzt dazwischengehen. Das halbe Lokal hatte sich nach ihnen umgedreht. Und Pohlmanns Damenbegleitung wäre ihr Brillenmonstrum mit dem wellenförmigen »Amrum«-Schriftzug auf den Bügeln fast von der Nase geflogen.

Auf dem Parkplatz hatten drei junge Leute in seltsamen, wie aus Strandgut zusammengenähten Klamotten vorhin um ihr Auto mit dem dänischen Kennzeichen herumgelungert. Danach hatte der Wagen einen langen Kratzer auf der Beifahrertür. Oder war der schon vorher da gewesen? Nein, das waren diese Freaks. Smilla ist richtig sauer. Amrum gibt sich wirklich alle Mühe, sie von hier zu vertreiben. Aber jetzt will sie es dieser Insel erst recht zeigen.

Und dann versucht sie noch, einen Tisch in dem neuen Superlokal ihres Landsmannes zu ergattern. Sie ist persönlich vorbeigegangen. Leider vergeblich. Die Lady mit dem grünen Pantherblick fängt sie gleich am Empfang vor der großen Aquariumwand ab, hinter der trübe ein Weinsortiment zu erkennen ist. Es sei leider nichts mehr frei. Sie seien für die nächsten vier Wochen »fully booked« flötet sie ihr geschäftsmäßig kühl entgegen. Als sich Smilla nicht gleich abwimmeln lässt, lugt der Maître persönlich aus seiner Küche um die Ecke. Nur für einen kurzen Augenblick. Dann dreht er sich gleich wieder um und verschwindet ohne ein Wort.

Smilla kann ihn gar nicht richtig sehen. Aber irgendetwas irritiert sie. Was war das? Sie hat nur kurz einen kahlrasierten Schädel und einen gewaltigen struppigen Bart gesehen. Es sieht aus, als würde der Kopf falsch herum auf dem Hals sitzen. Sehr seltsam. Ist es das, was sie irritiert? Es kommt ihr auf einmal wie eine dieser Halluzinationen vor, die sie aus ihrer Drogenzeit kennt. Wortlos verlässt sie das Restaurant. Sie will einfach nur raus an die frische Luft. Die arrogante Servicechefin sieht ihr befremdet hinterher.

19

Einen offiziellen Gig haben Bounty und Niggemeier heute Abend eigentlich nicht. Aber sie haben ihre Gitarren noch im »Lustigen Seehund« stehen, und auf mehrfachen Wunsch spielen sie spontan drei Songs. Schäfermischling Susi, die Bounty auf einem ausgedehnten Abendspaziergang am Watt begleitet hat, ist einfach mit in die Kneipe gekommen und lauscht jetzt andächtig. Die aus Birte Birkenstolz' Workshop in den »Lustigen Seehund« konvertierten beiden Langweilerinnen Martina und Tanja sind ebenfalls wieder dabei. Und zu später Stunde schneit dann auch Bountys neuster Fan Giselle in die düstere Spelunke.

Zunächst ist sie in Begleitung von Jungkoch Marko, mit dem sie offenbar eine Affäre hat. Davon ist heute allerdings nicht viel zu merken. Als Giselle etwas zu intensiv mit dem Gitarristen über die guten alten Zeiten der Rockmusik in den Sechzigern und Siebzigern palavert und ihn dabei heftig anflirtet, platzt Marko der Kragen.

»Kann ja wohl nich wahr sein, dass du hier mit diesem ›Bob Dylan für Arme‹ rumturtelst«, pflaumt der junge Koch sie an und verlässt wütend die Kneipe.

Nach ein paar Songs genehmigen sich Bounty und Giselle diverse Drinks. Der schönen Servicechefin aus dem Edelrestaurant gefällt es in der angeranzten Spelunke verblüffend gut. Eigentlich sieht sie aus wie die ganz leicht angeknitterte Chefredakteurin eines Hamburger Modemagazins, die in Kampen im »Gogärtchen« Whiskey Sour trinkt. Aber irgendwie muss da noch etwas anderes gewesen sein, und im »Seehund« fühlt sie sich vielleicht an alte Zeiten erinnert. Niggemeier und Nicole, die hier in diesem Amrumer Sommer offenbar ihren zweiten Frühling entdeckt haben und wie ein frisch verliebtes Paar wirken, wundern sich. Und auch Susi sieht eifersüchtig zu Bounty und seiner neuen Eroberung hoch. Denn eigentlich dachte die Imbisshündin, sie sei die Nummer eins im Leben des Althippies, auch wenn sie aus gesundheitlichen Gründen seit einiger Zeit keine Schokoriegel mehr von ihm zugesteckt bekommt. Einen Moment wundert sich Bounty selbst, aber dann sind die beiden schon wieder in die Diskussion über die ultimative Playlist der besten Songs aller Zeiten vertieft. »Alle Zeiten« sind für Bounty auf die Jahre zwischen neunzehnhundertsechsundsechzig und -siebzig begrenzt.

»Bist du nich fast 'n bisschen jung dafür, oder?« Er grient sie an. »Das soll jetzt kein plumpes Kompliment sein.«

»In Jugendzeiten hatte ich immer ältere Freunde. Das waren dann die Freunde meines großen Bruders.«

»Aber jetzt …« Der Althippie sieht sie an. »Die beleidigte Leberwurst aus dem Restaurant eben.«

Auch sie verzieht die Mundwinkel zu einem genüsslichen Grinsen. »Ja, irgendwie werden meine Lover immer jünger.«

»Das sieht für mich ja gar nich so gut aus.« Bounty spielt den Betrübten.

»Wer weiß, die Nacht ist zumindest noch jung.« Ihre Augen blitzen in der sonst schummrigen Kneipenbeleuchtung grün auf, und Bounty weiß irgendwie nicht, was er davon halten soll.

Giselle hat offenbar Redebedarf. Sie schüttet dem Fredenbüller Altkommunarden ihr Herz aus, über verkorkste Liebesgeschichten mit dem Restaurantchef Thor, mit dem sie eigentlich zusammen ist, und mit dem jungen Koch Marko, mit dem sie jetzt eine Affäre hat.

»Ich weiß ja nicht, ob du bei ihm die Einzige bist. Vorhin hab ich deinen Jungkoch mit so einer üppigen Blonden in einer zu engen roten Lederjacke auf dem Anleger in Steenodde stehen sehen.« Bounty überlegt. »Sah irgendwie aus, als ob die sich näher kennen.«

»Was heißt das denn?« Giselle wird hellhörig.

»Die haben gestritten … Beziehungsstress … Sah so aus, als ob die aufeinander losgehen wollten.«

Für einen Moment ist Giselle irritiert, aber nach dem nächsten Drink ist die Sache auch schon wieder vergessen. Vier »Salty Dogs« weiter sind die beiden die einzigen Gäste im »Lustigen Seehund«. Rettmer schmeißt sie mit einem letzten Rumcocktail »Skorbut« auf Kosten des Hauses raus.

Doch nach Hause zieht es sie noch nicht, stattdessen auf die große Aussichtsdüne zu einem romantischen Tütchen aus Bountys Kräutergarten. Leicht schlingernd laufen sie mit Susi im Schlepptau und der Gitarre über der Schulter über die Bohlenwege durch die Dünen. Auf dem kleinen hölzernen Ausguck spielt Bounty noch mal ›Castles Made of Sand‹, sie pusten den inhalierten Rauch des Joints in den Nachthimmel, der von dem Lichtkegel des Leuchtturms durchkreuzt wird. Da leuchten plötzlich Autoscheinwerfer in den Dünen auf. Obwohl Bounty und Giselle nicht gerade nüchtern sind, wundern sie sich, wer in der Nacht hier auf der Insel noch alles unterwegs ist.

20

Die See ist heute Nacht ungewöhnlich ruhig. Das Mondlicht glitzert auf dem leicht bewegten Wellenteppich. Boy Boyksen und der Ozeanograf Rüdiger Dreifuß tuckern auf dem altersschwachen kleinen Fischerboot mit halber Kraft über das ruhige Wasser. Die rote und die grüne Positionslampe werfen ein müdes Licht in die Nacht. Die Toppleuchte an dem kleinen Mast steht wie ein zusätzlicher Stern am Himmel. In einiger Entfernung sind die Leuchttürme der Inseln zu sehen. Hörnum auf Sylt, das Quermarkenfeuer auf Amrum.

Allzu schnelle Fahrt will Boy gar nicht aufnehmen. Solange sie den Weißen Heilbutt nicht gesichtet haben, müssen sie auf ihr Glück vertrauen. Es wäre sinnlos, jetzt volle Fahrt Richtung Lofoten aufzunehmen. Mag ja sein, dass der große Fisch nach Norden unterwegs ist. Dann wäre er ihnen ohnehin entwischt. Aber Boyksen hat das Gefühl, dass er sich hier irgendwo vor der Nordseeküste oder vielleicht sogar noch zwischen den Inseln herumtreibt. So tuckern sie in dieser Nacht die Fahrrinnen zwischen Föhr, Langeneß und Amrum und dann parallel in ein paar Seemeilen Entfernung den weiten Kniepsand entlang. Die

Dünen schimmern weiß im Mondlicht. Von Westerland blinken die Lichter herüber. Vielleicht hat der große Butt ja Lust auf eine paar schicke, frisch lackierte Sylter Damenfüße. Boyksen grinst hämisch in sich hinein. Irgendwie glaubt er, dass der Weiße Heilbutt hier im Wattenmeer auf ihn wartet, als wäre er mit ihm verabredet, weil sie noch eine Rechnung offen haben. Und Professor Dreifuß macht sich ebenfalls Hoffnungen auf bahnbrechende neue Erkenntnisse in der Ozeanografie.

Es ist fast windstill, die Bugwellen verursachen nur ein leises Plätschern. Das Holz des alten Bootes gibt ein erschöpftes Ächzen von sich. Der Motor tuckert metallisch. Boyksen hat das Steuer fixiert. Die beiden Männer stehen an Deck und rauchen. Beide haben den Blick auf das Wasser gerichtet. Die Jagd auf den Weißen Heilbutt verbindet sie, aber ihre Motive sind höchst unterschiedlich. Boy Boyksen will den Monsterfisch erlegen und außerdem eine schöne Stange Geld damit verdienen. Und was der Professor mit dem zippeligen Bart und der runden Nickelbrille von dem großen Fisch eigentlich will, weiß Boyksen nicht so recht.

»Wir beschäftigen uns am Institut mit ozeanografischen Prozessen«, erklärt Dreifuß und sieht dabei weiter aufs Wasser. Boyksen sieht den Professor kurz an, dann nimmt er einen Zug aus seiner Zigarette und bläst den inhalierten Rauch in die Nacht. »Es geht um die Bestimmung räumlicher Verteilungsmuster mariner Organismen und der daran beteiligten physikalischen und biologischen Prozesse.« Dreifuß zieht die zu dem Schlapphut passende Jeansjacke, die er sich nachts jetzt übergezogen hat, fester um seine Schultern.

Boy Boyksen sieht ihn fragend an.

»Variabilität innerhalb des marinen Ökosystems. Veränderung der Arten und ihrer Reviere, Abschätzungen räumlicher und zeitlicher Veränderungen.« Der Professor kommt jetzt richtig in Fahrt. »Also, was macht der Weiße Heilbutt, der normalerweise im Nordmeer beheimatet ist, hier im Wattenmeer vor den Inseln?«

»Der is hier nich zum ersten Mal aufgekreuzt«, brummt Boyksen.

Dreifuß übergeht die Zwischenbemerkung. »Außerdem interessieren wir uns für Mutationen, Fische ohne Schuppen, Fische mit zwei Mäulern.«

»Geheimnisvolle Nordsee.« Boy grient.

»Das haben wir alles schon gehabt. Aber in diesem Fall?« Dreifuß nimmt einen letzten Zug aus seiner Zigarette. »Bei der Größe, von der die Touristikfrau und die beiden Rettungsschwimmer gesprochen haben … Ich mag gar nicht an einen Weißen Heilbutt glauben …« Dreifuß weiß jetzt nicht, wo er mit der Kippe bleiben soll. Als Boyksen aufs Wasser zeigt, wirft er sie schließlich über Bord.

»Dat ist der Weiße Heilbutt, das können Sie mir glauben.« Boy schnippt seine Zigarette hinterher, und dann sieht er den Ozeanografen prüfend an. »Also, gesetzt mal den Fall …« Er zögert einen Moment. »Also wenn wir den jetzt an der Angel haben, dat is dann kein Problem für dich, oder?« Er sieht kurz zu Dreifuß hinüber, dann wieder aufs Wasser.

»Nein, natürlich nicht, wir könnten den Fisch untersuchen …« Für einen Moment klingt er richtig enthusiastisch. »Verstehen Sie mich nicht falsch. Wir wollen die Arten natürlich erhalten.«

»Is schon klar.« Mag ja sein, dass der Professor so ein Öko-Heini ist, denkt Boyksen, aber er ist wenigstens keiner von diesen fanatischen Tierschützern wie diese Dorsch-Dösköppe. Aber auch die sind höchst unterschiedlich drauf, überlegt er. Zwischen Boy, Rettmer und dem jungen Typen mit dem blauen Kreuz auf der Wange war es im »Seehund« gleich zur Verbrüderung gekommen. Daran hatten allerdings auch die gut eingeschenkten »Salty Dogs« und »Skorbuts« ihren Anteil. Irgendwie müssen sie ihre gemeinsamen leicht kriminellen Neigungen wohl gleich gespürt haben. Der hitzige Junge vom »Kommando Käpt'n Ahab« hatte auf die Immobilienhaie geschimpft. Über die dänischen Investoren und über Pohlmann wusste er auch schon Bescheid. Boy konnte ihn mit Mühe davon abhalten, sich gleich das Auto von Pohlmann oder sogar den Besitzer selbst vorzunehmen. Boy machte schließlich mit Pohlmann Geschäfte.

Er malt sich die Aktionen von Käpt'n Ahab noch in den schönsten Graffitifarben aus, da sieht er vielleicht eine halbe Seemeile entfernt im Mondlicht etwas Weißes in den Wellen aufleuchten. Im ersten Moment ist Boy wie erstarrt, dann deutet er wortlos auf die weiße Rückenflosse, die majestätisch durch das Wasser gleitet, mal kurz verschwindet und dann wieder auftaucht. Auch Dreifuß richtet seinen Blick sofort aufs Wasser. Zunächst kann er nichts entdecken. Das Mondlicht spiegelt sich in den großen Gläsern seiner Nickelbrille. Aber dann sieht er die magische weiße Linie ebenfalls.

»Ist er das?« Er zeigt auf die Wellen, in denen der weiße Fisch aber schon wieder verschwunden ist.

21

Statt neuer nordischer Küche im »Thor« hatte Smilla dann am Steenodder Anleger eine Scholle mit Speck bekommen und zum Dessert Rote Grütze. Danach hatte sie mit Blick aufs Watt im Licht der untergehenden Sonne zwei Bier getrunken und war erst mal wieder runtergekommen. Aber jetzt muss sie doch unbedingt mal nachsehen, was es mit diesem Restaurant »Thor« auf sich hat. Die Internetseite hat sie schon neugierig gemacht. Die Wikingerrunen auf dem Unterarm des Kochs hatten sie elektrisiert. Und seit ihrem kurzen Besuch in dem Restaurant heute Nachmittag hatte sie diesen seltsamen Druck im Kopf.

Inzwischen ist es dunkel geworden. Vom Fähranleger in Wittdün blinken ein paar Lichter herüber. Das Lichtkreuz des Leuchtturms kreist über die ganze Insel. Im Seezeichenhafen beleuchtet ein einzelner Strahler ein farbiges Stillleben von Schildern, Zeichen und Tonnen, die an Land sehr viel größer aussehen als im Wasser. Das grelle Grün und knallige Rotorange schreien durch die Nacht. Ansonsten versinkt der Hafen in der Dunkelheit. Irgendwo auf dem Gelände winselt ein Hund. Smilla muss aufpassen, nicht über herumliegenden Schrott oder das Gestänge von Bootstrailern zu stolpern.

Die Fenster des »Thor« in der ehemaligen Bootswerft leuchten auf die Betonplatten des improvisierten Parkplatzes. Nur ein paar Fahrräder und ein einzelner dicker dunkler SUV stehen noch vor dem Restaurant. Die knalleblauen und roten Graffiti, mit denen das schicke Auto vollgesprüht ist, leuchten durch die Nacht. Das ist eindeutig die Kiste von ihrem speziellen Freund aus der Baubranche. Dem muss sie jetzt nicht unbedingt schon wieder über den Weg laufen.

Die ganze Szenerie erinnert verblüffend an die Lokalität, die ihr Bruder und sein deutscher Partner in Kopenhagen in Christiania betrieben hatten. Ein Jungkoch und zwei Küchenhilfen verlassen jetzt das Restaurant. Ihr Lachen hallt durch die Nacht. Smilla schleicht sich an das Gebäude heran. Es kommt ihr vor, als würde sie etwas Verbotenes tun. Sie weiß eigentlich gar nicht, warum. Wenn jemand etwas Verbotenes macht, dann dieser Koch. Aber wahrscheinlich ist das alles nur Einbildung. Jetzt hört sie den Hund deutlich bellen.

Im Gastraum wird jetzt die Beleuchtung ausgeschaltet. Nur aus der hell erleuchteten offenen Küche fällt Licht in den Raum. Irgendjemand muss noch im Restaurant sein, der Maître, vermutet Smilla. Aber im Augenblick kann sie niemanden sehen. Sie geht in einigem Abstand um das Haus herum. Das Hundebellen klingt jetzt näher. Sie wirft einen Blick durch ein Fenster und sieht einen Schatten.

Aber die Person, die den Schatten verursacht, sieht sie nicht. Zu dicht geht sie auch nicht ans Fenster. Sie will nicht entdeckt werden. Auf gar keinen Fall. Dann huscht schon wieder ein Schatten über die Wand. Da ist noch jemand im Lokal. Der große Meister geistert noch in seiner Küche umher. Oder hält sich dieser Pohlmann ebenfalls noch in dem Restaurant auf? Was macht der hier? Wieso steht sein vollgespraytes Auto auf dem Parkplatz?

Dann hört sie plötzlich hinter sich Geräusche. Smilla läuft schnell ein Stück zurück und geht hinter mehreren Bojen in Deckung. Sie sieht drei dunkle Gestalten. Der Leuchtturm wirft alle paar Sekunden seinen kreisenden Lichtkegel über das Hafengelände. Aber sie kann die Typen trotzdem nicht erkennen. Es ist einfach zu dunkel. Sind das schon wieder die Freaks, die sich vorhin an ihrem Auto zu schaffen gemacht haben? Sie sieht kurz ein blaues Kreuz auf einem Gesicht aufleuchten, das sie nicht erkennen kann. Ist das ein Messer, das da aufblitzt? Dann wischen ein paar grellpinke Fingernägel durch einen Lichtstrahl. Schließlich verschwinden drei schwarze Strumpfmasken in der Dunkelheit.

Sie hört das Klackern einer Spraydose, die geschüttelt wird, und gleich darauf das Zischen des Sprays. Diese Freaks verpassen dem dänischen Superkoch ein passendes Piece für seinen Gourmetschuppen. Ha, das hat er sich verdient! Smilla muss innerlich grinsen. Oder bringen sie das Masterpiece auf dem Auto des blöden Baulöwen zur Vollendung? Sehen kann sie die nächtlichen Sprayer nicht. Sie hört nur das Zischen der Spraydosen. Dann hört sie das Knurren des Hundes und dann auf einmal gar nichts mehr. Nur Schritte. Sie duckt sich noch ein Stück tiefer. Der Lichtkegel des Leuchtturms blitzt immer wieder kurz auf.

Dann spürt Smilla einen Schlag auf ihren Kopf, vollkommen unerwartet von hinten, dumpf und betäubend. Allmählich wird es dunkel um sie, als würde jemand das Licht dimmen. Sie fühlt ein Dröhnen unter der Schädeldecke und dann einen Schmerz an ihrem linken Fußgelenk, einen Schmerz, der immer unerträglicher wird. Ihr kommt es vor, als würde ihr oberhalb des Fußes ins Bein geschnitten ... mit einem Messer ... die Schmerzen sind nicht mehr auszuhalten ... oder einer Säge ... als würde ihr Fuß ... und dann verliert Smilla jedes Gespür. Alles versinkt in tiefer Dunkelheit.

22

»Castles made of sand … melts into the sea …« Bountys Stimme und seine Gitarre hallen auch ohne Verstärker über die nächtlichen Dünen. Die Nacht segelt unaufhörlich weiter in fremde Gewässer, denkt der Althippie.

Hier oben auf dem Ausguck mit Blick in alle Richtungen über die ganze Insel und zu den Nachbarinseln und Halligen wollte Giselle die alte Jimi-Hendrix-Nummer unbedingt noch mal hören. Wozu hat Bounty seine Gitarre dabei.

»Hast du scheinbar schon mal gehört den Song, oder?«, fragt er sie, während er weiterspielt.

»Ich hatte damals einen Freund, der hat mir nachts eine Sandburg gebaut, in der wir uns dann …« Giselles Aussprache klingt leicht verwaschen. »… und wir hatten nicht nur was geraucht, sondern eine von diesen bunten Pillen … das war nicht hier, sondern eine Insel weiter …«

»Auf Sylt?«

»… melts into the sea«, singt sie.

»… is was dran, und zwar früher als Amrum.« Sie ist so sehr in den Song eingetaucht, dass sie die Anspielung ganz überhört. Er spielt weiter, und sie singt mit. Giselle hatte gar nicht gedacht, dass der Song auch mit der Akustikgitarre ohne elektronische Effekte immer noch so wunderbar psychedelisch klingen kann. An den entsprechenden Passagen dehnt der Fredenbüller Gitarrist die Saiten zwischen den Bundstäben hin und her, dass es klingt wie Jimi Hendrix' legendärer Wah-Wah-Verzerrer. Susi steuert ein leises Wau, Wau bei. Die Hündin sieht ungeduldig zu den beiden hoch in der Hoffnung, dass es allmählich mal nach Hause geht. Doch daran ist im Augenblick nicht zu denken.

So fischt der Altfreak jetzt wenigstens einen Schokoriegel aus seiner Gitarrentasche. Er weiß genau, dass Susi das nicht darf, und die Hündin weiß es selbst auch.

»Ist kein Bounty«, nölt er. »Aber auch was mit Schokolade.« Der Hund schnappt sich sofort das Schokoteil und sieht den Spender glücklich an. »Jedem seine Droge.«

»Wie heißt du eigentlich wirklich?« Giselle sieht ihn an, und währenddessen streicht sie über die Saiten seiner Gitarre.

»Das willst du in Wahrheit gar nicht wissen. Ich weiß ja auch nicht, dass du Gisela heißt.«

»So schlimm?« Sie verzieht schon wieder ihren Mundwinkel. Bounty kann das kurz erkennen, während das Leuchtturmlicht ihr Gesicht streift.

Neben den kreiselnden Lichtsignalen des Turms blinken dazwischen in der Umgebung noch andere Lichter auf. Auf dem Parkplatz am Rand der Dünen fährt ein Auto vor. Die Scheinwerfer werden gelöscht, aber zunächst steigt keiner aus.

»Was ist hier heute Nacht los?« Jetzt ist Giselle doch abgelenkt.

»Ist doch egal.« Bounty will eindeutig bei der Sache bleiben.

»Das ist der Wagen der neuen Touristikchefin. Was macht die hier mitten in der Nacht?«

»Gibt außer uns vielleicht noch andere? Is schließlich gerade Hochsaison. Wollen vielleicht alle noch mal an' Strand.« Bounty grient mehrdeutig.

Dann steuert ein SUV auf den Parkplatz. Viel kann man nicht erkennen. Aber die für einen solchen Edelschlitten ungewöhnlichen farbigen Graffitis auf Türen und Dach sind unübersehbar.

Wenig später fährt in einiger Entfernung noch ein Auto, ein kastenförmiger alter Landrover, durch die Dünen. Die hochstehenden Scheinwerfer tanzen bei der Fahrt durch den Sand und über Bodenwellen auf und ab. Giselle sieht hinüber, als würde sie diesen Wagen ebenfalls kennen. Aber eigentlich ist er zu weit weg, und dann sind die beiden Scheinwerferaugen auch schon hinter den Dünen verschwunden.

»Ist das Marko?« Giselle sieht dem Wagen interessiert hinterher.

»Dein Lover aus der Küche?«

»Was will der hier?«, wundert sie sich.

»Der sucht dich.«

»Spinnt ja wohl.«

»Dabei hast du deinen Lover für heute doch schon gefunden.« Noch während er das sagt, muss er über sich selbst staunen. Was ist bloß in ihn gefahren? Giselle und sein Knaster, diese Mischung hat eine erstaunliche Wirkung.

Tatsächlich, diese Nacht segelt unaufhörlich weiter in fremde Gewässer. »There's a full moon rising … Let's go dancing in the light.« Ein Songtext nach dem anderen schwirrt ihm durch den Kopf, alle durcheinander, die Stimme von Neil Young und Jimi Hendrix' verzerrte Gitarrenriffs. Der Leuchtturm kreist wie ein Lichtschwert über ihm. Sie dreht ihr Gesicht kurz ein Stück weg und dann gleich wieder zu ihm hin. Ihre Gesichter sind sich jetzt ganz nahe. In dem Licht leuchten Giselles grüne Augen kurz auf, er streicht ihr eine leicht gelockte Haarsträhne von der Wange … und dann küssen sie sich. Für Bounty ist es ein seltsames Gefühl, als sei es das erste Mal. Er hat ewig nicht geküsst. Andererseits kommt es ihm sofort vertraut vor. Küssen verlernt man nicht, ebenso wenig wie Fahrradfahren. Susi blickt kurz zu ihm auf, das kann Bounty aus dem Augenwinkel sehen, dann etwas verschämt zur Seite, als würde sie der kreiselnde Lichtkegel des Leuchtturms mehr interessieren. »And then I kissed her.«

Es ist eine regelrechte Manie. Egal, was er macht, zu allem geht ihm gleich ein Songtext durch den Kopf. »I kissed her in a way that I never kissed a girl before …« Na ja, um ehrlich zu sein, so genau konnte er sich an seine letzten Küsse gar nicht mehr erinnern. Er wusste nicht wann, und wie erst recht nicht, das war lange, lange her. Die letzten Jahre hat er ungeküsst zusammen mit Antje, Thies, Klaas und Piet Paulsen am Stehtisch der »Hidden Kist« verbracht. Er hat Susi verbotenerweise mit Schokoriegeln gefüttert und seine Ziege Jimmy mit Küchenabfällen und selbstgezogenen Kräutern.

Zu Piet Paulsens »Putenschaschlik Hawaii« fällt ihm kein Songtext ein, und »De Hidde Kist« ist eben nur fast »The Next Whiskey Bar«.

Und jetzt sitzt er hier auf einmal mit dieser Frau mit den galaktisch grünen Augen im Mondlicht. »Let's swim to the moon – uh-huh – let's climb thru the tide …« Während sie sich küssen, schwirren die Songs weiter durch seinen Kopf. Die Textzeilen bedrängen ihn. Aber irgendwie genießt er es auch. Die letzten Jahrzehnte sind wie weggeblasen. Plötzlich fühlt es sich für ihn an, als habe er wieder seine üppige lange Matte von damals statt des dünnen Pferdeschwanzes. Giselle scheint das auch zu fühlen, so wie sie ihm beim Küssen in die Haare fasst.

Wie kommt das auf einmal alles? Wieso ist die Frau ausgerechnet an ihm interessiert? Was meinte Thies: »Du hast offensichtlich ihren Musikgeschmack getroffen.« Das hatte er eigentlich John und vor allem Jimi zu verdanken und Jim.

»... parked beside the ocean ... on our moonlight drive.«

23

»Behalt ihn im Auge«, ruft Boy dem Professor zu, während er sich ins Steuerhaus verdrückt. »Und spendier ihm mal 'n paar Makrelen.« Er zeigt auf den Plastikeimer mit den Fischen.

Während Boyksen den kleinen Kutter auf Kurs bringt, sucht sich Dreifuß schnell seine Kamera aus dem Seesack. Dann setzt er sich mit dem Fischeimer an die Reling. Deutlich näher als eben taucht jetzt der schwarz-weiß gepunktete Fischrücken aus dem Wasser auf. Die beiden Männer sind elektrisiert. Boy gibt Dreifuß ein Zeichen, dass er den Heilbutt mit ein paar Makrelen ködern soll. Er drosselt den Motor, dann stellt er ihn ganz aus. Er verlässt das Steuerhaus und kramt nach der großen Angel. Dreifuß wirft derweil in regelmäßigem Abstand eine Makrele nach der anderen ins Wasser. Er sieht gar nicht mehr hin, er greift die Fische und wirft sie rücklings hinter sich. Plötzlich schwappt unvermittelt ein Wasserschwall über die Reling. Dreifuß dreht sich um und blickt in ein gigantisches Fischmaul, in einen von riesigen wulstigen Lippen umrahmten Schlund, der alles zu verschlingen droht. Hinter den Lippen staksen die scharfen spitzen Zähne wie kleine

Messer, wie Dornen aus einem monströsen Stacheldraht hervor. Der Professor zuckt sofort zurück.

Der große Fisch schnellt aus dem Wasser, als wolle er nach ihm schnappen. Er fletscht die Zähne wie ein bissiger Kampfhund. Die beiden auf einer Seite liegenden Augen glotzen ihn mitleidlos an. Der Fisch sieht aus wie ein Zombie, ein mutiertes Meeresungeheuer.

»Rechtsäugiger Plattfisch«, schießt es dem Professor für Sekundenbruchteile durch den Kopf. Er kennt Weiße Heilbutte, aber die waren kleiner, wesentlich kleiner. Dreifuß hat Riesenwale und große Weiße Haie vor Australien beobachtet, aber in der Nordsee hat er einen Fisch dieser Größe noch nicht gesehen.

Das Monster setzt zu einem nächsten wütenden Sprung auf das Boot an. Es wirkt, als wolle es sich das ganze Boot samt Besatzung einverleiben. Das Riesenmaul schnappt ins Leere. Der Kutter kommt gefährlich ins Schwanken. Die alten Holzplanken knarzen und stöhnen. Mit starrem Blick auf die Reling, über der das Ungeheuer eben sein gewaltiges Gebiss aufgerissen hat, taumelt Dreifuß rückwärts über das kleine Deck. Sein Gesicht ist so bleich wie der Rücken des Fisches eben im Mondlicht.

»Wat is los, Doktor?« Boy hat mittlerweile die große Angelrute in der einen und die Harpune in der anderen Hand.

Der Meeresforscher stolpert rückwärts an dem Fischer

vorbei und wirft dabei einen Eimer um. »Wir brauchen ein größeres Boot«, stammelt er.

Boyksen hört in der Aufregung gar nicht hin. Er will unverzüglich seine Pilker ins Wasser bringen. In dem Moment schrillt das Funkgerät im Steuerhaus. Das Krächzen des altersschwachen Gerätes durchreißt die Nacht.

»Scheiße! Nicht jetzt!«, schimpft er und dreht sich dabei kurz um. Dann guckt er erwartungsvoll auf die Stelle, wo der Fisch eben aus dem Wasser geschnellt ist. Doch der Weiße Heilbutt ist inzwischen abgetaucht. Das Funkgerät quakt unerbittlich weiter aus dem Steuerhaus heraus.

»Scheiße! Wer ist das jetzt mitten in der Nacht?« Boy deponiert die Angel. »Behalt ihn weiter im Auge«, raunzt er dem Wissenschaftler zu und hastet in seine Kabine.

»›Margarethe‹, bitte kommen!« Boyksen ist gut zu verstehen. Die Stimme aus dem Funkgerät geht dagegen in einem Kratzen und Rauschen unter. Dreifuß meint irgendetwas von einer »Fracht« zu verstehen und das Wort »eilig«. Bei aller Unverständlichkeit klingt die Stimme aufgeregt.

»Ja, nee, dat geht jetzt nich, wir sind auf Fangfahrt und haben den Weißen Heilbutt an der Angel … na ja, fast.« Boyksen senkt die Stimme und ist für den Professor jetzt auch nicht mehr so gut zu verstehen. »Is sowieso gerad schlecht …« Und dann wieder lauter: »Ende!«

24

Morgens am Strand ist Bounty immer noch ganz berauscht, aber auch ziemlich erledigt. Die Nacht auf dem Ausguck hatte noch eine Fortsetzung in Giselles Nebeler Apartment gefunden. Seine Gitarre hat Bounty immer noch dabei, und nach dieser Nacht kann er gar nicht wieder aufhören zu singen. Dass er inzwischen wie üblich mit seinen Fredenbüllern zusammensitzt, hat er noch gar nicht realisiert. Es kommt ihm vor, als schwebe er noch mit Giselle durch die Nacht. Bounty ist gar nicht recht bei der Sache, als er und Niggemeier jetzt ein paar Riffs anspielen, sich ihre Playlist für den nächsten Auftritt im »Lustigen Seehund« überlegen und ob sie für das junge Publikum ihr Programm nicht mal etwas aktualisieren sollten.

»Mir is eure Musik modern genug«, stellt Piet Paulsen klar und zieht genüsslich an seinem Zigarillo. Die beiden Langweilerinnen Martina und Tanja, die schon beim Konzert im »Lustigen Seehund« dabei waren, sind offenbar derselben Meinung. Sie haben sich endgültig aus Birte Birkenstolz' Kurs verabschiedet, sonnen sich ein Stück weiter im Sand und wippen mit den sonnengebleichten Kurzhaarfrisuren im Takt. Birte, die Meisterin des absichtslosen Daseins, sitzt inzwischen mit drei übrig gebliebenen Anhängerinnen ein paar hundert Meter entfernt schweigend in den Dünen.

Hörbi und Jan dagegen sind im angeregten Dialog mit den Badegästen. Sie haben das Wasser und die Badenden unter ständiger Beobachtung. Jan hält das Fernglas, und Hörbi gibt den Badegästen strenge Anweisungen, wie sie sich angesichts der Heilbutt-Attacke richtig zu verhalten haben. Die Frau vom Nachbarstrandkorb nickt freundlich herüber, während der Bauch ihres Mannes in der prallen Sonne dem nächsten Bräunungsgrad entgegenbrutzelt. Nicole lässt sich von Antje gerade einen halben Croque »Störtebeker« spendieren. Paulsen begnügt sich enttäuscht mit der anderen Hälfte.

»Wird wirklich langsam Zeit für 'n kleinen Grill hier am Strandkorb.«

Thies und Nicole diskutieren derweil den dürftigen Ermittlungsstand.

»Sind ja allerlei Frauen, die vermisst werden«, stöhnt Thies. Er war am Morgen schon im Kinderheim und vor der Wittdüner Wohnung der vermissten Wiebke Wilhelmi. Die Frau ist immer noch verschollen. »Und im Kinderheim weiß auch keiner Bescheid. Ist doch komisch. Wenn dat man nich der Fuß von dieser Wiebke ist?«

»Dafür gibt es doch überhaupt keine Anhaltspunkte.« Der Kommissarin gehen die Theorien ihres Kollegen mal wieder etwas zu weit.

»Können wir da nich mal DNA bestimmen oder so? So was wie 'ne größere Fahndung nach dem Fuß ... beziehungsweise nach der Frau, der 'n Fuß fehlt.«

»Ringfahndung nach einer Frau ohne Fuß, oder wie?« Nicole schüttelt den Kopf. Sie greift nach ihren Benson & Hedges und zündet sich eine an.

Bounty und Niggemeier stimmen gerade ihre Gitarren nach, in dem Moment schwirrt die Helikoptermutter in die Strandkorbidylle.

»Wohin hat Ihr Finn Emma und August schon wieder entführt?« Die Frau ist vollkommen außer Rand und Band.

»Wat denn los?«, fragt Antje und verstaut Brotpapier in ihrer Kirschkühltasche. Bounty spielt ein paar angedeutete Bluesriffs an.

»Irgendwo hier am Strand«, versucht Thies die Mutter zu beruhigen. Nicole blickt sich suchend um.

»Die gehen hier auf der Insel schon nicht verloren«, kräht Piet Paulsen.

Im selben Moment sieht man die Kinder schon aus den Dünen herauslaufen. »Mama!«, ruft Finn aufgeregt.

»Mama, Maaaama!« Auch Emma ist ganz außer sich.

»Da sind sie doch schon«, stellt Thies fest.

»Mama, wir haben wieder was gefunden.« Finn ist richtig außer Atem.

»Diesmal hat August was gefunden ...«, korrigiert ihn

Karlchen aus dem Kinderheim, wird aber sofort wieder unterbrochen.

»Wieso, wo wart ihr denn?«, fragt Nicole streng.

»In den Dünen ... ganz dahinten«, japst Finn kleinlaut, dass er kaum zu verstehen ist.

»Was hab ich dir gesagt?!« Nicole blickt ihren Sohn vorwurfsvoll an. »Ihr sollt doch nicht in die Dünen laufen.«

»Dünenschutz ist Inselschutz!«, zitiert Paulsen den Hinweis auf den Schildern vor den Dünen.

»Ja, ich weiß, aber ...«, hechelt Finn.

»Was aber?!«, pflaumt Nicole ihn an.

Niggemeier unterbricht das Stimmen seiner Gitarre und winkt beschwichtigend ab.

»August musste mal pischern«, piepst die kleine Emma.

»Und dann sind wir da hinter die große Düne gegangen und noch eine Düne weiter, wo uns keiner mehr sehen kann«, erklärt Finn. Die Kinder haben sich offenbar nichts weiter dabei gedacht. August, dem das Ganze etwas peinlich ist, hat es die Sprache verschlagen. Emma dagegen wird auf einmal munter.

»Beim Pischern hat August den Sand so 'n bisschen weggespritzt ...«

»Emma, so genau interessiert das die Leute auch nicht«, will die Helikoptermutter ihre Tochter bremsen.

»Doch, dat interessiert uns sogar sehr«, unterbricht Thies. »Erzähl mal weiter.«

»Dann kam da auf einmal wieder ein Fuß mit so lackierten Nägeln raus.«

»Den hat der Jung da frei … ge … pinkelt, oder wie muss man sich dat vorstellen?« Paulsen kann es gar nicht glauben.

Emma sieht erst ihre Mutter und dann Thies mit großen Augen an.

»Wieder nur ein Fuß?« Thies hat augenblicklich seinen Kuhblick aufgesetzt.

»Nee, ich glaub, das is 'ne ganze Frau.« Jetzt hat auch August seine Stimme wiedergefunden.

»Was ist das nur für eine Insel?«, echauffiert sich seine Mutter. »Und das wurde uns für den Familienurlaub empfohlen!«

»Fehlt der Frau ein Fuß?«, fragt Thies unbeirrt.

»Ich weiß nicht.« Emma, August und Karlchen schütteln synchron die Köpfe.

»Das kann man gar nich sehen«, erklärt Finn. »Das meiste von der Frau is ja im Sand.«

»Nur ein Fuß guckt raus.« Emma blickt prüfend zu Finn und dann wieder zu Thies. »Die Fußnägel sind auch wieder rosa angemalt.«

25

Die Kriminaltechnik ist bereits auf dem Weg nach Amrum. Aber Börnsen meinte, dass Thies und Nicole vorher schon mal einen Blick auf die Tote werfen sollten. Das lässt sich Thies nicht zweimal sagen. Er leiht sich kurzerhand von dem kleinen August die Kinderschaufel aus und stapft in seinen Shorts die Dünen hinauf. Der Fundort der Toten liegt versteckt im naturgeschützten Bereich der Dünen. Eigentlich hat hier niemand etwas zu suchen. Nicole ist bemüht, ihre ersten Ermittlungen möglichst diskret abzuwickeln. So ganz klappt das allerdings nicht. Etliche Badegäste schöpfen sofort Verdacht.

Finn, Karlchen, August und Emma konnten nur mit Mühe zurückgehalten werden, beim Ausgraben der mysteriösen Toten zu helfen. Antje und Piet sind von Nicole mal wieder zum Babysitten verdonnert worden. Aber die blonde Sonnenanbeterin aus dem Nebenstrandkorb, die desertierten Langweilerinnen von Birte Birkenstolz und Lifeguard Hörbi sind dem Fredenbüller Polizeihauptmeister gleich gefolgt, und auch der Nackte mit der hellblauen Frotteemütze ist sofort zur Stelle. Die meisten der Urlauber am Strand werden glücklicherweise im Augenblick noch von den Demonstranten abgelenkt, die auf ihren Jollen mit Fahnen und von Boot zu Boot gespannten Spruchbändern vor dem Kniepsand entlangsegeln. Ausgerechnet heute ist auch noch der »Dienstag für Dorsche«, kein guter Tag für diskrete Polizeiarbeit. Die Kommissarin ist verzweifelt bemüht, die Schaulustigen vom Fundort fernzuhalten.

»Nicole, wat sag ich, Absperrband musst du immer dabeihaben.«

»In deiner Badehose, oder was?« Sie schüttelt den Kopf.

Vergeblich versucht Thies, die Umstehenden wieder an den Badestrand zurückzuschicken. »Hier gibt dat nix zu sehen.«

»Das kann man ja nun nicht gerade behaupten«, protestiert eine der Langweilerinnen mit Blick auf den aus dem Sand ragenden Frauenfuß, den Thies gleich ein Stück weiter freischaufelt. Nicole, die inzwischen ein Shirt über dem Badeanzug trägt, will ihn erst zügeln, aber der Fredenbüller Kollege ist nicht mehr zu bremsen.

»Sie könnten sich nützlich machen«, wendet sie sich an Lifeguard Hörbi, »und uns einen Sichtschutz besorgen … so einen mobilen Windschutz.« Der sportliche Bademeister sprintet sofort los.

»Wir stören auch gar nicht«, verspricht eine der beiden Langweilerinnen.

»Schlimm, die Gaffer«, raunt die Frau aus dem Nachbarstrandkorb der Kommissarin zu.

»Lassen Sie uns hier unsere Arbeit machen, bitte.« Nicole hebt beschwichtigend die Hände. Zurückschicken will sie die Leute auch nicht unbedingt. Sie würden am Strand nur herumposaunen, was hier passiert ist, und einen Massenauflauf provozieren.

Während Thies nicht mehr von den Ausgrabungsarbeiten abzuhalten ist, ermahnt Nicole die Neugierigen, Abstand zu halten. Nach kurzer Zeit ist dann auch Hörbi wieder zur Stelle und installiert gleich die gestreiften Windschutzplanen um den Fundort herum.

»Mal aus dem Weg da!«, pflaumt er den Nackten an. Hörbi meint gleich zum Ermittlerteam zu gehören.

Thies braucht eine ganze Weile, ehe er die Tote mit der kleinen Kinderschaufel freigegraben hat. In der stechenden Sonne zwischen den Windschutzsegeln kommt er mächtig ins Schwitzen. Glücklicherweise hat er nicht seine Polizeijacke an, sondern nur ein dünnes Shirt. Zuerst kommen die beiden Füße zum Vorschein.

»Hier, Nicole, lackierte Fußnägel«, konstatiert Thies, als sei der rosa Nagellack die Todesursache und der ganze Fall damit schon geklärt. Und dann bemerken er und alle anderen, die jetzt auf Zehenspitzen über den Windschutz gucken, die Verletzungen an der Fessel des rechten Fußes. Die Haut hat an einer Seite eine tiefe Wunde. Es ist mehr ein Riss als ein Schnitt, soweit das durch den Sand überhaupt erkennbar ist. Die Haut und das darunterliegende

Fleisch scheinen durch äußere Gewalt zerfetzt. Blutspuren sind nicht erkennbar. Es wirkt, als sei die Wunde durch das Wasser ausgewaschen und anschließend mit Sand überstäubt worden.

»Oh Gott, das ist ja grauenhaft!«, stöhnen die beiden Frauen, deren Langeweile-Ferien eine ungeahnte Wendung genommen haben. »Das ist ja wirklich total aufregend.« Dabei ist auch eine gewisse Faszination herauszuhören.

»Bitte halten Sie Abstand und lassen Sie uns unsere Arbeit machen!«, ermahnt Nicole die Umstehenden noch einmal. Aber allmählich gibt sie es auf.

»Das war er wieder!« Für den Mann mit der Frotteemütze gibt es keine Zweifel. »Aber auf mich will ja keiner hören.«

»Sieht ganz danach aus.« Hörbi ist derselben Meinung.

»Wer denn?«, will eine der Langweilerinnen wissen.

»Na, wer wohl?«, motzt die Frotteemütze. »Der Weiße Heilbutt«, ruft er mit dem Bademeister im Chor.

»Is dat dieselbe Farbe von dem Nagellack?« Thies ist in erster Linie auf die lackierten Fußnägel konzentriert.

»Weiß nicht, ich glaube nicht, und ich glaube auch nicht, dass uns das irgendwie weiterbringt.« Nicole klingt genervt.

»Das war 'ne andere Farbe«, meldet sich die Frau aus dem Nachbarstrandkorb, die nur mit Mühe über die Plane gucken kann, sich aber mit Nagellackfarben auskennt.

»Thies, du sollst vorsichtig sein!«, ruft Nicole, die gerade den Kriminaltechniker am Handy hat. »Börnsen und Carstensen brauchen noch 'ne Weile. Die sitzen irgendwie fest.«

In seinem Eifer hört der Fredenbüller Polizeihauptmeister gar nicht hin. Unter den erschreckten Ausrufen der Schaulustigen legt er den toten, unbekleideten Frauenkörper frei. Da die Kriminaltechnik noch nicht vor Ort ist, macht Nicole ein paar Fotos mit ihrem Handy. »Was ist mit ihr passiert?«, fragt sie. »An der Wunde am Fuß kann sie kaum gestorben sein … und andere äußere Verletzungen kann ich auch nicht entdecken.« Nicole fotografiert das Gesicht der Toten. Es ist blass mit einem Stich ins bläulich Violette. Und dann fallen ihr die Haare auf.

»Sie sind nass«, meint Nicole. »Die Haare sind immer noch nass und auch ihr ganzer Körper ist nass.«

»Aber der Sand ist trocken«, stellt Thies fest. Wie zum Beweis wirft er noch mal eine halbe Kinderschaufel voll staubtrockenem Sand durch die Luft.

»Ja, hier hat dat seit Wochen nich geregnet«, bestätigt Hörbi.

»Natürlich, sie war im Wasser!«, funkt der nackte Besserwisser dazwischen. »Der Heilbutt kann hier ja schlecht über die Dünen spazieren, um sich seine Opfer zu suchen.«

Die Langweilerinnen sehen den Nackten amüsiert an, die Strandkorbnachbarin pikiert. »Das ist zwar FKK-Strand, aber finden Sie das hier ohne Hose nicht ein bisschen unpassend?«

»Nee, dat ist kein FKK hier, dat is Naturschutzgebiet«, stellt Thies richtig. »Aber wir sind nich von der Sitte und auch nich vom Umweltamt. Hier geht das um Mord... wahrscheinlich.«

»Und der Mörder schwimmt da draußen vor der Küste.« Der Mann ohne Hose blickt triumphierend in die Runde und fällt im Eifer des Gefechts fast ins Windsegel.

»Er ist fünf Meter lang und gehört zur Familie der Schollen.« Hörbi ist derselben Meinung.

»Ein abgetrennter Fuß und jetzt eine zerfetzte Fußfessel, dat war derselbe Täter... oder eben auch derselbe Fisch.« Allmählich überlegt Thies, ob an der Theorie vom Killer-Heilbutt vielleicht nicht doch etwas dran ist.

»Und wie ist unsere Tote, nachdem der Fisch sie überfallen hat, hier in die Dünen gekommen? Erst mal muss Carstensen die Todesursache feststellen, und vor allem müssen wir herausfinden, wer sie überhaupt ist.«

26

»Meine Güte, was ist mit dir passiert?«, mault Jungkoch Marko Giselle aus der Küche entgegen, als sie das Restaurant betritt. »Du siehst schlecht aus.«

»Was soll das denn bitte heißen? Da warst du vor Kurzem aber noch ganz anderer Meinung.«

»Turbulente Nacht gehabt?« Sein Ton wird hämisch. »Jetzt siehst du auf einmal genauso alt aus wie deine neue Eroberung.«

Ihren Flirt mit Bounty hat Marko ja mitbekommen. Gleichzeitig wendet er seinen Blick wieder von ihr ab und widmet sich dem Steinbutt. Mit der scharfen Klinge seines japanischen Kochmessers filetiert er den großen Fisch in grätenlose Stücke. Auf dem Herd köchelt eine Fischsuppe und reduziert einen Fond, auf der Arbeitsplatte warten Krebsscheren und Austern auf ihre Weiterbehandlung. Eigentlich hat Marko die Abläufe in der Küche unter Kontrolle. Aber jetzt wirkt er fahrig.

»Was ist los, Giselle? Mit diesem abgehalfterten Freak. Das kann nicht dein Ernst sein!«

»Gibt vielleicht auch noch andere Dinge als die neue nordische Fischküche«, giftet sie beleidigt zurück. »Wer hier mit dem Kochmesser den großen Samurai markiert, ist noch lange kein großer Liebhaber.« Sie verzieht die Mundwinkel zu einem gequälten arroganten Lächeln.

Er zieht das Messer aus dem Fisch und hat einen Gesichtsausdruck, als wolle er seine Geliebte oder Ex-Geliebte damit filetieren. Auf der Klinge, die er nach japanischem Ritual jeden Tag auf einem Wasserstein schleift, klebt das Blut von den Innereien des Fisches. Sein Atem geht heftiger.

»Bist du neuerdings auf dem Nostalgie-Trip oder was?« Marko gibt sich alle Mühe, den ironischen Ton beizubehalten.

»Du hast dich ja offenbar auch schon nach etwas Neuem umgesehen … wo ein bisschen mehr Fleisch auf dem Knochen ist.« Sie wirft einen abschätzigen Blick auf das blutige Messer. »Hat der Herr neuerdings ein Faible für pummelige Frauen?« Die grünen Augen blitzen. Das Messer kann Giselle nicht beeindrucken.

In dem Moment betritt Küchenhilfe Mohammed Bizou mit einer Stiege Nordseekrabben den Raum.

»Moin, moin.« Es klingt erstaunlich norddeutsch. Er nickt beiden zu. Dass Marko hier mit dem Messer hantiert, ist schließlich nichts Ungewöhnliches. Aber er merkt sofort, dass hier dicke Luft herrscht.

»Ich gehe mal nach hinten.« Er deutet mit dem Kopf in den Raum hinter der offenen Showküche. »Krabbenpulen.« Er nickt ihnen nochmals zu. Bizou ist im »Thor« nicht nur für den Abwasch, das Wienern der Weingläser und das Hacken der Salzwiesenkräuter zuständig. Er ist vor allem ein Meister im Krabbenpulen. Seine ganze Familie in Nordafrika hat schließlich jahrelang im Akkord aus Deutschland gekühlt angelieferte Nordseekrabben gepult, die anschließend an die deutsche Küste reimportiert wurden. Inzwischen pult Mohammed Bizou vor Ort. Für fünf Liter braucht er keine Stunde. Damit würde er in Deutschland jede Krabbenpul-Meisterschaft gewinnen.

Die afrikanische Küchenhilfe flieht mit ihrem Krabbenkorb in den Nebenraum und schließt die Tür hinter sich. Mit den Streitereien seiner Vorgesetzten will er nichts zu tun haben.

»Es war ja gestern Abend dunkel in dem abgeranzten Schuppen. Aber hast du dir diesen Typen mal angesehen? Mit seinem lächerlichen Pferdeschwanz? Mein Gott, Giselle!« Marko flucht jetzt mit gepresster Stimme, dafür fuchtelt er mit seinem Kochmesser durch die Luft. »Dieser Gruftie muss im Bett ja wohl die große Nummer sein.«

»Ganz genau, mein Süßer.« Sie wirft ihm einen abschätzigen Pantherblick zu. »Eine größere Nummer als du zumindest!« Giselle senkt ihre Stimme kaum.

»Wie bitte?! Du hast diesen Typen tatsächlich gefickt. Es darf nicht wahr sein!« Marko presst die einzelnen Silben wütend heraus und japst nach Luft. Er weiß gar nicht mehr wohin mit seinem Japanmesser, als wolle er jetzt wirklich auf sie losgehen. Doch inzwischen steigt Starkoch Thor Skorgaard vor dem Restaurant von seinem Edel-Hollandrad. Marko und Giselle sehen ihn in ihrem wütenden Streit nicht kommen.

Als Thor die Küche seines Lokals betritt, sehen die beiden ihn konsterniert an. Für einen Moment hat es Giselle und Marko die Sprache verschlagen. Bounty ist mit einem Schlag vergessen. Die drei untereinander haben schließlich genug Probleme.

»Was ist hier los? Habt ihr nichts zu tun?«, motzt Skorgaard seine beiden Mitarbeiter an und klingt dabei mehr deutsch als dänisch.

»Was ist mit dem Steinbutt-Carpaccio? Was ist mit dem Fisch-Fond? Mit den Krebsen und den Lammkoteletts? Oder willst du hier stattdessen lieber den Samurai spielen … und, Giselle, sind die Reservierungen auf aktuellem Stand? Wie siehst du überhaupt aus?« Er blickt zwischen den beiden hin und her. »Wohl 'ne anstrengende Nacht gehabt mit meinem Souschef?« Jetzt ist er richtig sauer.

»Das lass dir mal von Giselle erzählen«, stichelt Marko. »Deine liebe Giselle hat ganz offenbar eine neue Eroberung gemacht.«

»Halt du doch einfach mal deine blöde Klappe!« Thor wird immer wütender. »Ich sollte euch beide rauswerfen. Dann könnt ihr sehen, wo ihr bleibt.«

»Dann können *wir* sehen, wo wir bleiben?« Giselles Pantherblick ist jetzt noch giftiger als sonst. »Dann kannst *du* sehen, wo du bleibst.«

»Wie bitte?«, schnaubt Thor. »Wer hat dieses Restaurant denn bitte aufgebaut? Wessen Idee war das? Die neue nordische Küche? Salzwiesengräser-Salat und Wattwurm-Parfait?«

»Und wer schmeckt den Fischfond und deine Soßen ab?«, stänkert Marko zurück. »Wenn es nach dir ginge, würden wir den Gästen versalzene Soßen und stinkenden Fisch und verkorkte Weine servieren. Du hast eine Zunge wie dieser tote Steinbutt hier. Es ist mir ein Rätsel, wie du übermorgen die große Koch-Challenge im Fernsehen meistern willst.«

»Und du hast ein Hirn und eine Fantasie wie gekochte Taschenkrebse!« Thor steht mit hochrotem Kopf vor dem heißen Herd, wo der Fischfond inzwischen so weit reduziert ist, dass der letzte Rest auf dem Topfboden anbrennt. Er schüttet schnell eine Kelle Fischsud nach.

Giselle verzieht sich schmollend in den Gastraum zu ihrem kleinen Pult, auf dem sie die Reservierungen notiert. Und Marko pfeffert das Japanmesser wütend auf die Arbeitsplatte und bearbeitet jetzt mit der Küchensäge einen Strang Lammkoteletts.

27

Bei der weiträumigen Sperrung des Fundortes hat Knut Boyksen Erste Hilfe geleistet. Genügend polizeiliches Absperrband, um die Dünen abzuriegeln, ist auf der Insel natürlich nicht vorrätig. Als Ersatz hat Knut von der Station »Nationalpark Wattenmeer« auf die Schnelle zweihundert Meter Band besorgt. »Brutgebiet. Bitte nicht betreten«. Vor der Absperrung sammeln sich sofort etliche Neugierige, Kinder mit Keschern und braungebrannte Männer mit Ferngläsern.

»Wer brütet da denn jetzt noch?«, ruft ein Hobby-Ornithologe und sucht mit seinem Feldstecher die Dünen ab.

»Da laufen doch Personen im Brutgebiet rum«, echauffiert sich eine ausladende Strandschönheit im quietschgelben Zeltkleid. »Manche Leute sind aber auch unvernünftig!«

Die Schaulustigen sind in heller Aufregung. Aber sie können zumindest vom Betreten des Fund- beziehungsweise Tatortes abgehalten werden. Hörbi, der FKK-Aktivist mit der Frotteemütze und die beiden Frauen aus dem Langweiler-Workshop stehen allerdings immer noch neben der Windschutzplane, die an einer Seite schon schlapp herunterhängt.

»Bleiben Sie jetzt ruhig mal hier und posaunen nichts nach draußen, damit wir hier keinen Massenauflauf bekommen«, ermahnt Nicole die Umstehenden. »Aber halten Sie jetzt bitte etwas Abstand, damit wir unsere Arbeit machen können.«

Thies und Nicole warten auf die Kollegen aus Kiel. Gerichtsmediziner Carstensen und Kriminaltechniker Börnsen sitzen auf der Fähre fest. Die »Dienstag für Dorsche«-Demonstranten haben mit ihren Jollen die Hafeneinfahrt blockiert und verhindern das Anlegen des Schiffes am Wittdüner Anleger. An der Reling der »Utlande« stehen die Ausflügler in mehreren Reihen, die auf der Insel ein spektakuläres Foto vom Weißen Heilbutt schießen wollen. Ein fanatischer Fotoamateur hofft, sogar noch einen Schnappschuss des gefundenen Fußes machen zu können. Etliche Tagestouristen haben die gerade in einem Dagebüller Souvenirshop erworbene Tasche von »Beach and Bags« an Bord dabei, Strandtaschen, Minirucksäcke und mehrere Kühltaschen mit dem plötzlich in Mode gekommenen Kirschmuster. Von der neuen Toten in den Dünen wissen die Touristenmassen glücklicherweise noch nichts.

Nicole hat das Foto von der Toten nicht nur zu ihren Kollegen von der Mordkommission nach Kiel, sondern sofort auch zur Vermisstenstelle geschickt. Eine entsprechende Vermisstenmeldung liegt aber offenbar nicht vor.

»Wer ist die Frau, wo kommt sie her?«, fragt sich Thies. »Die muss doch irgendwo vermisst werden.«

Die Ursache und die ganzen Umstände des Todes bleiben den beiden Polizisten weiterhin rätselhaft.

»Allzu lange liegt sie hier noch nicht vergraben.« Die Kommissarin überlegt. »Und außer den Verletzungen am Fuß kann ich wirklich nichts entdecken. Und als Todesursache kommt das ja wohl kaum in Frage. Keine Hämatome von Schlagverletzungen, keine Würgemale.« Nicole sieht ihren Kollegen fragend an. »Ist sie möglicherweise ertrunken?«

»Das kann ich Ihnen ganz genau sagen, dazu brauche ich Ihre ganzen Spusi-Fritzen nicht. Das ist eindeutig die Bisswunde des Weißen Heilbutts.« Der Nackte zieht sich unternehmungslustig die Frotteemütze in die Stirn.

»Und der Monsterfisch ist hier auf der Suche nach Opfern durch die Dünen gerobbt und hat sich die Frau geschnappt?« Thies schüttelt den Kopf. »Keine Büchs an, aber ganz genau Bescheid wissen.«

»Sie ist von dem Fisch angefallen worden und hat sich halb ertrunken mit letzter Kraft an Land retten können.« Der FKKler hat seine eigene Theorie.

»Und damit der Fisch sie nich findet, hat sie sich zur Sicherheit in' Sand eingegraben … Mann, Mann, Mann.« Der Fredenbüller Polizist kann es nicht fassen.

»Mein Gott, ist das aufregend«, juchzen die beiden Birkenstolz-Jüngerinnen.

»Aber es spricht tatsächlich vieles dafür, dass sie im Wasser war«, raunt Nicole ihrem Kollegen zu. »Sieh mal, an den Händen und Füßen hat sie Waschhaut. Das hätte sie hier in dem trockenen Sand nicht bekommen.«

»Vielleicht hat sie ja tatsächlich nachts noch gebadet. Ich mein, is ja FKK hier.« Er sieht zu dem Nackten und dann wieder auf den Körper der Toten. »... und dann is der Weiße Heilbutt gekommen, und später hat sie jemand vergraben.« Thies überlegt. »Aber wenn sie baden war, müssten ihre Klamotten irgendwo rumliegen. Die is ja vermutlich nich nackt über die ganze Insel gelaufen.«

Die Kommissarin begutachtet derweil die Spuren im Sand, die durch ihre eigenen Fußspuren und die der Schaulustigen nur noch schwer zu erkennen sind. Glücklicherweise herrscht kaum Wind.

»Ist das hier nicht eine Schleifspur?« Sie zeigt auf eine breitere Furche im Sand. »Laufen Sie jetzt bitte hier nicht durch«, ermahnt sie die Umstehenden.

»Hier mal Abstand halten und nich rumlaufen!« Thies schlägt gleich deutlichere Töne an.

Durch den Wind sind die Spuren leicht verweht. Aber besonders windig war es in den letzten Tagen glücklicherweise nicht. Von der Fundstelle durch die Dünen ist eine Schleifspur zu erkennen hinunter zum Strand, wo sie sich spätestens bei den hinter dem Absperrband versammelten Leuten verliert.

»Sie wollte sich in die Dünen retten«, diagnostiziert der Mann ohne Hose.

»Oder sie wurde in die Dünen geschleppt und dort vergraben«, vermutet die Kommissarin. »Es sieht fast so aus, als habe sie an den Knien und am Kopf Schürfspuren … als sei sie durch den Sand geschleift worden. Das muss Carstensen sich genauer ansehen.« Nicole macht gleich ein paar Detailfotos.

Die beiden Langweilerinnen laufen schon wieder aufgeregt durch den Sand, um noch mal einen näheren Blick auf die Tote zu werfen.

»Wat hab ich eben gesagt?!«, blafft Thies die beiden gleich an. »Tatort nicht betreten! Dat heißt auch *nicht betreten!* So können wir hier nicht arbeiten.«

»Sehen Sie mal hier, was ist das denn?« Eine der beiden Frauen hält aufgeregt ein Lederband mit mehreren türkisfarbenen Perlen und einem elfenbeinfarbigen Etwas, das wie ein Zahn aussieht, in der Hand. »Hat das einer von Ihnen verloren?«

»Wo haben Sie das gefunden?«, fragt Nicole gleich.

Beide Langweilerinnen zeigen sofort auf eine Stelle im Sand, nicht weit entfernt von der Toten. »Was ist das?«, fragt eine der beiden noch mal.

»Ein Fischzahn«, meldet sich die allwissende Frotteemütze sofort. »Vielleicht von einem Hai.«

»Es ist eine Kette«, stellt Nicole fest.

Thies fummelt ein Plastiktütchen aus der Hosentasche und hält es ihr hin. »Einfach hier reinfallen lassen.«

»Sie könnte der Toten gehört haben …«

»Oder dem Täter?« Thies macht sich auf einmal doch wieder Hoffnung auf einen Mordfall. Die Frotteemütze will gerade protestieren. Thies winkt gleich ab. »Der Heilbutt trägt seine Zähne wohl kaum an der Kette.«

28

Knut Boyksen genießt es ja eigentlich, wenn er noch mal wieder gebraucht wird und helfen kann. Aber der Trubel am Strand wird ihm jetzt doch zu viel. Nachdem er das Absperrband von der Naturpark-Station besorgt und mit installiert hat, sitzt er jetzt zusammen mit seinem Freund Piet Paulsen und mit den Zwillingen Telje und Tadje an seinem Stammplatz, dem kleinen Pavillon des Segelclubs am Steenodder Hafen. Besonders beschaulich ist es hier heute allerdings auch nicht, sondern ausgesprochen turbulent. Nach ihrer Tour um die Inseln laufen die ersten Rückkehrer vom »Dienstag für Dorsche« wieder in dem Hafen ein. Viele Segel sind mit blauen Kreuzen bemalt, auf den Spruchbändern ist neben gemalten Fischen immer wieder das Motto »Dienstag für Dorsche« zu lesen.

»Auf den Bildern, dat is kein Dorsch oder Kabeljau, dat is … ja, weiß auch nich … vielleicht 'n Hering.« Das muss Knut dann doch mal richtigstellen.

»Aber die Dorsche sind doch vom Aussterben bedroht und müssen gerettet werden«, ereifert sich Telje, die in der Satteldüne heute Frühschicht hatte und gerade vorbeigekommen ist und sich hier mit ihrer Schwester trifft.

»Bei uns gibt's gar keine Dorsche, die heißen hier Kabeljau, und die haben sowieso 'ne Fangquote, seit zwei Jahren schon.« Boyksen nimmt seine Schiffermütze vom Kopf und wischt sich den Schweiß von der Stirn. »Die Protest-Regatta hätten sich die jungen Leute eigentlich schenken können.«

»Ich ess sowieso lieber Krabben«, stellt Piet Paulsen klar.

Insgeheim hofft Tadje, von Knut Boyksen, dem alten Amrumer, ein paar Anregungen für ihren Nordsee-Blog zu bekommen. Bisher hat sie nur Fotos gepostet und Tipps zu den üblichen Highlights der Insel. Leuchtturm, historische Walfänger-Grabsteine und mit blauen Neonbuchstaben oder Zahlen besprayte Schafe, ein paar knackige Surfer am Strand und einen Sonnenuntergang über dem Meer. Ihre Startseite, ihr Feed unterscheiden sich nicht besonders von den üblichen Touristikbroschüren. Irgendwie fehlt Tadje noch die zündende Idee. Ihr Vlog hat bislang auch noch nicht so sonderlich viele Abonnenten, müde hundertvierundzwanzig Klicks, nur sieben Abonnenten, deprimierende zwanzig Likes und dann auch noch dreimal den Daumen nach unten. Bei ›Bibi Barrakuda‹ dagegen gehen die Klicks schon wieder durch die Decke.

»Barrakuda? Die hat doch Antjes Kühltasche mit dem Fuß gleich gefilmt, und jetzt kann man sich dat im Internetz angucken … tja.« Piet Paulsen bleibt der ganze Vorgang reichlich rätselhaft.

»Das Video hat inzwischen ein paar tausend Klicks.«

»Interessieren sich doch mehr Leute für Kühltaschen, als man denkt.« Piet sieht seinen Freund Knut achselzuckend an, der gleich mit einer wegwerfenden Handbewegung antwortet.

»Antje hatte gestern diese Tasche, und jetzt seht euch mal an, was Bibi vorhin gerade gepostet hat.« Tadje ruft auf dem Handy Bibi Barrakudas neustes Video auf. Die Vloggerin sitzt irgendwo im Sand, umgeben von unzähligen Taschen mit dem Kirschmuster von Antjes Kühltasche, kleinen Rucksäcken, Umhängetaschen, Kulturbeuteln und Schutzhüllen für Handys.

»Hallo, ihr Süßen«, säuselt Bibi und zwinkert mit fett getuschten Wimpern in die Kamera. »Heute hab ich voll fette Beute gemacht. Das wird nachher in meinem neusten Video so richtig geil, ich versprech's euch. Hier 'ne kleine Kostprobe.« Sie hält ein kleines Schminktäschchen in die Kamera. Die roten Kirschen auf dem grünen Untergrund gehen augenblicklich in einem diffusen Brei unter, bis Bibi mit ihrer Hand die Fokussierung herstellt.

»Mehr als ein Krabbenbrötchen bringst du darin aber nich unter«, krächzt Paulsen.

»Die verrrücktesten Kühltaschen für'n Strrrand, oder wat hat die Deern da vor?«, kommentiert Knut mit vielen rollenden Rs.

»Auch gleich mal eben fünfhundert Klicks.« Telje zeigt

auf das Handy ihrer Schwester. »Taschen mit Kirschmuster, das darf doch echt nich wahr sein.«

»Heute Morgen war da noch ein anderes Video von ihr, das ging sofort so was von viral.« Tadje ruft Bibis nächsten Clip auf. Im Sonnenlicht ist auf dem Display des Smartphones kaum etwas zu erkennen. Die wackelige Kamera schwankt durch eine nächtliche Hafenszenerie. Farbige Bojen kommen kurz ins Bild. Alle paar Sekunden blendet ein Licht auf, das zu einer Überbelichtung des Bildes führt. Im Ton ist heftiges Atmen zu hören. Es sieht aus, als hetze der Filmer mit laufender Kamera über das Gelände. Plötzlich schwenkt die Kamera auf ein Mädchen mit Strumpfmaske, die kurz mit rosaorange lackierten Fingernägeln durch die Luft wischt. Dann kommt ein Typ, ebenfalls mit einer Strumpfmaske, ins Bild. An seinem Hals unter dem Kragen einer schwarzen Jacke leuchten kurz mehrere türkisfarbene Punkte wie von einer Kette auf. Der Typ schüttelt demonstrativ eine Spraydose, dass sie klackert.

»Sag mal, dat ist doch bestimmt der … na, der hier die ganze Insel vollsprüht«, vermutet Boyksen. Dann bricht das Video abrupt ab.

»Nichts zu erkennen, aber gleich fast zweitausend Klicks, unglaublich«, stöhnt Tadje.

»Und bei dir? Wie war das? Hundertzwanzig oder so?« Telje grinst ihre Schwester provozierend an.

»Ja, ich weiß ja, ich muss mir was einfallen lassen, damit

ich auch Follower bekomme, und für den neuen touristischen Megatrend hab ich auch noch nicht die ultimative Idee, verdammt.« Tadje klingt regelrecht gestresst.

Bei dem Wort »Megatrend« steigt Knut Boyksen gleich die Hitze zu Kopf. »Ich weiß nich rrrecht, ob du deinen Megatrrrend hier auf der Insel überhaupt findest.« Er nimmt seine Schiffermütze ab und wischt sich den Schweiß von der Stirn.

»Wieso, Knut?« Paulsen zündet sich ein Zigarillo an. »Wir beiden waren doch schon immer voll im Trend, oder wat meinst du, Telje?«

Telje grient, und Tadje hat immer noch ihr Smartphone mit Bibi Barrakudas Videos vor sich.

»Silke Zaluskowski von der Touristik sagt, bei der Attraktivität der Insel wären die Gästezahlen steigerungsfähig.«

»In der Saison sind wir ausgebucht, mehr geht ja gar nich«, wendet Boyksen ein.

»Deshalb braucht es ja neue Übernachtungskapazitäten, und Frau Zaluskowski meint ja auch, dass die touristische Konzeption der Insel nicht mehr zeitgemäß ist. Die Bedürfnisse der Urlauber ändern sich. Die Gäste wollen Wellness. Du musst den Leuten ein Unterhaltungsangebot machen.« Tadje ist voll in ihrem Metier.

»Ach, Knut und ich unterhalten uns eigentlich immer ganz gut.« Piet pustet den Zigarillorauch in die laue Nordseebrise.

»Dieses Hotel im Kinderheim soll doch jetzt so ein Projekt werden, das neuen Schwung bringt.« So ganz überzeugend klingt Tadje allerdings auch nicht.

»Dat sehen nich alle so«, wendet Boyksen ein. »Dem Bau-Fritzen von Sylt haben sie ja wohl sein ganzes schönes Geländeauto vollgesprüht. Ist natürlich auch nich die feine Art, aber so wat passiert.« Knut verzieht keine Miene, doch das innerliche Grinsen ist ihm anzusehen.

»Tadje, so was wie das Kinderheim, das ist voll wichtig«, betont die angehende Medizinerin Telje. »Asthma, Neurodermitis, da geht es nicht um touristische Konzeptionen. Die Kinder wollen ihr Asthma loswerden und keine scheiß Wellness, für die ihre Eltern eh keine Kohle haben.«

»Knut, was meinst du als alter Insulaner? Was können wir deiner Meinung nach verbessern, was können wir verändern?«, wendet sich Tadje an Knut.

»Möglichst wenig, min Deern. Die Familien kommen seit Generationen als Feriengäste hierher. Ich bin auf der Insel geboren, und nach meinem Polizeidienst in Fredenbüll bin ich auf die Insel zurückgekehrt. Hätt ich nich gemacht, wenn mir dat hier nich gefallen würde.«

Plötzlich hat Tadje eine Idee. »Sagt mal, was haltet ihr denn davon, wenn ich mit euch mal ein paar Videos drehe? Mit Knut und Piet.«

»Wat willst du da denn filmen?« Knut sieht sie fragend an. »Wie Piet mit seiner alten Badehose in die Wellen steigt, oder wie er von Antje im Strandkorb ein Krabben-brötchen gereicht bekommt?«

»Dann würd ich vorschlagen, zeig mal lieber Knut beim Krabbenpulen«, kontert Paulsen.

»Piet, das ist 'ne Superidee. Knut pult Krabben, krass.« Tadje ist sofort begeistert.

»Ja, er ist einer der schnellsten Puler der ganzen Küste. Da kann dat Mädel mit ihren Kirschtäschchen einpacken.«

»Piet und Knut und die Schafe im Hintergrund, das sind doch super Bilder«, findet Telje.

»Und die Schafe haben auf einmal alle so ein blaues Kreuz«, stellt Tadje fest. »Krass!«

»Dat is 'n X«, meint Paulsen.

»Und da sind auch noch andere Buchstaben: M, L, A. Komisch«, findet Knut.

»Laufen die Schafe hier jetzt als lebendes Kreuzworträt-sel rum?«, fragt sich Piet.

29

Silke Zaluskowski gibt in ihrem roten Mini Cooper ordentlich Gas, und auch Pohlmanns vollgesprayter SUV ist deutlich zu schnell unterwegs, als die beiden Autos sich auf dem schmalen Asphaltweg durch die Wiesen begegnen.

Beide müssen scharf abbremsen. Eigentlich ist der Weg für Autos gesperrt. Pohlmann lässt gleich die Scheibe auf der Fahrerseite herunter und streckt den Arm heraus. Die Touristikchefin lässt darauf ebenfalls das Fenster heruntersurren.

»Was ist denn mit Ihrem Auto passiert, Herr Pohlmann? Ist das 'ne Sonderlackierung?« Sie grient ihn an und zeigt dabei ihre großen makellosen Zähne.

»Ach, hörn Sie bloß auf!«, schnaubt der Bauunternehmer, der sich gestern am Strand einen solventen Sonnenbrand geholt hat. »Dat is eine Riiiesensauerei. Dat waren diese Dorsch-Revoluzzer! Wenn ich die zu fassen kriege … die würde ich … Aber diese Dorsch-Demonstranten stehen ja neuerdings unter Naturschutz. Dabei kommen die gar nich von hier. Die haben doch mit der Inseltradition nichts am Hut.« Pohlmanns ohnehin schon roter Kopf wird noch röter.

»Ich bin über die Protestler auch alles andere als glücklich. Die Insel ist zwar voll. Aber diese jungen Leute lassen ja kein Geld hier. Unsere Hotels, Restaurants und auch die Strandkorbvermieter haben nichts davon.«

»Hotel ist dat richtige Stichwort, Frau Zaluskowski. Wir sollten uns unbedingt kurzfristig noch mal zusammensetzen. Dat wir unser Projekt ›Kaiserhof‹ in trockene Tücher bekommen.« Pohlmann schiebt seinen kräftigen nackten Ellenbogen aus dem Seitenfenster.

»Lassen Sie uns da nichts überstürzen. Ich hab Ihnen ja schon gesagt, es gibt noch andere Angebote.«

»Sind Sie sich da so sicher?« Er sieht sie mit vielsagendem Blick an. »Investoren aus dem Ausland? Die verlieren auch schnell mal das Interesse.«

Irgendwie weiß die Touristikchefin nicht recht, was sie von der Bemerkung halten soll. »Sie wissen ja, ich entscheide das nicht alleine, und ich bin verpflichtet, eine Weile für Angebote offen zu sein.«

»Deswegen will ich mich mit Ihnen zusammensetzen, um Ihnen ein Angebot zu machen.« Pohlmann wirkt sehr überzeugt, dass Frau Zaluskowski dieses Angebot nicht ablehnen wird. »Ich hab mir das mal durch den Kopf gehen lassen, was Sie über die Historie des Hauses erzählt haben. Ich hab dann sozusagen noch mal einen Blick in die Geschichtsbücher geworfen. Und ich muss sagen, unser Projekt passt perfekt zu der Historie des Hauses. Der ›Kaiserhof‹ war ein Luxushotel, und das soll es wieder werden. Warum sollen die Leute, die ihr sauer verdientes Geld auf den Inseln lassen wollen, unbedingt alle immer nach Sylt oder auf die Seychellen?«

»Gestern hatten Sie für den Denkmalschutz-Gedanken noch nicht so viel übrig«, bemerkt Silke Zaluskowski schnippisch. Sie lässt ihren Blick über die Graffiti auf Pohlmanns schickem Schlitten gleiten. »Tod und Teufel, ihr kennt ihn alle, Moby Dick. XR.«

»Na ja, von Denkmal kann wohl keine Rede mehr sein. Von dem alten ›Kaiserhof‹ is ja nich mehr viel übrig. Aber das kann doch wieder werden. Ein Grandhotel über dem Strand. Alles neu, aber im alten Stil.« Dem Sylter Baulöwen schwebt eine originalgetreue Rekonstruktion des alten Hotels aus der Kaiserzeit vor. »Wie hieß dat in der alten Broschüre: ›Das nobelste aller Häuser an der Nordseeküste. Luftige Zimmer mit Blick auf die Nordsee.‹ Wat immer dat heißt. Ich würd sagen, wir sollten dann doch lieber Isolierverglasung nehmen.« Er stößt meckerndes Lachen aus. »Der ›Kaiserhof‹ hatte damals Billardzimmer, Bar, eigene Bühne.«

»Ich seh schon, Sie haben das ja wirklich genau recherchiert.« Silke macht Anstalten, das Gespräch von Autofenster zu Autofenster zu beenden und weiterzufahren. Doch Pohlmann ist gar nicht mehr zu bremsen.

»Das machen wir jetzt natürlich alles nach dem neusten

Stand der Technik. Alles vom Feinsten. Entertainment und Wellness mit frontalem Blick auf die Nordsee. Wie auf'm Kreuzfahrtschiff, nur komfortabler.« Der Baulöwe hat eine konkrete Vision.

»Ich muss dann mal weiter«, drängelt Frau Zaluskowski. »Lassen Sie uns in den nächsten Tagen in Ruhe reden.«

»Allzu lange bin ich nich mehr auf der Insel.« Pohlmann schwitzt. Sein Kopf wird immer roter. Bei geöffnetem Fenster wird es in seinem klimatisierten SUV allmählich warm. »Noch wat anderes Interessantes hab ich über den ›Kaiserhof‹ gelesen. Als das Hotel damals pleiteging, kauften dänische Investoren das Haus und gingen damit ebenfalls wieder pleite. Das wollen wir doch nicht unbedingt wiederholen.« Pohlmann wischt sich Schweiß von der Stirn. »Wenn Sie mich fragen, ich hab dat Gefühl, die Dänen haben auch gar kein Interesse mehr.«

30

Im Hotel »Halligblick« läuft alles durcheinander. An der Rezeption stehen die Gäste Schlange, um auszuchecken oder um sich nach Bootstouren zu den Seehundbänken zu erkundigen.

»Und was ist mit diesem Weißen ... Hei...lbutt?«, ruft eine Frau aus der dritten Reihe. »Kann man den auch besichtigen?«

Hotelchefin Maggie hat im Augenblick anderes zu tun. Der Schimmelreiter und Kollege Holger sind beim Verlegen von »Sahara« etwas ins Stocken geraten. Es liegt an den steigenden Temperaturen in den Hotelzimmern und Fluren, an der narkotisierenden Wirkung des Teppichklebers und vor allem an der schwierigen Koordination bei laufendem Hotelbetrieb in der Hochsaison.

Jetzt läuft Chefin Maggie geschäftig durch das Hotel. Ihr ist offenbar schon wieder ein Gast abhandengekommen.

»Die Dame von Einhundertsieben ist noch nicht abgereist.« Zimmermädchen Merle kommt mit gebrauchten Handtüchern unter dem Arm aus dem Zimmer.

»Aber sie war nicht beim Frühstück, und ausgecheckt

hat sie auch nicht. Sie hat nur für eine Nacht gebucht. Wo ist die Frau?«, fragt sich Maggie.

»Ihr Koffer und ihre ganzen Sachen sind noch im Zimmer«, versichert das Zimmermädchen mit dem blonden Dutt.

»Was ist hier bloß los in dieser Saison, dass die allein reisenden Gäste, ohne ihre Rechnung zu zahlen, abreisen und ihr Gepäck dalassen? Wo sollen wir denn mit den ganzen Koffern bleiben? Wir sind schließlich keine Gepäckaufbewahrung«, echauffiert sich die Chefin.

Jetzt kommt der Schimmelreiter im Overall von »Tapeten Tobarben« in den Hotelflur geschlurft. Er hat das Teppichmesser in der Hand. Ihn umgibt eine Wolke von Kleberdünsten.

»Ich wollt mal fragen, können wir da wieder rein?« Er deutet auf das Zimmer hundertsieben. Gestern mussten sie ihre Arbeit unterbrechen, obwohl sie noch nicht ganz fertig waren. Ein Stück »Sahara« fehlt in einer Ecke noch. Aber das Einzelzimmer wurde für einen spontanen Gast für eine Nacht gebraucht. Hauke und Holger hatten in aller Eile ihr Material und Werkzeug aus dem Zimmer geräumt, und Merle hatte schnell den neu verlegten Boden und das Bad gereinigt.

Nachdem die Frau das Zimmer bezogen hatte, machte sie einen Riesenaufstand. »Was bieten Sie mir hier an!? Was is das für eine Gestank?!«, hatte sie sofort mit dänischem Akzent losgewettert. »Unzumutbar!«

Dann hatte Holger ohne große Umschweife und Entschuldigungen noch ein paar vergessene Teppichreste aus dem Zimmer geholt.

»Bin ich hier auf eine Baustelle gelandet?«, hatte sie ihn angeblafft, und Holger hatte keine Anstalten gemacht, sie vom Gegenteil zu überzeugen. »Ich will sofort den Hotelmanager sprechen!«

»Hotelmanager?«, hatte Merle, die dazugekommen war, schüchtern gepiepst. »Ich glaube, das haben wir hier gar nicht … ich hol dann mal die Chefin.«

Das hatte die Dame aus dem nahen Dänemark noch wütender gemacht. »Service is wohl ein Fremdwort für Sie? Sehen Sie zu, dass Sie das in Ordnung bringen und vor allem mal gründlich durchlüften.«

»Kurz danach ist sie dann abgerauscht, und ich hab sie nicht mehr gesehen«, erinnert sich Merle.

»Vorher hat sie hier aber noch ordentlich rumramentert«, fällt dem Schimmelreiter ein. »Wat meinte die? Normalerweise macht man solche Arbeiten im Winter, wenn kein Betrieb ist, und so weiter. Ich hab nur gesagt, Teppichboden verlegen wir eigentlich dat ganze Jahr. Da wurde Madame erst richtig munter. Dabei hat sich Merle mächtig Mühe gegeben, sie zu beruhigen. Das hat sie echt gut gemacht.« Dabei blinzelt er Merle verliebt zu, soweit das beim Schimmelreiter überhaupt zu erkennen ist.

»Ein unangenehmer Gast«, stöhnt Hotelchefin Maggie. »Ich habe es ihr gleich gesagt, dass gerade renoviert wird.

171

Ich wollte ihr einen Gefallen tun, weil auf der Insel sonst nichts frei war.« Sie stößt einen lauten Seufzer aus. »Das hat man nun davon. Jetzt ist sie verschwunden, und wir sitzen mit dem Gepäck da.«

»Dat ist ja schon die zweite Frau, die hier verschwindet«, sinniert Hauke. »Schon komisch, oder?«

»Nur an dem Teppichkleber kann dat nich liegen«, vermutet Holger, der jetzt mit einem Pausenbrot in der Hand dazukommt.

»Was machen wir da denn jetzt?« Die Hotelchefin wirkt aufgelöst. »Wir warten noch mal eine Stunde, und dann können Sie hier wieder rein und den Teppichboden fertig verlegen.«

»Ich weiß nich recht, zwei Frauen verschwunden, da könnte möglicherweise doch wat passiert sein.« Der Schimmelreiter macht sich seine Gedanken. »Wir kennen dat ja aus Fredenbüll ... hatten wir doch schon mehrfach. Da dachten wir auch erst, is schon nix passiert, und dann ...« Er macht eine Pause. Die anderen sehen ihn fragend an. »Vielleicht sollten wir doch mal Thies und Nicole Bescheid sagen. Die sind schließlich noch auf der Insel. Oder?«

Er hat es kaum gesagt, schon taucht ein Hotelmitarbeiter zusammen mit dem Fredenbüller Polizeihauptmeister und der Husumer Kommissarin in dem Hotelflur vor dem Zimmer einhundertsieben auf.

31

»Sag mal, Knut, waren die Schafe hier schon immer so vollge-
sprüht?« Tadje und Telje sitzen mit Knut Boyksen und Piet
Paulsen immer noch auf deren Stammplatz am Deich mit
Blick auf den kleinen Anleger in Steenodde und machen sich
Gedanken über Tadjes Nordsee-Blog.

»Wieso, is doch schon lange so, statt Brandzeichen«, bemerkt Boyksen.

»Weiß ich ja, haben wir in Fredenbüll doch auch«, fällt ihm
Tadje gleich ins Wort. »Aber die hier sind irgendwie noch
bunter.«

»Voll der Punk«, findet Telje.

»Und die haben doch nicht einfach nur eine Zahl, sondern
Buchstaben und ... weiß auch nicht ...« Tadjes Blick wandert
von Schaf zu Schaf.

»Sieht aus wie ganze Wörter oder so«, ergänzt Telje.

»Da stehen ganze Romane auf der Wolle«, bemerkt Paulsen.
Aber eigentlich interessiert ihn das Thema nicht sonderlich. Er
greift nach den Krabben. Wenn Tadje jetzt ihren Nordsee-Blog
mit Piet und Knut macht, will sich Paulsen von seinem Freund
Knut in die Kunst des Krabbenpulens einweisen lassen. Sehr
erfolgreich ist das bislang allerdings noch nicht.

»Moin, moin, liebe Freunde der Nordsee«, spricht Tadje in ihre Handykamera. »Hier könnt ihr einmal sehen, wie das mit dem Pulen geht. Einmal, wie man es nicht macht, und einmal, wie es richtig geht.« Tadje schwenkt ihre Handykamera von Piet Paulsens ungeschickten Pul-Versuchen auf Boyksens lässig aus seinen Fingern fliegenden Krabben, die Schalen auf der einen Seite auf ein altes Zeitungspapier und die gepulten Krabben auf der anderen in eine Tupperdose.

»Hier könnt ihr sehen, wat Cleverness is«, krächzt Piet Paulsen.

Tadje schwenkt mit der Kamera auf sein Gesicht.

»Einer muss die Krabben pulen, und der andere genießt sie!« Ohne eine Miene zu verziehen, steckt er sich eine einzelne, nicht ganz heile Nordseekrabbe zwischen die großen dritten Zähne.

Piet und Knut haben auf Anhieb hunderte Klicks, etliche Likes und zahlreiche Abonnenten. Die Zahlen von ›Bibi Barrakuda‹ haben sie natürlich noch nicht erreicht. Aber Tadje hat das erste kleine Video schließlich auch erst vor einer Stunde gepostet.

Während Paulsen sich beim Krabbenpulen voll konzentrieren muss und wenig sagt, spekuliert Boyksen über neuste Theorien zu dem angespülten Frauenfuß, der Toten in den Dünen und dem Weißen Heilbutt. Der örtliche Krabbenfischer hatte jetzt als Beifang auch einen Weißen

Heilbutt im Netz. Dieses Exemplar war aber sehr viel kleiner als der Killerfisch, der vor ein paar Tagen vor dem Kniepsand aufgetaucht war. Nach dem zweiten Frauenfuß hatte man in seinem Magen vergeblich gesucht. Er hätte auch kaum hineingepasst. Stattdessen hat man nur eine einzelne Herren-Adilette, Größe 46, gefunden und eine PET-Plastikflasche mit zerfranstem Flaschenhals, aber gut lesbarem Aufdruck: »frisch natürlich zitronig«.

Knut hat seinen aktuellen Kriminal-Report noch gar nicht beendet, als Telje plötzlich auf die Schafe zeigt. »Das sind nicht einfach nur Zahlen und Buchstaben. Seht mal das Schaf da. Da steht *Home* auf seinem Fell, und dahinten ist eines mit *Go ... Go Home.*«

»Go home?« Piet blickt von den Krabben auf.

»Wieso? Wo sollen die Schafe denn hin?«, fragt sich Knut. »Die sind hier zu Hause, und die sollen auch mal schön hierbleiben.«

»Da sind auch noch andere Buchstaben. Piet hat doch schon gemeint, das ist wie ein Rätsel.« Tadje zeigt auf den Deich. »Ein H und ein I. Oder ist dat 'ne Eins?«

»Und dahinten is noch ein V. Verrückt«, meint Telje.

»Was bedeutet das?«, fragt sich ihre Schwester.

»Mensch, Tadje, das wäre doch eine super Aktion für deinen Blog.«

»Wie jetzt?« Tadje sieht ihre Schwester fragend an.

»Na ja, wie Piet meint, sozusagen als Rätsel. Was haben

175

die Zeichen und Buchstaben auf den Schafen zu bedeuten?«

»Vielleicht haben die Buchstaben sogar mit unseren Kriminalfällen hier auf der Insel zu tun«, spricht Knut wie ein Fernsehonkel aus alten Zeiten in die Kamera. Und dann läuft Tadje begeistert mit laufender Handykamera zwischen den Schafen über den Deich. Erst hat sie das Schaf mit einem großen O oder einer Null im Bild, dann ein V und schließlich die Schafe mit einem gesprayten *HOME* und einem *GO* auf der Wolle.

32

»Dat is ja 'n Ding, Thies, ich wollt dich gerade holen«, platzt es aus dem Schimmelreiter heraus. »Hier wird 'ne Frau vermisst. Dat ist schon die zweite innerhalb von 'n paar Tagen.«

»Dat passt, wir haben gerad 'ne Frau gefunden«, antwortet Thies knapp.

Nicole zückt sofort ihr Handy und ruft die Fotos vom Fundort auf.

»Ist das die Frau, die hier verschwunden ist?« Sie zeigt das Smartphone bei den Umstehenden herum.

»Na ja, hier im Hotel hatte sie wat an«, bemerkt Holger treffend. Nicole wirft ihm gleich einen strafenden Blick zu.

»Stimmt, so 'ne alte Lederjacke, rot, glaub ich«, wird Hauke konkreter, als würde dies die Ermittlungen weiterbringen.

»Genau, so Vintage!«, haucht Merle, die ganz bleich geworden ist und auf einmal auch ein paar Jahre älter aussieht.

»Das ist die Frau, eindeutig.« Die Hotelchefin Maggie erkennt ihren Gast sofort wieder. »Frau Smilla Söland, wenn ich das richtig im Kopf habe.«

»Eine Dänin?«, fragt die Kommissarin.

»Ich glaube ja, aber das kann ich in unseren Unterlagen überprüfen.«

»Wissen Sie, was sie hier wollte? Urlaub?«

»Sie hatte nur für eine Nacht gebucht.« Die Hotelchefin überlegt. »Ich glaube, sie sagte etwas von einem beruflichen Termin.«

»Wat machte sie denn beruflich?«, hakt Thies nach.

Chefin Maggie zuckt mit den Schultern.

»Sie war ja wohl auch aus dem Hotelfach«, schaltet sich Merle kleinlaut ein. »Hat sie ziemlich deutlich raushängen lassen. Immer wieder.«

»Aber mit Ihrem Haus hier hatte dieser berufliche Termin nichts zu tun, oder?«, will Nicole wissen.

»Nein, da geht es wahrscheinlich um ein anderes Projekt ... ich kann es Ihnen nicht sagen.« Die Chefin des »Halligblick« hält sich bedeckt.

»Ich muss jetzt noch mal nachfragen«, setzt die Kommissarin erneut an. »Eben war von einer zweiten Frau die Rede, die ebenfalls verschwunden ist.« Sie blickt erst Hauke und dann die Hotelfrau an.

»Ja, vor ein paar Tagen ist schon mal ein Gast einfach verschwunden, ohne zu bezahlen. Und ihr Gepäck hat sie einfach dagelassen. Waren nur zwei Gepäckstücke, aber immerhin ...«

»Wie hieß diese Frau?«, fragt Nicole gleich nach.

»Warten Sie … Melba oder so.« Maggie überlegt. »Ja, Marion Melba. Ich kann das in den Anmeldungen nachsehen. Sie hatte das Zimmer zweihundertsieben.«

»Das ist das Zimmer, wo wir jetzt mit unserm Material drin sind«, schaltet sich der Schimmelreiter ein.

»Wo ihr neuen Teppich verlegt, da verlassen die Gäste fluchtartig das Haus, oder wie seh ich das?« Thies verzieht bei dem Spruch keine Miene.

»Hauke, hast' schon erzählt, was wir da gefunden haben?«, meldet sich Teppichverleger Holger zu Wort. Alle sehen ihn erwartungsvoll an.

»Ja, Holger hat da 'ne Watte aus der alten Auslegware rausgezogen, so rot oder rosa«, springt Hauke für ihn ein.

»Das war Schminkwatte«, verkündet Merle auf einmal selbstbewusst.

»Und in den alten Teppichresten steckten noch so abgeschnittene Fußnägel. Ich mein, ist egal, aber … na ja.« Holger winkt ab und beißt in sein Pausenbrot.

»Fußnägel?« Thies ist sofort elektrisiert. »Nicole, zeig mal die Fotos.«

Der Schimmelreiter starrt auf die Handyfotos von dem abgetrennten Fuß.

»Oha, wat ist da denn passiert?«

Auch Merle ist schlagartig wieder blass geworden.

»Könnten die Nägel auf dem Foto hier zu euern Nägeln passen?«, will Thies sofort wissen.

»So ganz genau konnte man das auch nich sehen«, gibt Holger zu bedenken. »Dat waren ja nur so Schnipsel.«

»Dat is die Farbe.« Hauke ist fest überzeugt. »Bei unseren Teppichdekors läuft dat unter ›Florida Flamingo‹.« Er sieht das Foto noch mal an. »Na ja, fast. Hier ist so 'n büschen Orange drin.«

»Nicole, dat sind Nägel von unserem Fuß!«

»Sind die abgeschnittenen Nägel noch irgendwo?«, fragt Nicole.

»Die abgeschnittenen Nägel?« Der Schimmelreiter sieht die Kommissarin ungläubig an. »Nee!«

»Na ja, die Säcke mit den entsorgten Teppichresten stehen noch unten neben den Ascheimern.« Holger deutet Richtung Hotelparkplatz.

Aber zunächst sehen sich Thies und Nicole das Gepäck der vermissten Frau an. Etwas Besonderes fällt ihnen nicht auf. In den beiden Koffern finden sie nur die üblichen Klamotten, einen Badeanzug, Sonnenmilch und Waschutensilien. Eine Nagelschere stellt Thies sofort sicher. Auf einem Pullover liegen noch zwei Zeitschriften, ein Reisewecker und das Foto einer Katze namens Foodie, wie auf der Rückseite zu lesen ist.

33

»Aus den tiefsten Tiefen der Hölle will ich dich verfolgen.« Boy Boyksen klingt wie besessen, seit er und Dreifuß in der letzten Nacht den Weißen Heilbutt gesichtet haben. Sie sind dem Fisch durch die Nacht und die Morgenstunden gefolgt. Erst hat er sie eine Weile zwischen den Inseln an der Nase herumgeführt, dann ein Stück Richtung Helgoland auf die Nordsee hinausgezogen und schließlich vor der dänischen Küste nach Norden. Über der nur als dünner Strich erkennbaren Küste hatte Dreifuß einen grandiosen Sonnenaufgang gesehen. Boyksen hatte dafür keinen Blick. Er war vollkommen auf den Weißen Heilbutt fokussiert. Ein paarmal waren sie ihm ganz nahe gekommen. Boyksen hatte schon die große Angel und die Harpune gezückt. Aber dann war er ihnen wieder entwischt.

Nach dem Auslaufen aus dem Hafen hatte Dreifuß noch ein paar Wasserproben genommen. Er hat viele Fotos gemacht. Aber mit seiner Arbeit als Ozeanograf hat diese Jagd auf den Heilbutt nicht viel zu tun. Die »Bestimmung räumlicher Verteilungsmuster mariner Organismen« hat er aus den Augen verloren. Gegenüber diesem besessenen Hochseeangler kann er seine wissenschaftlichen Vorhaben einfach nicht durchsetzen.

Der Professor hatte kaum geschlafen und Boyksen überhaupt nicht. Er hatte die ganze Zeit aufs Meer gestarrt. Zwischendurch hatten sie geraucht und geredet. Boy hatte ihm von der Tradition des Walfangs auf den nordfriesischen Inseln erzählt. Das war kein Seemannsgarn, die alten Grabsteine der Walfänger kann man schließlich auf dem Nebeler Friedhof und auch in Nieblum und Süderende auf Föhr besichtigen. Dreifuß hatte ihn noch mal auf den Funkspruch angesprochen, die Fracht, von der die Rede war und die Boy erledigen sollte. Irgendwie ging ihm das nicht aus dem Kopf. Was war das? Was hatte er da gehört? Was hatte das zu bedeuten? Er ist schon nicht auf einer ozeanografischen Expedition, sondern auf Fischjagd. Oder haben sie möglicherweise noch eine ganz andere Mission, von der er nichts weiß? Langsam wird ihm dieser Amrumer Käpt'n Ahab unheimlich.

»Was war das für ein interessanter Funkspruch vorhin?«, hatte der Professor möglichst unschuldig gefragt, als sie nachts rauchend an der Reling standen. »Nicht so ganz legale Fracht?« Dreifuß hatte den Mund zu einem verlegenen Grinsen verzogen und an seinem Fusselbart herumgezupft.

Boyksen hatte stur weiter auf die See gesehen. »Ein Kapitän verstößt nicht gegen das Gesetz, er ist das Gesetz.«

Bei dem Satz verließ der inhalierte Rauch stoßweise seinen Mund, als würde er innerlich brennen. Mehr als dieses Zitat aus ›Moby Dick‹ hatte er zu dem Thema nicht zu sagen.

Jetzt stehen sie in der Mittagssonne bei leicht bewegter See und mit fixiertem Ruder wieder an der Reling. Aber an Rauchen ist nicht zu denken. Sie haben den weißen Riesenfisch fast direkt vor dem Bug. Immer wieder reckt der Heilbutt seine große weiße Schwanzflosse aus dem Wasser, als wolle er sie provozieren. Das strahlende Weiß mit den schwarzen Punkten leuchtet vor der blauen See in der Sonne. Die beiden Männer sind vollkommen übermüdet. Aber im Gegensatz zu dem Professor ist Boyksen voll konzentriert. Er hält die große Angelrute und auch die Harpune bereit. Für den mit scharfen Widerhaken versehenen Spieß liegt eine Leine parat, an der wiederum in einer monströsen Kette mehrere große leere Kunststofffässer hängen. Durch den Auftrieb sollen sie den von dem Speer getroffenen Fisch am zu tiefen Abtauchen hindern.

Auf einmal taucht der Heilbutt direkt neben dem Boot auf. Er zeigt kurz seine unheimliche Fratze mit den asymmetrisch auf einer Seite des Kopfes liegenden Augen und den wulstigen Lippen. Dann verschwindet der Kopf wieder in den Wellen. Die beiden Männer starren auf den glänzenden gefleckten Rücken des großen Fisches.

»Der dürfte drei oder vier Meter messen«, schätzt der Ozeanograf.

»Vier oder fünf«, schreit Boyksen gegen die an die Schiffswand schlagende Gischt an.

»So einen großen Weißen Heilbutt habe ich noch nicht gesehen.« Dreifuß hat sofort seine Kamera parat und schießt mehrere Fotos. »Ein unglaublicher Bursche.«

»So einen wie diesen gibt es auch nicht noch mal.« Boy nimmt die Harpune zur Hand. »Mit der Angel haben wir keine Chance. Übernehmen Sie das Steuer und halten Sie Kurs«, ruft Boy dem Professor aufgeregt zu und nimmt den Fisch schon ins Visier. Kaum steht Dreifuß im Steuerhaus, wird er von Boyksen schon wieder herausgerufen. »So den Kurs halten und das Steuer wieder fixieren. Ich brauch dich draußen.« In der Situation geht er einfach zum Du über. »Schnell die Fässer lösen und dat Tau an der Harpunenschnur festmachen.«

Der Professor ist leicht überfordert. Er tapert die drei Stufen aus dem Steuerhaus herunter. Aber er weiß gar nicht, was er zuerst machen soll.

»Wat ist los?!«, brüllt Boy. »Eingeschlafen?!«

Dreifuß verbindet das Harpunenseil mit dem Tampen der Plastikfässer. Kreuzknoten oder Palstek? Er hat das mal gelernt, aber in der Hektik ist er sich alles andere als sicher, ob er den richtigen Knoten gemacht hat. Aber für einen Fisch wird es schon halten.

»Alles klar, Fässer sind dran!«

Im selben Moment feuert Boyksen die Harpune ab. Er

trifft den Fisch im Rücken. Gleichzeitig hat er den Revolver gezückt. Dreifuß will protestieren. Aber jetzt ist wirklich keine Zeit, über nachhaltigen artgerechten Fischfang zu diskutieren.

»Die Sperrung für die Fässer losmachen!«, bellt Boy. »Und dann den Tampen an der Belegklampe festmachen! Schnell!« Er präpariert eine nächste Harpune. Der Fisch zieht bereits an der losen Leine. Kurz bevor sie spannt, hat Dreifuß die Arretierung an den Fässern gelöst. Die untereinander mit einem Tau verbundenen Kunststofffässer schießen eines nach dem anderen über Bord und werden sofort in die Tiefe gezogen. Der Auftrieb der luftgefüllten Plastikbehälter kann den großen Fisch nicht daran hindern abzutauchen. Er zieht die Leine der Harpune in rasantem Tempo Meter um Meter mit sich hinunter. Die Fässer fliegen polternd von Bord und verschwinden sofort in der Tiefe. Das am Ende der Kunststoffbehälter zu einem Stapel im Kreis aufgerollte Tau wickelt sich blitzschnell ab und fliegt durch die Luft. Im nächsten Moment droht es ganz von Bord gezogen zu werden.

»Scheiße, schnell! Festmachen!«, schreit Boy. »Aber plötzlich!«

Dreifuß stürzt mit dem noch losen Tauende an die große Belegklemme an der Reling. Gerade eben noch kann er den Tampen mit mehreren Achten an der Klemme fixieren.

Im nächsten Moment geht ein Ruck durch das ganze Boot. Der Weiße Heilbutt hat die »Margarethe« jetzt im Schlepptau. Und kaum eine Sekunde später gellt Dreifuß' markerschütternder Schrei über die See.

»Aaahhhh! Auuuaah!!«

Der Professor hat seine Wade in einer Schlinge, die sich mit ungeheuren Kräften zusammenzieht und sein Bein jeden Moment abzuschnüren droht. Er will nach der Schlinge greifen. Aber er hat natürlich keine Chance. An einem Ende der Leine zieht der mehrere hundert Kilo schwere Fisch, am anderen hängt das fünfzehn Tonnen schwere Fischerboot. Durch die immense Spannung schneidet sich das Tau immer tiefer in das Bein des Wissenschaftlers und droht seinen Fuß abzutrennen.

Boyksen dreht sich sofort um. »Scheiße, was machst du da?!«

»Ahhh! Hilfe, mein Bein!« Dreifuß schreit um sein Leben oder zumindest um seinen Fuß.

Boy reagiert sofort. Er zieht ein großes Messer und kappt die Leine. Das gespannte Tau reißt an der Schnittstelle zerfasernd auseinander. Im selben Moment, als es aus dem Schlepptau des Fisches befreit wird, geht erneut ein Ruck durch das Boot. Dreifuß fällt hin. Er hält sich sofort das schmerzende Bein. Auf der Steuerbordseite sieht man eine gelbe Tonne kurz noch durch die Wellen stieben, dann verschwindet sie ganz unter der Wasseroberfläche. Boyksen sieht ihr grimmig hinterher und macht eine wegwerfende Handbewegung.

»Dat darf nich wahr sein!«, schreit der Fischer, und dann etwas leiser: »Dat passiert, wenn man studierte Schlaumeier mit auf Fischfang nimmt.«

34

Heute Abend hat Bounty den nächsten Unplugged-Gig im »Lustigen Seehund«. Aber vorher sind er und seine Fredenbüller Freunde noch zum Essen im »Thor« eingeladen. Giselle hat ihnen einen Tisch zum frühen Abendtermin um achtzehn Uhr reserviert. In der Saison werden die Tische zweimal besetzt. Das passt ganz gut. Aus der »Hidden Kist« ist die Runde frühe Essenszeiten gewohnt, und sie haben danach ja schließlich noch was vor.

Antje hat ihre weiße Bluse angezogen, und auch Thies und Piet haben sich in Schale geworfen. Es sieht ein bisschen so aus, als würden Antje und Piet goldene Hochzeit feiern. Nur Tadje, die schon aus beruflichem Interesse unbedingt mitwollte und der ein zusätzlicher Stuhl an den Vierertisch gestellt wurde, hat sich nicht extra umgezogen und trägt ihr Grunge-Blümchenkleid und die zu große Jeansjacke.

Giselle wirkt nicht halb so sicher und gewandt wie sonst, als das Fredenbüller Quintett nach verwundertem Blick auf die Graffiti an den Außenwänden das Restaurant betritt. Die Servicechefin und Bounty wissen nicht recht, wie sie sich nach der gemeinsamen Nacht verhalten sollen. Giselle sieht ihn zunächst gar nicht an, dann blinzelt sie ihm einmal kurz aus ihren grünen Augen zu. Ansonsten wirkt Giselle etwas nervös und Bounty schwer verknallt. »Then I Kissed Her«. Der blöde alte Beach-Boys-Song geht ihm nicht aus dem Ohr, seit er heute Morgen ihre Wohnung verlassen hat, schon den ganzen Tag. Er klebt an ihm fest wie ein Kaugummi unter der Schuhsohle.

Im »Thor« wird keine Musik gespielt. Trotzdem kann man neben den Stimmen der anderen Gäste einen Soundteppich aus Meeresrauschen, gurgelndem Wasser und einzelnen Tropfen wahrnehmen. Die Geräusche kommen nicht von draußen, es ist eine Toncollage, eine Klanginstallation, die von irgendwoher aus unsichtbaren Lautsprechern tröpfelt. An den Nebentischen hört man Fremdsprachen, Dänisch, Englisch und Schwäbisch. Tadje sieht sich das ungewöhnliche Ambiente interessiert an. Bounty hat nur Augen für Giselle. Thies, Antje und Piet fühlen sich nicht so richtig wohl.

»Einrichtung ist ja eher schlicht«, flüstert Antje angesichts der alten Holztische und der rohen Wände. »Hatte ich mir ehrlich gesagt anders vorgestellt bei den Preisen.« Sie unterdrückt ein verschämtes Kichern.

»Antje, nich dass du auf die Idee kommst, in der ›Hidden Kist‹ die Preise zu erhöhen.« Thies klingt besorgt.

»Stimmt eigentlich, nordische Küche bekommt ihr bei mir schließlich auch.«

Am Nebentisch serviert Giselle, assistiert von einer weiteren jungen Servicekraft, die Vorspeisen. »Möweneier mit dem Kaviar vom Kabeljau.« Tadje fühlt sich sofort an die »Dienstag für Dorsche«-Demonstranten erinnert und bei Möweneiern weiß sie auch nicht so recht.

»Und hier haben wir aus unserem heutigen Menü mit dem Thema ›Wasser und Hitze‹ die Brühe vom Fleisch und den Schalen von Krabbe und Krebs.« Die Assistentin serviert ein Schälchen mit einer undefinierbaren Flüssigkeit, dann schenkt sie, die linke Hand hinter dem Rücken, Wein nach.

»Und für Sie haben wir unser Wattwurm-Parfait an Blüten von der wilden Amrumer Heckenrose eingelegt in Meerwasser«, wendet sich Giselle an die beiden Damen am Tisch. »Viel Spaß damit.«

Der Fredenbüller Tisch hört ebenfalls aufmerksam mit und staunt.

»Heckenrosen? Da hätten wir eigentlich auch bei Knut auf der Terrasse bleiben können«, findet Piet.

»Nun wart doch mal ab.« Bounty würde sich von Giselle heute Abend alles vorsetzen lassen.

Dann kommen die Servicechefin und der Maître Skorgaard auch zu ihnen an den Tisch. »Unser heutiges Menü ist eine Erzählung von Wasser und Hitze«, verkündet der Meister mit feierlicher Stimme in dänischem Akzent.

»Eine Erzählung von Wasser und Hitze … krass.« Das muss Tadje gleich in ihren Video-Blog aufnehmen.

»Erzählung?« Piet Paulsen ist nicht ganz so begeistert. »Ich hatte gedacht, dat wir hier 'ne Kleinigkeit zu essen kriegen.«

Auf Piets respektlose Bemerkung hin ist Thor erst mal verstummt. Skorgaard ist ohnehin kein großer Plauderer, in menschlicher Gesellschaft zumindest. Dafür spricht der angeblich als Sohn eines armen Fischers auf einer kleinen dänischen Insel aufgewachsene Koch mit den Tieren, mit Schafen und Schellfischen und sogar mit den Kartoffeln, so behauptet es ein Artikel in einem Hochglanz-Feinschmeckermagazin.

»Thor liebt die spontane Improvisation«, erklärt Giselle, als sich der Chef zu einem anderen Tisch verzogen hat. »Sagt einfach, wonach euch ist. Unsere Küche macht daraus etwas Besonderes. Lasst euch überraschen.«

»Dann soll er mir mal 'n ›Putenschaschlik Hawaii‹ machen. Würd mich mal interessieren, ob der große Meister dat auch hinkriegt.«

»Piet, lass doch mal, hier haben wir doch die Chance, wat ganz Neues serviert zu bekommen«, meint Antje.

»Mal wat anderes als bei Antje im Imbiss«, findet auch Thies.

»Ja, das ist doch voll interessant.« Tadje ist von der neuen nordischen Küche richtiggehend infiziert.

»Wollen doch mal sehen, was Küche und Keller zu bieten haben«, nölt Bounty und strahlt Giselle an.

35

Nachdem es zu der Toten am Strand jetzt auch einen Namen gibt, hatte Nicole gleich Kontakt zu dem dänischen Kollegen Morton Jensen in Tondern aufgenommen. Mit Jensen, der in seinem muffigen Kellerbüro vorzugsweise nachts die Stapel ungelöster Fälle durchforstet, hatten Thies und Nicole vor ein paar Jahren schon mal zu tun. Sonderlich begeistert klingt Jensen nicht angesichts der Aussicht auf einen länderübergreifenden gemeinsamen Fall. Seine Stimme klingt mal wieder etwas verwaschen. Und das liegt nicht nur am dänischen Akzent, sondern vor allem an der Flasche Aquavit, die er scheinbar immer noch neben den verstaubten Akten stehen hat. Aber er will sich darum kümmern und Kontakt zu seinen dänischen Kollegen aufnehmen, um genauere Hintergründe zur Identität der toten Smilla Söland zu klären. Am späten Nachmittag hat er sich gleich zurückgemeldet und die norddeutschen Kollegen über Smillas Tätigkeit für die skandinavische Immobilienfirma Vester-Havet-Invest informiert.

Nicole hatte das sofort mit den Gerüchten um den Verkauf des Kinderheimes in Verbindung gebracht. Sie ist ein zweites Mal hingefahren, um den Heimleiter Krüß nach

Smilla Söland und auch noch einmal nach der verschollenen Wiebke Wilhelmi zu befragen. Dass Frau Söland das Haus unbedingt kaufen wollte, hat er ihr bestätigt. Zu dem Verbleib von Wiebke aber gab es nichts Neues.

Thies hat ja schon die ganze Zeit gedrängelt, die Spur der verschollenen Wiebke Wilhelmi weiterzuverfolgen. Heute Nachmittag ist der Durchsuchungsbeschluss für Wiebkes Wohnung vom Gericht gekommen. Aber jetzt hat der Herr Polizeihauptmeister eine wichtige Essenseinladung.

So ist Nicole allein zu der Wohnung nahe dem Wittdüner Hafen gefahren. Sie klingelt an der Tür des Apartments unter dem Dach und klopft an der Wohnungstür, um sicherzugehen, dass sich auch wirklich niemand in der Wohnung aufhält. Den örtlichen Schlosser hat sie für alle Fälle gleich mitgebracht, und der hat die Tür von Wiebkes Apartment mit erstaunlich wenigen Handgriffen geöffnet.

Sie will sich nach etwas Verwertbarem für eine DNA-Bestimmung umsehen, um diese dann mit der DNA des abgetrennten Fußes zu vergleichen. Jetzt hätte sie eigentlich gern ihren alten KTU-Kollegen Börnsen dabei. Aber sie wird auch alleine irgendetwas Brauchbares finden. Die einfach, aber freundlich mit allerlei IKEA-Möbeln eingerichtete Wohnung wirkt aufgeräumt, aber nicht unbewohnt.

Sie durchforstet die Küche und das Badezimmer. Im

Kühlschrank stehen eine Seltersflasche, mehrere Gläser mit Joghurt, Marmeladen und verschiedenen Soßen, drei Eier, Margarine und ein bereits angebrochener Frischkäse. Auf eine nähere Untersuchung verzichtet Nicole. Wie lange liegen die Sachen wohl schon im Kühlschrank? Sie sehen nicht schimmelig aus.

Irgendwie wird Nicole das Gefühl nicht los, dass vor Kurzem jemand in dem Apartment war. Sie berührt den Wasserhahn in der Küche. Ist der Hahn noch warm? Hat hier jemand gerade erst das warme Wasser laufen lassen? Oder bildet sie sich das ein? Fühlt sich bei den hohen Temperaturen draußen nicht alles warm an? Nicole tastet nach den Zuleitungen unter dem Waschbecken. Richtig heiß ist keine, höchstens handwarm. Ein Handtuch kommt ihr feucht vor. Aber im nächsten Moment fühlt es sich doch wieder trocken an.

Wenn hier jemand war, war das Wiebke oder jemand ganz anderes? Was spielt diese Wiebke Wilhelmi überhaupt für eine Rolle? Wieso ist sie wie vom Erdboden verschluckt? Lebt sie noch oder ist sie, wie Thies vermutet, die Frau, deren Fuß am Kniepsand angespült wurde? Wenn sie andererseits noch lebt, warum ist sie seit Tagen verschollen?

Auf der Suche nach etwas Verwertbarem für eine DNA-Bestimmung wird Nicole schließlich bei einer Bürste auf der Ablage unter dem Badezimmerspiegel fündig. Aber sind das überhaupt Wiebkes Haare? Und passt die DNA der Haare zu der des abgetrennten Fußes? Damit sollen sich die Kollegen der KTU beschäftigen. Nicole zückt eine Pinzette und ein Zellophantütchen. Sie zupft mehrere Haare aus der Bürste und lässt sie in die Tüte fallen.

36

»Aber erst mal braucht ihr was zu trinken.« Giselle hat die Weinkarte bereits in der Hand. »Wonach ist euch?«

»Na ja, normalerweise …« Thies und Piet sehen Antje hilfesuchend an.

»Normalerweise trinkt ihr 'n Pils in eurer …«, will Giselle den Satz zu Ende führen, aber ihr fällt der Name nicht gleich ein.

» ›De Hidde Kist‹ «, antworten die Fredenbüller im Chor so laut, dass sich das halbe Restaurant umdreht. Im Hintergrund gluckst die maritime Toncollage vor sich hin.

»Statt Bier heute vielleicht mal 'n Weißwein zu dem Fisch und ein Glas Roten nachher zum Lamm? Ihr seid schließlich eingeladen.«

»Such du uns doch 'n süffigen Tropfen aus.« Bounty grient.

»Zu dem Fisch vielleicht lieber einen trockenen, ohne zu viel Frucht.«

Kurz darauf kommt die Assistentin mit einer Flasche norwegischem Riesling. »Wer möchte probieren?«

»Dat macht unser Polizeihauptmeister.« Paulsen deutet auf Thies. Der nimmt einen kleinen Schluck und nickt.

»Jo ... Interessant.« Mehr fällt ihm dazu nicht ein.

Das Mädchen schenkt auch den anderen ein. Sie prosten sich zu und trinken.

»Schmeckt irgendwie seltsam«, findet Bounty und schnuppert in das Glas hinein.

»Soll vielleicht so«, überlegt Tadje. »Der Wein kommt ja aus Norwegen, das is für Wein ja schon ungewöhnlich.«

»Dat is definitiv nich mein Getränk.« Paulsens Urteil ist eindeutig.

Bounty winkt den Restaurantchef heran, der gerade in der Nähe ist. »Eine Frage mal, soll der so schmecken? Oder ist der irgendwie schlecht oder so?«

Skorgaard nimmt sich ein Weinglas und schenkt sich einen winzigen Schluck ein. Er schwenkt das Glas wild, dass der Wein fast herausschwappt, nimmt einen Schluck, beißt und gurgelt den Wein.

»Unser norwegischer Riesling, der is doch ganz wunderbar so«, verkündet er und zieht beleidigt wieder ab, ohne die Fredenbüller Truppe eines weiteren Blickes zu würdigen.

Drei Tische weiter sitzt ein Mann an einem Einzeltisch, der anders gekleidet ist als die übrigen Gäste. In seinem Sakko sieht er nicht nach Urlaub aus, eher wie ein Geschäftsreisender, der alles interessiert beobachtet. Er fällt neben den angeregt sich unterhaltenden Runden an den anderen Tischen auf. Er konzentriert sich voll auf die einzelnen Gänge. Es sieht fast aus, als seziere er die einzelnen Gerichte. Dass die Restaurantgäste die Arrangements auf den Tellern fotografieren, ist ja mittlerweile üblich. Tadje hat das auch gleich gemacht. Aber der Mann tippt außerdem immer wieder etwas in sein Handy. Giselle beäugt ihn kritisch. Die Fredenbüller gucken auch schon.

Antje hat sofort einen Verdacht. »Dat is einer von diesen Restauranttestern«, flüstert sie den anderen zu.

»Ach was, der schickt seiner Frau oder Freunden das Bild und schreibt ihnen dazu.« Tadje findet das völlig unverdächtig. Aber es fällt schon auf, wie oft Giselle ihn fragt, ob alles in Ordnung sei.

Zwischendurch müssen Antje und Piet jetzt schon zum zweiten Mal zur Toilette.

»Dabei habt ihr hier doch gar nichts getrunken.« Thies wirft einen abfälligen Blick auf sein Weinglas.

»Weiß auch nich.« Antje hat heute nicht nur eine schwache Blase, sondern auch einen roten Kopf. »Dat sind bestimmt diese Wassergeräusche. Wat is dat eigentlich? Musik ist dat ja nich, oder?«

»Der universelle Sound aus den Weiten der Weltmeere«, nölt Bounty.

Am Nebentisch werden die Innereien von der Eiderente mit einer Feder als Dekoration und einem Entenschnabel als Löffel serviert.

»Der Gast soll sehen und auch fühlen, was er isst. Die

Dinge berühren, einen Flügel, eine Feder, ein Stück Haut«, erklärt Thor Skorgaard mit feierlicher Geste. »Wir wollen alle Teile des getöteten Tieres verwerten, ›head to toe‹, das ist unsere Art, der Kreatur Respekt zu zeigen. Und sie bekommen ein Stück vom Salzwiesenlamm, leicht angeräuchert und dann, wie in alten Zeiten, im kühlen und sterilen Dünensand vergraben.«

Im Dünensand vergraben? In Thies arbeitet es. Er muss sofort an die Tote in der Düne denken.

»Salz! Sand! Wahnsinn!«, juchzt die Frau am Nebentisch. »Als wenn man beim Strandspaziergang der Länge nach hinschlägt. Toll!«

Thies dreht sich verwundert zu ihr um.

Piet Paulsen verzieht das Gesicht, angesichts des zwei Tische weiter servierten Wattwurm-Parfaits. »Und nächstes Jahr haben wir dann alle dat Wattwurm-Virus, oder wat?«

Nach Antjes und Piets Rückkehr von den blau ausgeleuchteten Toiletten serviert Giselle auch den Fredenbüllern als Starter eine Schale mit ein paar Seegräsern in einer undefinierbaren Brühe.

»Alles das kann man essen. Das Salz, das Meer, die Ferne. Ihr könnt es riechen. Steckt eure Nase rein, wenn ihr die Suppe esst.«

»Aber Piet, pass auf, dat dir deine Gleitsichtbrille da nich reinfällt«, sorgt sich Antje.

»Was ist das eigentlich für ein Wein?«, fragt Tadje dann

doch noch nach. Schließlich hat sie in ihrer Ausbildung auch schon ein Wein-Seminar absolviert. »Soll der so schmecken?«

Giselle nimmt sich ein Glas, schwenkt und probiert. »Der ist ja vollkommen verkorkt!« Sie macht ein Gesicht, als wäre gerade jemand gestorben.

»Der Chef fand den Wein eben in Ordnung«, bemerkt Thies trocken. Der einzelne Herr drei Tische weiter bekommt immer längere Ohren.

»Was? Das hat Thor gesagt?!« Aus ihrem Blick spricht das blanke Entsetzen. »Um Gottes willen! Und übermorgen ist die Koch-Challenge.«

37

»I am the Walrus – Unplugged« hat sich mittlerweile auf der ganzen Insel und darüber hinaus herumgesprochen. Der »Lustige Seehund« war ja das letzte Mal schon proppenvoll. Aber diesmal stehen die Leute auch draußen vor der Tür im Garten, wohin das Konzert durch einen Lautsprecher übertragen wird. Und mit Blick auf die See und die Steenodder Mole klingen die Songs besonders schön. Im letzten Licht der Dämmerung blinken die ersten Lichter von Föhr und der Leuchtturm von der Hallig Langeneß herüber.

»Across the straits, around the horn, how far can sailors fly?« Und dazu prosten die Zuhörer sich mit einem doppelten »Salty Dog« zu. Auch der Schimmelreiter ist diesmal in Damenbegleitung, Merle mit dem blonden Dutt aus dem »Halligblick«.

»Sach mal, wat ich dich fragen wollte«, hatte Hauke heute Mittag unbeholfen herumgedruckst, »heute Abend im ›Seehund‹ gibt Bounty … also, dat is 'n Kumpel von mir aus der ›Hidden Kist‹, also, dat is der Imbiss bei uns in Fredenbüll …« Sonderlich geschickt hatte sich der Schimmelreiter bei seiner Abendeinladung nicht angestellt. Aber Merle wusste trotzdem sofort, was er meinte.

»Ja klar, ›I am the Walrus – Unplugged‹, da wollte ich sowieso unbedingt hin.«

»Ja, genau, dat Walross … ich mein, is eher so Hippiemucke, aber Bounty hat dat schon drauf an der Gitarre.«

Merle hatte Hauke angelächelt. Heute Abend hat sie dann den Dutt in einen Pferdeschwanz verwandelt, sich die Augen geschminkt und steht jetzt neben dem Schimmelreiter am Tresen und schnippt mit den Fingern, auch wenn ›Night Swimming‹ bei Bounty und Niggemeier deutlich anders klingt als das Original von R. E. M.

»Wir haben unserer Playlist ein kleines Update verpasst«, kündigt Bounty die nächste Nummer an. » ›Open Wide‹, passt hier perfekt zum Kniepsand. Ein Song von Tina Dico aus dem Jahre … Niggi, wann war das?«

»Ja, wann war das? 2007, oder? Ganz frisch also im Gegensatz zu den Nummern, die wir sonst so spielen.«

»Musik aus Dänemark … wo es die beste Lakritze gibt und die meisten Morde, sagt unser Freund Thies.« Bounty deutet quer durch die Kneipe auf ihn. »Aber … was sagst du, Thies?«

Sein Imbisskumpel fühlt sich für einen Moment überrumpelt, aber dann ruft er laut zurück.

»Da sind wir ganz nah dran!« Die ganze Kneipe dreht sich nach ihm um. Aber danach spielen die beiden Gitarristen von »Stormy Weather« wieder einen Song aus der guten alten Zeit.

In den Pausen sitzen Bounty mit Giselle und Niggemeier mit Nicole am Künstlertisch. Es ist fast wie ganz früher bei den Gigs auf den Feuerwehrfesten, wo Bounty in den Musikpausen mit der Dorfschönheit rumgeknutscht hat. Auf das Knutschen verzichten sie, aber die Stimmung ist ausgelassen. Nur Thies, der auch mit am Tisch sitzt, guckt etwas dumm aus der Wäsche. Dass Nicole hier auf einmal wieder mit Niggemeier rumturtelt, gefällt ihm gar nicht.

Irgendwie scheinen die sommerliche Nordseebrise und der Sound der späten Sechziger eine aphrodisierende Wirkung zu haben. Der Schimmelreiter und Zimmermädchen Merle tuscheln am Tresen. Auch Tadje und der zwischenzeitlich mal beleidigte Lasse sind einträchtig im »Seehund« erschienen. Sie sitzt bei ihm auf dem Schoß und zupft ihm die abpellende Haut seines Sonnenbrandes von der Nase. Eben hat sie auf ihrem Nordsee-Vlog noch den nächsten Clip mit Piet und Knut beim Krabbenbrot in der Abendstimmung am Hafen hochgeladen. Dabei spekulieren die beiden über die vergrabene Tote und über den angespülten Frauenfuß. Die Mischung von Krabben und Crime kommt an. Es gibt gleich die nächsten paar hundert Klicks, viele Likes und etliche Kommentare.

»Wie cool ist das denn? Die beiden Jungs haben ja echt die Ruhe weg!« oder »Endlich weiß ich, wie man Krabben pult. Muss morgen früh am Kutter gleich auf Fang gehen« oder schlicht und ergreifend »Krabben! Krass!«.

An die Klickzahlen von ›Bibi Barrakuda‹ kommt Tadje allerdings immer noch nicht heran. Bibis Vlog läuft schon wieder heiß. Die Influencerin hat seltsame Videos gepostet. Eines zeigt, wie eine große Wand der alten Schiffswerft, in dem das »Thor« residiert, mit einem großen Graffito besprüht wird. Wer der Sprayer ist, kann man auf den Bildern nicht erkennen. Das andere Video, das eben gerade online gestellt wurde, ist düster und verwackelt. Es ist offenbar am Strand aufgenommen. In den ans Ufer schwappenden Wellen meint man kurz einen nackten Körper zu erkennen. Aber dann schwenkt die Kamera auch schon wieder über Wasser, Sand und den nächtlichen Himmel, bis das Video plötzlich abbricht. In einem weiteren Video sieht man Bibi vor derselben nächtlichen Kulisse in einer roten Lederjacke posieren. Auch dieses Filmchen endet abrupt. Der obligatorische Aufruf, ihren Kanal zu abonnieren und die Glocke zu aktivieren, fehlt erstaunlicherweise. Bibis Follower-Gemeinde ist irritiert. »Hallo? Was ist das denn?«, »Bibi, wo hast du deine supersüßen Kirschtaschen gelassen?«

Auch Tadje wundert sich. Da stimmt etwas nicht. Ist das vielleicht eine Tote, die da auf Bibis Video in den Wellen liegt? Hat es mit dem neuen Fall ihres Vaters zu tun? Ihre Schwester Telje, die nach ihrem Spätdienst im »Seehund« vorbeischaut, findet diese Videos ebenfalls höchst verdächtig. In der nächsten Musikpause, die nach einem endlosen

Gitarrensolo von Bounty auf sich warten lässt, wollen sie ihrem Vater und Nicole das seltsame Video zeigen.

»Ach, Mädels, Ermittlungen auf 'm Handy, dat bringt doch nix«, mault Thies. Aber dann ist er doch neugierig. Und auch Nicole hört interessiert zu. Tadje ruft Bibi Barrakudas Kanal auf und ist entsetzt.

»Was ist denn los?«, will Telje wissen und zückt ebenfalls gleich ihr Smartphone.

»Das ist nicht mehr da! Gibt's doch nich.«

»Dat habt ihr euch doch wieder ausgedacht.« Thies schüttelt den Kopf. »Wat sag ich, dies Getwitter und die Videos auf 'm Handy, dat ist doch alles heiße Luft.«

»Papa, ich hab es doch eben auch gesehen«, springt Telje ihrer Schwester bei.

»Was war da denn auf dem Video zu sehen?«, will Nicole wissen.

»Das Ding is, das konnte man nich richtig erkennen. Das war alles total dunkel.« Tadje wischt auf ihrem Handy herum, bekommt aber immer nur die Taschensammlung mit dem Kirschmuster auf ihr Display.

»Es sah aus, als ob da jemand im Wasser liegt.« Auch Telje hat nur die Kirschtaschen auf ihrem Handy. »Voll unheimlich.«

»Wer hat die Videos denn ins Netz gestellt?«, fragt Nicole nach.

»Bibi Barrakuda!«, antworten die Zwillinge wie aus der

Pistole geschossen. »Die ist hier ...« Tadje sieht sich um, aber sie kann Bibi im überfüllten »Seehund« nirgends entdecken. »Eben war sie noch da. Das gibt's doch nich ... erst das Video und dann ...«

»Nicole, diese Barrakuda sollten wir uns unbedingt mal vorknöpfen.«

38

An den entscheidenden Durchbruch bei den Ermittlungen ist bei Nicole heute Morgen nicht zu denken. Die Husumer Kommissarin hat einen dicken Kopf und eine verstopfte Nase wie lange nicht mehr. Nach dem Konzert sind Nicole und Niggemeier bei dem einen oder anderen »Salty Dog« in der düsteren Spelunke versackt. In der nur mit einer roten Schiffslaterne ausgeleuchteten Sitzecke hatten sie sich unter einem alten Fischernetz geküsst. Die aus dem maritimen Textil herausfallenden Staubwolken hatten bei der chronischen Allergikerin eine spontane Niesattacke ausgelöst, die ein weiteres Küssen unmöglich machte. Ein letzter Rumcocktail »Skorbut« hatte Nicole dann den Rest gegeben. Zu einer Fortsetzung der Nacht im Künstlerzimmer des »Haus des Gastes«, nach der es eine Weile ausgesehen hatte, kam es dann nicht mehr. Während Bounty und Giselle »Eight miles high« durch die Amrumer Nacht Richtung Giselles Apartment entschwebten, war Nicole froh, als sie allein ihr Bett erreicht hatte.

Den »Salty Dogs« folgte am nächsten Morgen ein grimmiger »Tom Cat« mit heftigen Kopfschmerzen und leichter Übelkeit.

»Mama, du riechst heute Morgen nich so gut«, befindet ihr Sohn Finn, als es mit Antje und Piet an den Strand gehen soll. Nicole hat gleich wieder ein schlechtes Gewissen. Kümmert sie sich zu wenig um Finn? Aber was ist mit Niggi? Der kümmert sich doch erst recht nicht um seinen Sohn. Irgendwie bekommt sie ihr Familienleben nicht auf die Reihe. Durch ihre Versetzung von Kiel nach Husum im letzten Jahr hat sich die Situation bisher auch nicht sonderlich verbessert. Sie hat sich was anderes vorgestellt, als ab und zu, nach ein paar Drinks, in der dunklen Ecke mit Niggemeier ein bisschen herumzuknutschen. Sie ist schließlich keine siebzehn mehr. Und die Nacht von neulich hat er doch auch schon wieder vergessen. Ein strahlender Strandtag kündigt sich an. Aber Nicole hat ihren melancholischen Morgen.

Thies ist dagegen voller Tatendrang, als er in kurzer Hose dazukommt. Er hat heute Morgen schon mit dem dänischen Kollegen Morton Jensen in Tondern telefoniert. Viel Neues gibt es allerdings nicht. Die Immobilienkauffrau Smilla Söland stammt aus Kopenhagen, so viel weiß Jensen inzwischen. Die dänischen Kollegen wollen weiter recherchieren. Zur Klärung der Todesursache muss die Tote ohnehin erst mal bei der Gerichtsmedizin in Kiel bleiben, bis sie dann nach Dänemark überführt werden kann.

Nach einem Bad in der See erwacht dann auch Nicole

wieder zum Leben und ruft bei den ehemaligen Kollegen in Kiel an. Gerichtsmediziner Carstensen hat Neuigkeiten. Es war gar nicht so einfach herauszubekommen, ob die immer noch vermisste Frau noch lebte oder schon tot war, als ihr der Fuß abgetrennt wurde.

»Ich hab es ja gleich vermutet, aber jetzt haben wir Gewissheit, sie war schon tot.«

»Klingt jetzt irgendwie blöd.« Die Kommissarin schnieft. »Aber könnte das der Angriff eines Fisches gewesen sein?«

»Eines Fisches?« Am anderen Ende der Leitung herrscht für eine Weile Funkstille. Dann findet der Gerichtsmediziner seine Stimme wieder. »Glatter Schnitt ist das nicht. Die Wunde ist seltsam zerfetzt, zerrupft … ich weiß nicht recht. Aber eine Bisswunde? Ich bin ja schon eine Weile im Geschäft, aber mit Bisswunden von Fischen haben wir ehrlich gesagt wenig Erfahrung. Der Fuß war ja nun auch 'ne ganze Weile im Wasser. Könnte eventuell auch eine Schiffsschraube gewesen sein.« Sicher ist sich Carstensen nicht, und wo der restliche Körper der Toten abgeblieben ist und um wen es sich überhaupt handelt, weiß man immer noch nicht.

Denn diese ominöse Marion Melba gibt es offenbar nicht. Nach den ausführlichen Recherchen der Kollegen ist eine Person mit diesem Namen nirgends gemeldet. Auch die genauere Untersuchung ihres Gepäcks hat die beiden

Polizisten nicht weitergebracht. Und das DNA-Ergebnis der abgeschnittenen Fußnägel liegt auch noch nicht vor. Diese Frau Melba bleibt Thies und Nicole ein Rätsel.

Zumindest die Identität der Toten im Sand ist geklärt und jetzt offenbar auch die Todesursache. »Die Frau ist ertrunken«, tönt Carstensen aus Nicoles laut gestelltem Handy. »Es gibt Verletzungen am Kopf, aber todesursächlich war das Ertrinken.«

»Sie war ja auch noch nass, als wir sie ausgegraben haben«, überlegt Nicole.

»Könnte das in dem Fall denn dieser Riesen-Heilbutt gewesen sein?«, ruft Thies dazwischen.

»Die Frau wollte nachts noch baden, und dann hat der Fisch sie angegriffen, ins Wasser gezogen und zumindest schon mal angeknabbert. Sie hatte doch auch wieder diese Verletzungen am Fuß.«

»Ob das Bisswunden waren? Ich weiß nicht recht.« Mit dem Weißen Heilbutt kann sich der Gerichtsmediziner nicht anfreunden. »Die Verletzungen sehen eher nach einer Säge oder einer Kette aus.«

»Eine Säge?« Nicole verzieht das Gesicht.

»Kettensägen-Massaker unter Wasser, oder wie?« Thies bekommt gleich seinen Kuhblick.

»Aber wie ist sie ertrunken vom Wasser in die Dünen gekommen? Und wieso war sie vergraben?«, stellt Carstensen die entscheidenden Fragen.

39

Birte Birkenstolz kennt keine Gnade. Morgen für Morgen versammelt sie ihren Workshop in den Dünen. Und heute ist die Gruppe auch schon wieder etwas größer. Tadje hat sich dem Kurs ebenfalls noch mal angeschlossen. Nach ihrem letzten Gespräch mit Knut und Piet und dem furiosen Start der Krabbenpul-Videos hat sie das Gefühl, dass Besinnung und Kontemplation wirklich ein passendes Konzept für die Insel sind. Zur Not hat sie Badesachen in ihrer neuen Tasche dabei. Sie besitzt jetzt auch eine dieser Taschen mit dem Kirschmuster, die der Vertreter von »Beach and Bags« ihr im Touristikbüro geschenkt hat.

Auch Martina und Tanja sind wieder dabei. Nach den aufregenden Ereignissen am Strand und den »Walrus«-Konzerten im »Lustigen Seehund« wollen sie jetzt wieder etwas zur Ruhe kommen. Schließlich haben sie das Seminar gebucht, um einfach mal eine Auszeit vom Alltag und vom Stress zu nehmen. Birtes beide treue Jüngerinnen, die seit Beginn dabeigeblieben sind, wirken nach der halben Intensivwoche fast sediert. Sie sitzen im Schneidersitz mit offenen Augen, aber leerem Blick im Sand.

»Lasst uns heute einfach warten, dass der Tag vergeht«,

verkündet Birte ihr heutiges Tagesmotto. »Wer die Langeweile spürt, dem öffnet sich ein Fenster zur Zeit.«

»Heute vergeht die Zeit aber auch besonders langsam«, raunt Tanja Martina zu. Beide sind die Langeweile gar nicht mehr gewohnt.

»Zieht sich mal wieder 'n büschen«, flüstert Tadje ihnen zu. »Dabei waren wir ja gar nicht mal die ganze Zeit dabei.«

»Psst«, mahnt Birte. »Wir müssen das Nichtstun annehmen. Wenn wir auf uns selbst zurückgeworfen werden, spüren wir das Nichts. Wir lernen die Unendlichkeit kennen und unsere eigene Bedeutungslosigkeit. Das ist doch fantastisch. Wir erfahren, dass wir selbst eigentlich auch nichts sind.«

Birte klingt angesichts dieser Erkenntnisse regelrecht begeistert. Die Damen dagegen blicken doch etwas betrübt. In der Kleingruppe macht sich Melancholie breit. Vielleicht ist Krabbenpulen doch die bessere Meditationsübung, überlegt Tadje.

Tanja zückt derweil verstohlen das Handy aus ihrer Gymnastikhose und zeigt es Martina und Tadje hinter vorgehaltener Hand.

»Es soll ja jetzt auch die Langeweile-App geben«, flüstert Tanja ihr zu. Die anderen gucken gleich interessiert. »Das ist einfach blau. Ich glaub, da ist das Meer drauf, und es passiert nichts, nichts bewegt sich, absolut nichts. Da fliegt nicht mal eine Möwe durchs Bild. Nur ein blaues Display.«

»Und habt ihr hier schon gesehen, was Birte nächsten Monat anbietet?« Tadje hat Birte Birkenstolz' Website aufgerufen. »Sand-Watching.«

»Sand … Watching?« Martina staunt.

»Ich denk mal, die ganze Zeit in den Sand gucken. Krass, oder?«

Birte Birkenstolz hat das Getuschel natürlich sofort mitbekommen und setzt ihren ganz strengen Blick auf.

»Das ist doch genau das, was wir in dieser Woche mal ausblenden wollen. Das Smartphone ist der Tod der Langeweile.«

Tanja fühlt sich wie eine Schülerin, die beim Schummeln erwischt wird. Verlegen wischt sie mit einer Hand im Sand herum.

»Einfach mal an einem Ort bleiben!« Birte säuselt nicht mehr, ihre Stimme klingt auf einmal schroff und ein bisschen fanatisch, wie bei einem Motivationscoach. »Wir sind Teil einer Rebellion des Selbst gegen das Verschlungenwerden von der Hyperproduktivität.«

Tanja lässt Sand aus ihrer Hand rieseln. Dann greift sie noch einmal tiefer in den Sand … und hat plötzlich etwas zwischen den Fingern. Ein rötliches Etwas. Was ist das? Sie zieht daran. Es ist ein Stück Stoff, nein, Leder, brüchiges Leder oder vielleicht auch Kunstleder. Und langsam zieht sie den Ärmel einer alten roten Lederjacke aus dem Sand.

40

Im Hotel »Halligblick« steht die Luft. In den Zimmern und Fluren herrschen mittlerweile Temperaturen wie in der hoteleigenen Kellersauna. Die Teppichverleger Hauke und Holger drohen in den Weiten der »Sahara« zu verdursten. Zudem wird es im Hotel immer voller. Heute ist die Jury für die große Koch-Challenge im »Thor« angereist.

Der Starkritiker des renommierten internationalen Restaurantführers ›Grande Bouffe‹ Lutz Lehmkühler weilt schon seit gestern auf der Insel. Er war inkognito auch schon zum Essen im »Thor«, um die enthusiastische Beurteilung seiner Kollegin, die bereits in der Online-Ausgabe des Essensführers erschienen war, zu überprüfen, und ist reichlich enttäuscht. Nein, er ist entsetzt. Wie die Kollegin zu der Lobeshymne kommt, ist ihm schleierhaft. Lehmkühler sitzt mit der Moderatorin und den Jury-Kolleginnen und -Kollegen, die mit der Morgenfähre angekommen sind, bei einem Kaffee zusammen. Jasmin Schlumberger, die Chefredakteurin des neuen Hochglanz-Magazins mit dem puristischen Titel ›Fish‹, das mit seinen opulenten Fotostrecken über Angelreviere im Nordmeer und die

Fischmärkte Grönlands Furore macht, zieht es immer öfter vor die Kamera. Hajo Goleckis in lässiger Packpapieroptik daherkommende Zeitschrift ›Meer & mehr‹ ist auf die neue Einfachheit in der Fischküche und gewagte Wort-spiele spezialisiert. Golecki zeichnet für die Kolumne »Meer oder weniger« verantwortlich, deren kulinarischer Erkenntnisgewinn eher bei Letzterem liegt. Die fachliche Expertise von Sommelier-Weltmeisterin Paula Botzet-Zisch ist dagegen unumstritten. Wobei Paula nach dem vierten Glas auch schon mal danebenliegt. Und das erste Glas Schaumwein haben sie und Kollege Golecki bereits um die Mittagszeit intus.

Die Stimmung innerhalb der Runde ist gelöst. Man kennt sich von vergleichbaren Veranstaltungen und den Kochshows verschiedener Fernsehsender. Auch die große Challenge am nächsten Tag findet im Rahmen einer Fern-sehsendung mit Publikum statt. Der Koch-Wettbewerb firmiert dieses Mal unter dem Motto »Meeresküche«. Die Veranstaltung wird von dem Restaurant »Thor« ausgerich-tet, allerdings nicht im Lokal, sondern als Open-Air-Ver-anstaltung am Kniepsand. Der Sender verspricht sich stimmungsvolle Bilder, auf denen der offene Grill gegen die untergehende Abendsonne anglüht. Neben dem Am-rumer Dänen Thor Skorgaard nehmen noch drei andere Köche teil, die gerade groß in Mode sind: der Berliner Sternekoch und Shootingstar Martin Sauerland, Grillgroßmeister Tom Ruff, der mit seiner Vergangenheit als Türsteher kokettiert, und die grün-graue Eminenz der sanften Naturküche Laura Wilson, die mit ihrem Buch »Das Magen-Mantra« monatelang auf den Bestsellerlisten stand.

Die Juryrunde lästert genüsslich über die Eigenarten der vier Kandidaten, über die Hemdsärmeligkeit des Grillmeisters Ruff und die flüsternd ernsthafte Achtsamkeit der weiblichen Gesundheitsfee mit den englischen Wurzeln. Nur der Däne Thor Skorgaard ist bei allen ein unbeschriebenes Blatt. Chefredakteurin Schlumberger und Kritikerpapst Lehmkühler rätseln noch, während sich Sommelière Botzet-Zisch und Kolumnist Golecki die Gläser nachschenken lassen und über Schaumweine parlieren.

»Schöne expressive Frucht, sehr ausgeprägt, trotzdem frisch.« Paula Botzet-Zisch schwenkt das beschlagene Glas, dass die Schaumperlen fast herausspritzen. »Aromatik von getrockneten Früchten, wunderbare Perlage.«

Golecki nickt zustimmend. »Ich finde ja, das ist ein wunderbares Getränk für die Ouvertüre, als Aperitif.«

»Ihr startet ja früh mit der Ouvertüre.« Kritikerpapst Lehmkühler grinst. Doch davon lassen sich die beiden bei ihrer Sektverkostung nicht stören. Merle schenkt ihnen noch mal nach.

»Hat einen sehr schönen Trinkfluss«, befindet Golecki. »Das ist das Entscheidende, dass der Wein oder auch der

Sekt einen schönen Trinkfluss hat«, pflichtet Paula Botzet-Zisch ihm bei und lässt es fließen. »Und dann interessiert den Kunden die Geschichte. Wo kommt der Wein her? Wer arbeitet im Weinberg, wer im Keller? Was gibt es Neues? Storytelling.«

»Kommt mir irgendwie bekannt vor«, fällt Lehmkühler ein. »Was hat meine Kollegin Mayer über das ›Thor‹ geschrieben? ›Fine dining is storytelling‹ oder so ähnlich. Komisch, klingt gar nicht nach ihr.« Er zuckt mit den Schultern. »Ich wollte sie schon fragen, wie sie zu ihrer enthusiastischen Beurteilung gekommen ist. Aber sie ist zurzeit offenbar nicht erreichbar.«

Merle bringt Lehmkühler einen zweiten Cappuccino. »Sagen Sie, hat Ihre Kollegin auch bei uns hier im Hotel gewohnt?«

41

Kinderheimleiter Krüß ist aufgebracht. Aufgeregt läuft er über die Gänge des Hauses. Die um ihn herumtobenden Kinder beachtet er gar nicht. Normalerweise ermahnt er sie freundlich oder hat zumindest für jeden einen netten Spruch parat. Aber jetzt ist er durcheinander. »Frau Wilhelmi ist wieder da«, hat ihm eben der Hausmeister zugerufen. Wiebke Wilhelmi, die kaufmännische Leiterin des Heimes, sei wieder aufgekreuzt und sitze in ihrem Büro, das gleich neben seinem liegt. Krüß ist aufgeregt.

Er und die anderen Mitarbeiter hatten gerätselt, wo sie abgeblieben war. Zuerst waren sie sauer gewesen, und dann hatten sie sich Sorgen gemacht. Wiebke war seit fast zwei Wochen verschwunden. Und als dieser unheimliche Fuß angespült wurde und die Polizei im Kinderheim aufkreuzte, bekamen sie es alle mit der Angst zu tun. Mit den Kaufinteressenten, die hier in den letzten Tagen aufkreuzten, war Krüß komplett überfordert. Er ist Pädagoge. Zu den Fragen der dänischen Immobilienfrau und den Zahlen, die dieser unsympathische Bauunternehmer Pohlmann angeblich von Wiebke bekommen hatte, konnte er nichts sagen. Für Buchhaltung und Bilanzen ist Wiebke zuständig.

Doch dann hatte Krüß sich die Bücher doch einmal angesehen. Er war zunächst überhaupt nicht durchgestiegen. Was waren das für Zahlen? Die hatten mit der Realität nichts zu tun. Das Kinderheim ist sicher kein Betrieb, der große Gewinne abwirft. Aber diese hohen Verluste, die aus der Buchhaltung hervorgehen, machen sie auch nicht. Die Bettenbelegung ist viel zu niedrig angesetzt. In den Monaten im Frühjahr, Herbst und Winter sind kaum Einnahmen angegeben, und das geht über Jahre so. Diese Zahlen stimmen einfach nicht, das wusste Krüß sehr genau. Natürlich waren sie im Winter nie voll belegt. Aber er hatte hier ja nicht allein in seinem Heim gesessen. Was steckte also dahinter? Nachlässigkeit kann es eigentlich nicht sein. Wiebke ist nicht schludrig. Je genauer er sich die Zahlen angesehen hatte, desto mehr bestätigte sich sein Verdacht. Die langjährige kaufmännische Leiterin Wiebke Wilhelmi hat die Bilanzen gefälscht. Aber warum? Was bezweckte sie damit?

Krüß weiß gar nicht, was er sagen soll, als Wiebke jetzt wie aus dem Nichts aufgetaucht ist und in seinem Büro steht. Am liebsten würde er sie sofort auf die frisierten Bilanzen ansprechen. Aber er ist ein höflicher, schüchterner Mensch. Krüß scheut die Konfrontation.

»Wo warst du denn? Wir haben uns Sorgen gemacht. Als

dieser Fuß hier angespült wurde, dachten wir schon ...« Er mustert sie eindringlich. Dabei sieht Wiebke ausgesprochen erholt aus, so als komme sie aus dem Urlaub.

»Ja, tut mir leid, ich hätte mich abmelden sollen. Ich hatte private Dinge zu erledigen.« Sie windet sich.

Krüß glaubt ihr kein Wort. »Wir hatten Besichtigungstermine im Haus, da hätte ich dich gebraucht. Frau Zaluskowski von der Touristik war mit einer Frau von einem dänischen Immobilieninvestor da. Die hätten sich schon für ein paar Zahlen von dir interessiert.«

»Mit der Dänin hat es sich ja wohl erledigt.« Wiebke sieht Krüß provozierend an. Die Nachricht von der Toten am Strand hat sich auf der kleinen Insel schnell herumgesprochen. Sie wollen ja beide das Kinderheim gern erhalten und wären alles andere als glücklich über einen Verkauf. Aber wie abgeklärt Wiebke auf den Tod einer Interessentin reagiert, findet er doch seltsam.

»Und dann war da noch dieser Bauunternehmer Pohlmann, der sich ebenfalls für das Haus interessierte. Der machte den Eindruck, dass er die Zahlen längst kennt.«

»Kann schon sein.« Wiebke wirkt genervt.

»Was sind das überhaupt für Zahlen?« Allmählich wird der gutmütige Krüß ungeduldig. »Viele Einnahmen sind überhaupt nicht angegeben. So schlecht wie in den Büchern steht das Haus wirklich nicht da.«

»Das ist noch gar nicht die endgültige Buchführung.«

»Wieso machst du uns schlechter, als wir sind? Ich dachte, wir haben beide ein Interesse, das Haus zu erhalten und nicht an irgendeinen Investor zu verscherbeln.« Krüß kommen auf einmal Zweifel an der Haltung der kaufmännischen Leiterin.

42

»Is dat hier 'n neuer Sport oder was?« Thies schüttelt über Piet Paulsen, Knut und seine Tochter Tadje den Kopf. »Ihr seid ja wohl dat neue Rätsel-Trio.«

Das Quiz in Tadjes Nordsee-Blog hat sich zum echten Renner entwickelt. User in ganz Deutschland folgen dem Blog und stellen die wildesten Spekulationen über die Buchstaben auf den Schafen an. Es herrscht großes Rätselraten. Tadje postet immer neue Schafe mit neuen Buchstaben, und die Community kombiniert jedes Mal neue Begriffe. »FINN« und »NICOLE« oder »FUN KOCHEN«. Der Scrabble-Club aus Bad Salzuflen gibt sich alle Mühe, etwas Ordnung ins Chaos zu bringen.

»Darf ja offenbar auch Englisch sein«, meint Scrabbel-Kathy. »Ist normalerweise eigentlich nicht erlaubt.«

»Superschwer das Rätsel mit den Schafen«, schreibt Helge aus Barsinghausen bei Hannover. Aber mehr als die Worte »FOHLEN« oder »LAMM« bringt er nicht zustande.

»OMA GO HOME« fällt einem anderen Follower ein, der sich Scrabble-King nennt. Gleichzeitig schreibt er noch: »keine Ahnung«.

Bei Thies und Nicole herrscht ähnliche Ratlosigkeit. Sie sind mit ihren Ermittlungen immer noch nicht weitergekommen. Der abgetrennte Frauenfuß konnte niemandem zugeordnet werden.

»War dat vielleicht doch der Fuß von Foodies Frauchen?«, überlegt Thies.

»Zumindest wissen wir, wer die Tote am Strand ist«, macht sich Nicole selbst Mut. Auch die Todesursache haben die Kollegen in Kiel zweifelsfrei festgestellt: Tod durch Ertrinken. Aber wie sie vom Wasser in die Dünen gekommen ist und dort vergraben wurde, bleibt den beiden Polizisten ein Rätsel. Immerhin wurden jetzt die rote Lederjacke und die anderen Klamotten von Smilla gefunden. Vielleicht hatte sie ja tatsächlich unter dem Sternenhimmel ein nächtliches Bad genommen. Aber ist sie dabei wirklich von dem Weißen Heilbutt angegriffen worden und ertrunken, wie Bademeister Hörbi und der nackte Fischexperte steif und fest behaupten? Thies gefällt diese Variante, Nicole hat erhebliche Zweifel.

Doch jetzt scheinen die Ermittlungen auf einmal Fahrt aufzunehmen. Von allen Seiten stürzen plötzlich sachdienliche Hinweise auf die beiden ein. Dabei kann sich Thies mal wieder voll und ganz auf die Unterstützung seiner Fredenbüller verlassen. Bounty berichtet von etlichen Fahrzeugen, die in der Nacht von Smilla Sölands Ermordung in den Dünen unterwegs waren. Außerdem hat er einen Streit zwischen dem Souschef aus dem »Thor« und einer Frau in einer roten Lederjacke beobachtet. Die wichtigsten Hinweise entdeckt Tadje, die ständig online recherchiert und sich mit ihrem Video-Blog in die Ermittlungen einschalten will. Knut Boyksens Unterstützung hat sie, Thies ist im Augenblick nicht so begeistert.

Die neben dem Opfer gefundene Kette mit dem Fischzahn kann Tadje ihrem Vater auf einem Video von Bibi Barrakuda zeigen.

»Wer is dat denn?« Thies starrt auf die dunklen verwackelten Bilder. »Dat is doch Bountys Konzert im ›Seehund‹. Den Typen mit dem blauen Kreuz auf der Backe hab ich da doch rumturnen sehen. Wer is dat?«

»Das ist dieser Lover von Bibi, Sascha oder so … keine Ahnung. Gibt auch noch einen Clip, wo die beiden nachts in den Dünen … ist nicht so genau zu erkennen. Und dann war da dieses Video mit Bibi nachts am Strand in dieser roten Lederjacke.«

»Nicole, dat is bestimmt die Jacke von dieser Smilla.« Thies ist elektrisiert. »Tadje, zeig noch mal.«

»Nee, Papa, das war gleich wieder verschwunden, hab ich doch gesagt.«

»Das ist schon verdächtig«, findet Nicole.

»Alle ihre Follower haben sich auch voll gewundert. Da sind noch jede Menge Kommentare im Netz.«

»Wat denn für Kommentare?« Bei Ermittlungen im Internet bekommt Thies gleich schlechte Laune.

»Na, zu der roten Lederjacke.«

»Was schreiben die denn so?«, will Nicole wissen.

»Das sind hier tausend Kommentare.« Tadje hat ihr Handy gezückt. »Hier zum Beispiel. *Wo hast du die Jacke her? Unlügbar geil! Kunstleder, oder? Ist das Teil von Massimo Dutti? Oder Ist die von deiner Oma? Ultimative Jacke für die Gammelfleischparty. No front.*«

»Bibis Fans sind offenbar geteilter Meinung.« Nicole, die ja selbst eine ähnlich alte Jacke hat, muss fast grinsen.

»*Nice one, geile Aktion.* Das geht immer so weiter. *Wo ist die Jacke auf einmal? Gleich verdealt oder was?*« Tadje ist gar nicht mehr zu stoppen.

»Das hilft uns bei unseren Ermittlungen nicht unbedingt weiter«, stellt Nicole fest.

»Aber diese Bibi müssen wir uns unbedingt mal vornehmen.« Thies überlegt. »Wo kriegen wir die denn zu fassen? Weißt du das? Wohnt die in 'ner Pension oder auf'm Zeltplatz?«

»Na ja, im Netz, die is immer online.«

»Tadje, ich wollte nich mit Bibi Blocksberg ... chatten oder so wat. Wir haben 'n paar Fragen an dat Frollein.«

43

Touristikchefin Silke Zaluskowski sieht aus ihrem Büro nach draußen. Was macht diese fette mit Graffiti beschmierte Kiste da schon wieder auf ihrem Parkplatz? Der dicke Bauunternehmer bleibt noch eine Weile im Wagen sitzen. Er spricht mit einer Frau auf dem Beifahrersitz. Es sieht aus, als sortierten sie irgendwelche Unterlagen oder Papiere. Dann steigt er aus. Seine großen Ohren leuchten in der Mittagssonne. In der Hand hat er eine kleine hellgrüne Tasche mit einem roten Kirschmuster, wie sie seltsamerweise in den letzten Tagen überall auf der Insel zu sehen ist. Aber sie passt überhaupt nicht zu dem grobschlächtigen Baulöwen.

»Was will der dicke Pohlmann denn hier schon wieder?«, ruft Silkes Assistent Bendix, der im Nebenraum Plakate für die Koch-Challenge sortiert.

Eigentlich weiß sie das ganz genau. Silke Zaluskowski kennt das Geschäft, das dachte sie bisher zumindest von sich. Vor ihrem Engagement hier an der Nordsee hatte sie einen verstaubten Fachwerkort in einer deutschen Weingegend aus dem Dornröschenschlaf erweckt und zwei Seebäder an der mecklenburgischen Ostseeküste in Schwung gebracht. Mit ihren Maßnahmen hat sie sich nicht nur Freunde gemacht. Die Touristik ist eben manchmal ein hartes Geschäft. Alte, gewohnte Strukturen müssen weichen, einige Existenzen und nicht mehr zeitgemäße Einrichtungen bleiben auf der Strecke. Aber es werden auch viele neue Bereiche mit neuen Jobs geschaffen in Strandbars, Sport- und Yogakursen oder im Eventmanagement. Eigentlich kennt sie die Branche. Doch jetzt bekommt sie Zweifel.

Bisher meinte Silke, alles im Griff zu haben. Aber in den letzten Tagen gleiten ihr die Dinge aus den Händen. Erst der angeschwemmte Fuß und dann die tote Dänin. Sonderlich sympathisch war diese Smilla ihr nicht gewesen. Sie hatten mit den Verhandlungen über den Verkauf des Kinderheimes noch gar nicht richtig begonnen. Sehr angenehm wären diese Verhandlungen nicht geworden, das hatte Silke gleich im Gefühl. Aber wieso lag die Frau jetzt tot am Strand? War das wirklich nur ein tragischer Badeunfall? Und jetzt rückt der Sylter Bauunternehmer Pohlmann ihr immer mehr auf die Pelle. Hatte er vielleicht sogar etwas mit dem Tod der dänischen Mitbewerberin zu tun? Pohlmann macht Druck.

»Moin, moin, Frau Kurdirektorin«, poltert der Sylter Baulöwe. »Ich wollte kurz reinschauen und hab uns mal Frau Wilhelmi mitgebracht.«

Silke hat die Buchhalterin des Kinderheimes natürlich

längst erkannt. An Wiebke Wilhelmi hat sie tatsächlich ein paar Fragen, nachdem sie sich deren Bilanzen angesehen hat. Heimleiter Krüß hatte sie darauf hingewiesen, und die Zahlen machen tatsächlich einen seltsamen Eindruck. So katastrophal, wie Pohlmann behauptet, kann die finanzielle Situation des Heimes eigentlich nicht sein. Aber wieso kreuzt Pohlmann hier jetzt mit der Wilhelmi auf? Rund um das Kinderheim geschehen seltsame Dinge.

Pohlmann stampft in das Büro, als wäre er hier zu Hause. Er lässt die komische Tasche mit dem Kirschmuster fallen und fläzt sich auf einen der Besucherstühle. Wiebke Wilhelmi steht noch etwas unbeholfen daneben, bis Touristikassistent Bendix ihr einen zweiten Stuhl hinstellt.

Pohlmann reicht Silke ein Papier mit den Bilanzen des Kinderheimes über den Schreibtisch. »Hier hat Frau Wilhelmi uns schwarz auf weiß die Zahlen mitgebracht. Die wollten wir uns ja mal ansehen.« Pohlmann schnauft, als sei das Studium der Bilanzen eine sportliche Übung.

»Die hat mir Herr Krüß in einer Kopie auch gerade zukommen lassen«, gibt Silke schnippisch zurück. Irgendwie wird sie das Gefühl nicht los, dass Pohlmann und die Buchhalterin gemeinsame Sache machen.

»Man hat mir erzählt, Sie hängen eigentlich an dem Kinderheim und haben sich für dessen Erhalt eingesetzt. Und jetzt tauchen Sie hier gemeinsam mit einem der Kaufinteressenten und auffällig schlechten Bilanzen auf.

Sind die Zahlen denn wirklich so katastrophal? Ich verstehe Sie nicht. Durch einen Verkauf wären Sie doch Ihre schöne Stellung hier auf der Insel los.«

Wiebke sagt darauf erst mal gar nichts. Aber Pohlmann schaltet sich sofort ein. »Wenn wir den alten ›Kaiserhof‹ wieder zu neuem Leben erwecken, dann schaffen wir sehr viel mehr Arbeitsplätze als zurzeit im Kinderheim. Und vor allem brauchen wir eine kompetente kaufmännische Leiterin.« Er nickt Wiebke gönnerhaft zu, der die ganze Situation etwas unangenehm ist.

»Herr Pohlmann, lassen Sie uns nichts überstürzen.« Im Augenblick möchte Silke die beiden einfach nur loswerden.

»Sehen Sie sich die Unterlagen, die wir Ihnen mitgebracht haben, noch mal in Ruhe an, und dann sprechen wir uns wieder. Allzu lange sollten wir da aber nicht warten.« Damit erhebt der Baulöwe sich sehr abrupt aus seinem Stuhl, und auch Wiebke steht sofort auf. Beide verlassen den Raum.

Kurz nachdem Pohlmann und Wiebke Wilhelmi vom Parkplatz des Touristikbüros gefahren sind, sieht Silke die Tasche mit dem Kirschmuster neben einem der Besucherstühle stehen. Sie greift sofort zum Telefon und wählt die Nummer des Bauunternehmers. Sie hat sofort eine Verbindung.

»Herr Pohlmann, Sie haben Ihre Tasche hier stehen lassen.«

»Meine Tasche?« Durch den Handylautsprecher klingt die Stimme erst recht wie ein Blöken.

»Die Tasche mit dem Kirschmuster«, erklärt Silke.

»Die Tasche mit dem Kirschmuster is jetzt Ihre Tasche«, quakt es aus dem Telefon, als sei es die selbstverständlichste Sache der Welt.

»Wieso meine Tasche?«

»Vielleicht hilft es ja, dass wir mit unserem ›Kaiserhof‹ ’n büschen schneller weiterkommen.« Danach bricht die Verbindung ab.

Silke stellt die Kirschtasche auf den Schreibtisch und öffnet den Reißverschluss. Sie glaubt kaum, was sie sieht. Sie wirft nur einen kurzen Blick auf den Inhalt, dann schließt sie den Reißverschluss ganz schnell wieder und verstaut die Tasche erst mal in der hintersten Ecke ihres Büroschrankes.

44

Die leibhaftige Bibi Barrakuda war zunächst gar nicht so einfach zu finden. Thies hatte schon vorgeschlagen, das Handy zu orten. Aber nach längerer Suche haben Nicole und Tadje, die bei der Befragung dabei sein will, sie dann doch am Strand gesichtet. Eigentlich war sie auch nicht zu übersehen. Bibi läuft in einem aus Strandgut recycelten Bikini mit dem Selfie-Teleskop in der Hand sich selbst filmend am Ufer den Strand entlang. Sie sieht und spricht ohne Unterbrechung in das Smartphone und rennt alles über den Haufen. Dabei läuft die Bloggerin Lifeguard Hörbi direkt in die Arme.

»Dat ist sie. Bitte mal kurz festhalten!«, ruft Thies dem Bademeister von Weitem zu, der dieser Aufforderung gern nachkommt.

Und dann sind Thies, Nicole und Tadje auch schon zur Stelle.

»Hallo?! Der Teilzeit-Tarzan hält mich hier fest! Das geht ja wohl gar nicht!«, protestiert Bibi.

»Das geht schon in Ordnung, dat sollte er«, stellt Thies unmissverständlich klar.

»Aber jetzt können Sie sie loslassen.« Nicole muss ein

Grienen unterdrücken. Hörbi lässt Bibi mit enttäuschtem Blick auf ihr Bikinioberteil aus alter Schiffspersenning sofort aus seinem Arm.

»Wer sind Sie überhaupt, dass Sie mich hier festhalten?« Bibi ist sichtlich irritiert. Nicole und auch Thies, der Shorts und T-Shirt statt Uniform trägt, sind als Polizisten tatsächlich nicht gleich zu erkennen. »Das wird übrigens gerade alles mitgefilmt, falls es jemanden interessiert.« Sie verzieht provozierend den Mund.

»Dat Ding machst du sofort mal aus.« Thies will nach dem Handystick greifen. Aber Bibi weicht ihm aus.

»KHK Stappenbek«, stellt Nicole sich vor und zieht etwas umständlich ihren Ausweis aus den Shorts. »Und das ist mein Kollege Polizeihauptmeister Detlefsen.«

Die Bloggerin nimmt den Stick zu sich heran und schaltet das Handy aus. »Und wer ist sie?« Sie deutet, ohne sie anzusehen, auf Tadje. »Auch bei der Polizei?«

»Nee, die is als Dolmetscherin mit … für euer … ähhh … Blogger-Latein.«

»Mann, Papa«, zischt Tadje, der ihr Vater schon wieder schrecklich peinlich ist.

»Wir haben ein paar dringende Fragen im Zusammenhang mit dem Todesfall von Smilla Söland, von dem Sie ja sicher gehört haben«, versucht Nicole den Faden wiederaufzunehmen.

»Ich hab von gar nichts gehört«, gibt Bibi gleich schnippisch zurück.

»Dafür hast du aber ganz flott diese Poster ins Internet … reingepostet.« Thies geht gleich auf Konfrontationskurs. Tadje bricht der Schweiß aus. Rettungsschwimmer Hörbi steht daneben und staunt.

»Ahhh … jetzt weiß ich, woher ich die da kenne. Du machst diesen voll gruftigen neuen Nordsee-Vlog mit den beiden Krabben pulenden Rentnern. Wie peinlich ist das denn?« Sie grinst Tadje provozierend an, dass die ihr am liebsten postwendend eine kleben würde. »Na, wie viele Follower hast du denn schon? Das wird wohl nichts werden, meine Süße.«

»Wart mal ab, Piet und Knut werden dich mit deinem After-Sun-Gel und den blöden Kirschtaschen ganz schnell abhängen.« Tadje hat ganz rote Ohren bekommen.

»Stoppt mal. Deswegen sind wir nicht hier«, geht Nicole dazwischen. Sie sieht Bibi, aber auch Tadje streng an. »Wie ich schon sagte, wir haben ein paar Fragen an Sie. Bibi … ich darf doch Bibi sagen?«

»Oder vielleicht besser Fräulein Barrakuda … pffff«, prustet Tadje. »Lächerlich!«

»Tadje, bitte!« Dann wendet sich die Kommissarin dem Mädchen im Persenningbikini zu. »Wir haben mehrere Posts auf Ihrem Video-Blog entdeckt, die mit unserem Fall zu tun haben.«

»Hallo?! Was soll ich gepostet haben? Ich hab gar nichts gepostet.«

»Das kann man ja nun nicht gerade behaupten.« Nicole schiebt sich die Sonnenbrille in die Haare. »In Ihrem Blog hatten Sie ein Foto gepostet, das Sie nachts am Strand in einer roten Lederjacke zeigt.«

»Wo ist ein Foto mit einer roten Lederjacke? Da gibt es keine rote Lederjacke«, beteuert die Bloggerin eine Spur zu vehement.

»Ich hab dich doch ganz genau gesehen. Du in dieser abgeranzten roten Jacke«, giftet Tadje sie an. Lifeguard Hörbi, der noch dabeisteht, nickt.

»Inzwischen is dat Foto gelöscht«, übernimmt Thies. »Aber die Kommentare von deinen Fans oder Followern oder wie die heißen stehen noch da.«

Nicole hat ihr Handy gezückt. »Hier: *Wo hast du die Jacke her? Ist die von deiner Oma?*«

Bibi wird langsam wirklich unruhig. »Das war irgendeine Jacke, keine Ahnung. Die haben wir gefunden. Ich steh auf solche Klamotten.«

»Wo haben Sie die gefunden?«, hakt die Kommissarin nach.

»Ich glaub am Strand … keine Ahnung. Das war so ein krasses Siebzigerjahre-Teil. Mit so aufgesetzten Reißverschlüssen und abgewetzten Schulter-Patches. Voll interessant.«

»Der Strand is kein Secondhandladen«, pfeift Thies sie an.

»Secondhand? Das heißt jetzt pre-loved«, korrigiert Bibi ihn schon wieder reichlich vorlaut. »Der Used-Effekt ist in der Mode gerade voll angesagt. Das ist das Tagebuch deiner Taten.«

»Tagebuch deiner Taten? Damit kommen wir der Sache näher. Dat war nämlich die Lederjacke von der toten Dänin.« Thies tut so, als habe er sie damit schon des Mordes überführt.

»Diese Jacke haben wir vergraben in der Nähe der Toten gefunden.« Nicole sieht sie durchdringend an. »Und zwar in der Nacht, als Sie mit der Jacke in den Dünen geposted haben.«

»Keine Ahnung.«

»Dass du keine Ahnung hast, haben wir inzwischen kapiert«, blafft Tadje sie an. Bibi wirft ihr einen beleidigten Blick zu.

»Nicole, auf jeden Fall sollten wir ihr Handy einkassieren und mal checken lassen«, meint Thies.

»Mein Handy!?« Jetzt steht Bibi endgültig die Panik in den Augen. »Das geht gar nich«, quiekt sie. »Das ist meine Privatsphäre!«

»Deine Privatsphäre, die du mit tausenden Followern teilst«, stellt die Kommissarin klar.

»Und kommt dir dat hier bekannt vor?« Thies will den Druck erhöhen und zieht ein Foto der Kette mit dem Fischzahn aus der Tasche.

»Sieht nach einer Kette aus.«

»Die Kette ist auf Ihrem Video-Blog vom Konzert im ›Lustigen Seehund‹ zu sehen, am Hals Ihres Freundes von diesem ›Dienstag für Dorsche‹-Verein.«

»Extinction Rebellion«, fällt Bibi der Kommissarin schnippisch ins Wort. Aber ihr bricht immer mehr der Schweiß aus.

»Schon klar … Was meinen Sie, wo wir die gefunden haben?« Nicoles Ton wird jetzt schärfer. »Direkt neben der toten Dänin Smilla Söland.«

»Erzähl uns nich, dass du oder dein Freund, der Umwelt-Pirat, nix mit der toten Dänin zu tun habt.« Thies ist Bibi jetzt dicht auf die Pelle gerückt.

»Sie sollten uns jetzt sagen, was Sie gesehen haben.« Nicole schlägt mittlerweile einen moderateren Ton an. »Wir behaupten ja nicht, dass Sie sie umgebracht haben.«

»Oder war dat dein Freund?«, platzt Thies schon wieder dazwischen.

»Ja, ich weiß auch nicht …« Bibi Barrakuda klingt auf einmal kleinlaut. »Wir waren am Strand in dieser Nacht, Sascha und ich, und dann lag da auf einmal diese Frau im Wasser.«

»Smilla? In der roten Lederjacke?« Thies sieht sie aufmunternd an.

»Nein, die hatte gar nichts an … und sie sagte auch nichts mehr.«

»Nee, die lag ja nackt im Sand«, brummt Bademeister Hörbi dazwischen. »Is hier am Strand aber nix Besonderes.«

»Es sah aus, als ob sie ertrunken wäre. Wir haben sie dann erst mal ans Ufer gezogen. Sie war ja tatsächlich tot.«

»Und wie ist sie vom Ufer in die Dünen gekommen?«, fragt Nicole nach.

»Sascha meinte noch, das war bestimmt dieser Weiße Heilbutt, der hat sie angegriffen. Sie hatte ja so Bissspuren am Bein oder so, weiß auch nicht.«

»Und deshalb habt ihr sie in die Dünen geschleppt?« Thies schüttelt den Kopf.

»Sascha wollte nicht, dass der Heilbutt dafür verantwortlich ist. Für ihn ist das ein heiliger Fisch oder so, keine Ahnung.«

»Und dat sollen wir dir glauben?« Thies sieht erst Nicole und dann seine Tochter an, und Tadje antwortet mit einem Stirnrunzeln.

45

Die Atmosphäre auf dem Kutter ist angespannt. Hochseeangler Boy Boyksen und Ozeanograf Rüdiger Dreifuß waren sich ja von Anfang an nicht sonderlich sympathisch.
Aber seitdem der Wissenschaftler etwas von einer illegalen
Schiffsfracht aufgeschnappt hat, belauern sich die beiden.
Dem Professor lässt der Funkruf aus der vorletzten Nacht
keine Ruhe. Was sind das für Ladungen, die Boyksen auf
seinem Boot transportiert? Ist das Schmugglerware oder
wohlmöglich Schlimmeres? Hatte Boy vielleicht mit diesem unheimlichen angespülten Frauenfuß zu tun? Dreifuß
fällt sofort wieder der Paillettenschuh ein. Macht Boy
Boyksen hier in der Nordsee heimliche Seebestattungen?
Sie werden hier doch keine Leiche an Bord haben, oder?

»Immer auf den sieben Weltmeeren unterwegs, den großen Fischen hinterher … und mit heimlicher Fracht unterwegs«, hatte Dreifuß vorhin so nebenbei einfließen lassen, als sie rauchend an der Reling standen und der Weiße
Heilbutt mal wieder abgetaucht war. Der Meeresbiologe
hatte dabei verlegen gegrinst und an seinem Fusselbart herumgezupft. Aber der arglose Plauderton war ihm gründlich misslungen. Boyksen hatte ihm nur einen kurzen

grimmigen Blick zugeworfen, als wollte er ihn am liebsten gleich von Bord stoßen. Dann hatte er wie zur Beruhigung einen tiefen Zug aus seiner Zigarette genommen und den inhalierten Rauch in die Nordseeluft geblasen.

Boyksen ist ihm gegenüber misstrauisch, das merkt Dreifuß. Und dieses Misstrauen ist durchaus berechtigt. Denn der Ozeanograf hat inzwischen die Nase voll von diesem selbsternannten Käpt'n Ahab und der irren Jagd auf den Heilbutt.

Boy Boyksen ist wie besessen von dem Weißen Heilbutt. Seit einer halben Stunde haben sie den Fisch wieder in Sichtweite. Er taucht nur manchmal auf, dann ist wieder nichts zu sehen von ihm. Er zieht immer noch die leeren Fässer hinter sich her. Die an der Harpune festgemachten Schwimmkörper haben keine Verbindung zum Kutter mehr, aber der große Fisch hat sie immer noch nicht abschütteln können. Vielleicht ist er etwas müder geworden. Immer wieder versucht er abzutauchen und zieht dabei sämtliche leeren Fässer unter die Wasseroberfläche. Aber eine der blauen Tonnen taucht sehr schnell auch wieder auf. Der Fisch ist langsamer geworden und das metallische Tuckern des Motors lauter.

»Was machen wir hier eigentlich?« Dreifuß' Ton wird plötzlich giftig. »Wir jagen einem Fisch hinterher, als wäre es Moby Dick, und zwischendurch entsorgen wir … ja, was entsorgen wir hier eigentlich? Dafür dürfte sich die Polizei interessieren. Ich mache mich noch mit strafbar.«

»Halt doch deine blöde Professorenklappe!«, ranzt Boy ihn an.

»Wir sollten kehrtmachen. Los, drehen Sie bei!« Dreifuß hält inzwischen einen spitzen metallenen Schäkelöffner in der Hand.

»Was bitte sollen wir tun?« Jetzt schreit Boyksen. »Du blödes Arschloch, einmal hast du uns mit deinem idiotischen Bein in der Schlinge die Tour schon versaut. Warum hab ich mich nur überreden lassen, dich mit an Bord zu nehmen? Wenn ich hier etwas auf See entsorge, dann dich, du Blödmann.«

»Willst du mir etwa drohen?« Jetzt geht auch der Professor zum Du über und baut sich vor ihm auf.

Boy schubst ihn zur Seite. Er will auf keinen Fall den Fisch aus den Augen verlieren. In den letzten Minuten ist die weiße Schwanzflosse des Heilbutts immer wieder direkt vor ihnen aufgetaucht. Boy hält bereits wieder die Harpune in der Hand.

»Übernimm du das Ruder! Schnell!«, schreit er den Professor an.

»Ich bin hier nicht dein Maat oder was auch immer du dir vorstellst.« Dreifuß weigert sich, die paar Stufen ins Steuerhaus hinaufzusteigen.

Der Kutter kämpft sich währenddessen mit festgestelltem Ruder und voller Fahrt durch die Wellen. Der große Fisch wälzt sich direkt neben dem Boot durch das Wasser.

Er stößt gegen den Rumpf. Ein Ruck geht durch den ganzen Kutter. Es ist wie ein Zusammenstoß. Das Schiff gerät ins Schlingern und bekommt eine bedrohliche Schieflage. »Maschine drosseln!«, brüllt Boy und wird immer wütender. »Verdammt, geh ans Steuer und fahr den Motor runter!« In einer Hand hält er die Harpune, mit der anderen stößt er den Professor Richtung Steuerhaus. Aber das lässt sich Dreifuß nicht gefallen. Er hat jetzt endgültig genug von dieser wahnsinnigen Bootspartie und geht ebenfalls auf Boyksen los. Er weiß selbst nicht, was da in ihn gefahren ist.

»Achtung, ich hab hier 'ne Harpune«, warnt Boy den Wissenschaftler. Der packt den Fischer trotzdem am Kragen. Boy Boyksen will ihn mit seinem freien Arm in den Schwitzkasten nehmen. In dem Moment geht ein erneuter Ruck durch das Boot. Der Kutter neigt sich ein Stück seitwärts, sodass beiden Männern der Boden unter den Füßen weggezogen wird. Sie haben keine Chance, sich zu halten, und segeln aneinandergeklammert mit einem Affenzahn über das kleine Deck.

»Der Fisch ist direkt unter uns!«, schreit Boyksen noch, dann schlägt er mit dem Kopf auf eine scharfe Kante der Backskiste. Er gibt ein durchdringendes Stöhnen von sich und fasst sich an den Kopf. Seine Hände sind sofort blutüberströmt. Über dem Ohr klafft eine Platzwunde.

Dreifuß starrt die Verletzung einen Moment lang fassungslos an. Auch der Professor hat ein dumpfes Dröhnen im Kopf. Kommt das von ihrem Sturz? Dann bemerkt er, dass der Motor nicht mehr das übliche Tuckern von sich gibt, sondern ein tiefes gedämpftes Brummen und unrhythmisches Stampfen, als wäre das Boot aufgelaufen, als hätte es sich auf einer Sandbank festgefahren. Der Kutter hat deutlich an Tempo verloren. Ist der Heilbutt unter dem Boot in die Schiffsschraube geraten?

Boyksen liegt benommen vor der Backskiste. Er will aufstehen, aber sackt sofort wieder in sich zusammen und sinkt auf ein herumliegendes Tauknäuel. Auch Dreifuß erhebt sich schwankend. Er will jetzt zum Steuerhaus ans Ruder. Aber er steht kaum, schon geht ein erneuter Ruck durch das Boot. Der Motor gibt jetzt wieder ein hartes metallisches, aber immer noch unrhythmisches Hämmern von sich. Und dann schnellt neben der Reling ganz plötzlich der riesige breite Kopf des Weißen Heilbutts aus dem Wasser. Der gefleckte glänzende Körper folgt. Der Fisch wirft sich mit seinem gesamten Gewicht auf das Boot, das sofort eine bedrohliche Schräglage bekommt.

Dreifuß rutscht die Planken des Bootes hinunter. Im letzten Moment greift er ein Tauende. Vor ihm wütet der Fisch, er schlägt mit seinem schiefen Maul grimmig auf das Boot ein. Ein Stück der Reling ist schon weggebrochen. Mit den beiden Augen, die wie bei einer Fehlbildung auf einer Seite liegen, glotzt er den Ozeanografen kaltblütig und auch wütend an. Auch das Tier blutet am Kopf. Offenbar hat es sich an der Schiffsschraube verletzt. Die Wunde scheint den großen Fisch besonders grimmig zu machen. Immer wieder schnellt er aus dem Wasser und wirft sich auf den kleinen Kutter.

Der Professor rutscht, hilflos auf dem Rücken liegend, dem in der Reling klaffenden Loch und dem Fischmaul entgegen. Er hält sich krampfhaft an dem Tampen fest, um ein weiteres Abrutschen zu verhindern. Das andere Ende des Taus hält Boy Boyksen in seinen Händen. Im Augenblick hält es noch fest. Trotzdem kommt Dreifuß dem riesigen Tier immer näher. Gleich werden seine Füße und dann ein ganzes Bein über den Rand des Bootes ragen.

Er versucht, sich mit einem Fuß an einer Stahlkante abzustützen, aber er rutscht sofort ab. Panisch klammert er sich mit beiden Händen an das Tau. Will Boyksen ihn hier über Bord gehen lassen, ihn an den Weißen Heilbutt verfüttern? Ist er diesmal die Fracht, die auf offener See entsorgt wird?

Der Ozeanograf blickt direkt in das geöffnete Maul des Fisches mit den spitzen Zähnen, die wie ein gigantisches lebendes hungriges Nadelkissen aussehen. Das Maul schnappt nach seinen Füßen. Dreifuß muss an den abgetrennten Frauenfuß denken. Vor sich hat er den wütenden Heilbutt, der am Kopf blutet und bedrohlich sein Maul aufreißt. Und hinter ihm, am anderen Ende des Tampens, klemmt der verletzte und blutende Fischer, nur gehalten von der Backskiste. Boy Boyksen fixiert ihn mit stechenden Blicken wie Enterhaken, mindestens so wütend wie der Fisch.

46

Knut Boyksen macht sich Sorgen, nein, das ist vielleicht doch übertrieben. Wenn er sich Sorgen um seinen kleinen Bruder Boy machen wollte, käme er kaum hinterher. Aber er wundert sich, dass die Funkverbindung zum Fischkutter »Margarethe« seit gestern abgebrochen ist. Boy hört zwar nicht auf ihn, aber er hält eigentlich immer Kontakt zu seinem Bruder. Sie telefonieren regelmäßig, oder er funkt ihn an Bord an. Diesmal vergeblich.

Knut hat das schnell wieder vergessen. Und um aufs Meer zu gucken und die aktuellen Fußballergebnisse zu diskutieren, finden Knut und Piet Paulsen erst recht keine Zeit. Sie sind viel zu sehr mit ihrem Nordsee-Blog beschäftigt. Auch die beiden älteren Herren entwickeln sich zu echten Internet-Junkies. Piet Paulsen hat mit dem ausrangierten Smartphone von seiner Nichte schon die passende Hardware. So etwas will Knut Boyksen jetzt auch, nachdem er gestern mit seinem alten Nokia-Knochen vergeblich das Netz entern wollte.

Bei dem Quiz auf Tadjes Blog laufen die Kommentare heiß. Insbesondere der Scrabble-Club Bad Salzuflen ist ausgesprochen aktiv und macht laufend neue Wortvorschläge. Nur Quiz-Ingo ist noch nicht recht weitergekommen. »Ich schnalle es nicht … voll clever, die Schafe!«

O, L, U, K und vor allem V. Die Buchstaben gehen in den Posts wild durcheinander. »Das V gibt zwar vier Punkte, ist aber auch echt schwierig.« Puzzle-Petra kennt sich aus.

Und dann kommt das Blogger-Trio Knut, Piet und Tadje mit Teljes Unterstützung der Lösung des Rätsels plötzlich ein ganzes Stück näher. Dabei helfen vor allem die Schafe fleißig mit. Vier kleine Lämmer mit den Buchstaben F, U, C und K haben sich hintereinander auf die Deichkrone gestellt und blöken Tadje und ihre Mitstreiter freundlich an. Darunter grast eine größere Gruppe von Tieren, die ihre Position laufend wechselt. Im Augenblick ergeben die Buchstaben das Wort NHOPLNAM.

»Fuck Nhoplnam?« Tadje wirft einen fragenden Blick in die Runde. »Was soll das bedeuten?«

»Seht mal, jetzt steht da ›Fuck Ohlnampn‹!« Boyksen deutet auf die Schafe.

»Ohlnampn? Kenn ich nich«, konstatiert Paulsen.

»Sagt mal, wie heißt denn dieser Baulöwe, von dem Papa erzählt hat?«, fragt Telje.

»Wieso? Dat is Pohlmann«, weiß Knut sofort. »Sein Vater war hier auf der Insel doch auch schon unterwegs.«

»›Fuck Pohlmann‹, die Botschaft ist klar«, meint Telje. »Das war dieses ›Kommando Käpt'n Ahab‹ oder wie die heißen.«

»Dat is 'n Protest gegen den Verkauf vom Kinderheim«, vermutet Knut Boyksen.

Piet Paulsen geht noch einen Schritt weiter. »Die Schafe kennen den Mörder.«

»Aber was ist mit den drei übrigen Buchstaben? Was haben wir da noch? I, V und H?«, fragt sich Telje.

»Hat der Scrabble-Club ja schon geschrieben, V gibt viele Punkte, is aber schwierig«, konstatiert Knut.

»Papa hat doch erzählt, dass es außer diesem Pohlmann noch die Firma von der toten Dänin gibt«, fällt Tadje ein. »Das war doch irgendso 'ne Buchstabenfolge … V I H?«

»V H I!« Telje gibt auf ihrem Handy die verschiedenen Buchstabenkombinationen ein. »Ich glaub, ich hab's! Vester-Havet-Invest!«

47

Thies macht Bounty Vorhaltungen. »Warum rückst du damit jetzt erst raus?«, ranzt er seinen Imbissfreund an. Eher beiläufig hat Bounty ihm eben erzählt, dass er den Jungkoch aus dem »Thor« vor zwei Tagen in heftigem Streit mit einer blonden, etwas korpulenteren Frau in einer roten Lederjacke nahe der Steenodder Mole beobachtet hat.

»Rote Lederjacke«, gibt Thies seiner Kollegin leise weiter, und dann wendet er sich gleich wieder dem Althippie zu. »Hast du mitbekommen, worüber sie gestritten haben?«

»Nö, keine Ahnung.« Bounty grient. »Weiß auch nicht. Aber insbesondere die Frau in dem roten Lederteil war schon so 'n bisschen heftiger drauf.«

»Verdammt, Bounty, so wat musst du erzählen!«, ereifert sich Thies.

»Fand ich jetzt echt nicht so wichtig bisher.« Der Fredenbüller Altkommunarde hat ein dauerhaftes breites Grinsen im Gesicht, seit Giselle ihn wachgeküsst hat. Am liebsten würde er mitkommen, als die beiden Polizisten umgehend ins »Thor« aufbrechen, um den Souschef Marko zu befragen.

Das Schild am Eingang vor dem Restaurant springt Thies und Nicole sofort entgegen. »Heute und morgen geschlossen. Koch-Challenge am Strand.« Im Restaurant herrscht trotzdem Hochbetrieb. Das Team bereitet das große Kochevent vor. In der offenen Küche sieden Soßen und Fonds. Der große Maître Skorgaard ist gar nicht anwesend. Aber Souschef Marko, ein Assistent und Krabbenpuler Mohammed Bizou wirbeln durch die Küche. Sie filetieren Fische, knacken Krebse und hacken wilde Wiesenkräuter.

»Sie kommen jetzt ganz ungelegen«, versucht Marko die beiden Polizisten gleich wieder abzuwimmeln. »Wir bereiten gerade unseren Kochwettbewerb vor.«

»Wir kommen meistens ungelegen«, stellt Thies lakonisch fest.

»Es dauert auch nicht lange«, übernimmt Nicole. »Wir haben nur ein paar Fragen, deren Beantwortung uns vielleicht weiterhilft.«

»Der Chef ist nicht da.« Marko zuckt mit den Schultern. Er hat eine Zange zum Knacken der Krebsscheren in der Hand. Krabbenpuler Mohammed lugt neugierig um die Ecke.

»Ich weiß wirklich nicht, wie ich Ihnen weiterhelfen soll. Und wie gesagt …«

»Lassen Sie uns doch erst mal unsere Fragen stellen.« Die Kommissarin lässt sich nicht aus der Ruhe bringen.

»Du hast in Steenodde auf der Mole heftig mit einer Frau gestritten, Smilla Söland, die wenig später tot am Strand aufgefunden wurde. Dafür gibt es Zeugen.« Thies sieht ihn triumphierend an.

»Mein Kollege meint, Zeugen für den Streit. Worum ging es dabei denn?«, moderiert Nicole.

»Keine Ahnung, ich kenne diese Frau nicht, und falls die tot sein soll … damit hab ich nichts zu tun.« Marko bleibt bei seiner Haltung. »Die hat mir regelrecht nachgestellt.«

»Weil du so 'ne flotte Kochjacke anhast, oder wat?« Thies ist, wie so oft bei Befragungen, schon wieder auf Krawall gebürstet.

»Die hat mich, als ich aus dem Restaurant kam, in Steenodde abgefangen, um mich auszuquetschen.«

»Was wollte sie denn wissen?« Nicole bleibt am Ball.

»Wer Thor ist und wie wir die Konzeption des Restaurants entwickelt haben, wer die Ideen hatte, woher die Rezepte stammen … Keine Ahnung, warum sie das so interessiert hat.« Marko fuchtelt verlegen mit der Krebszange herum.

In Thies und auch in Nicole arbeitet es. Irgendwie macht das alles keinen Sinn.

»Ich hab ihr erzählt, dass Thor aus Dänemark kommt, aber sie meinte nur, sie hätte noch nie von ihm gehört, obwohl sie die Top-Köche in Dänemark eigentlich kennt. Ihr Bruder war selbst Koch mit einem Restaurant in Kopenhagen und hat wohl eine ganz ähnliche Konzeption gehabt wie wir. Der ist angeblich bei einem Autounfall tragisch ums Leben gekommen. Ich bin aus der Sache nicht recht schlau geworden.«

Den beiden Polizisten geht es nicht viel anders. »Wieso sind Sie darüber in Streit geraten?«, will Nicole wissen.

»Die Lady hatte einen reichlich aggressiven Ton drauf. Sie hat behauptet, wir hätten die Rezepte geklaut und überhaupt das ganze Konzept der neuen nordischen Küche … als ob ihr Bruder die erfunden hätte! Da bin ich dann auch sauer geworden. Immer wieder hat sie gefragt, wer Thor Skorgaard sei. Ich hab nur gesagt, Dänemark ist zwar ein kleines Land, aber vielleicht kennt sie dann doch nicht alle dänischen Köche. Und jetzt muss ich hier wirklich mal weitermachen.«

Thies und Nicole wissen nicht recht, was sie von den Aussagen des Souschefs aus dem »Thor« halten sollen. Sie haben nicht den Eindruck, dass sie das bei ihren Ermittlungen weiterbringt. Aber nachdem sie das Restaurant verlassen haben, ruft Nicole den dänischen Kollegen Morton Jensen noch mal an, und der hat tatsächlich ein paar neue Informationen über Smilla und ihren ominösen Bruder Börre, dessen Akte jetzt in Jensens Ressort für ungelöste Fälle gelandet ist.

»Die ganze Familie ist nicht ganz astrein«, brummt es mit dänischem Akzent aus dem Handy der Kommissarin.

»Smilla war in der Finanzkrise wegen Insidergeschäften angeklagt und verurteilt. Und gegen ihren Bruder Börre und seinen deutschen Teilhaber im Restaurant wird wegen falsch deklariertem Biofleisch und Weinen ermittelt.«

»Aber wir sind nicht die Lebensmittelüberwachung«, funkt Thies dazwischen.

»Moment, es geht noch weiter, Kollege«, fährt Morton Jensen fort. »Börre Söland kam vor zwei Jahren unter ungeklärten Umständen bei einem Autounfall ums Leben. Die genaueren Ursachen liegen im Dunkeln. Es gab keinen Unfallgegner und keine Zeugen. Die Ermittlungen wegen falsch deklarierter Lebensmittel laufen weiter gegen seinen Partner. Aber dieser Skorkowsky ist seit einiger Zeit abgetaucht … sssehr verdächtig.«

»Und was soll dat mit unserem Fall zu tun haben?« Thies klingt bockig.

»Keine Ahnung, aber *ihr* wolltet doch weitere Informationen über Smilla Söland.«

48

Sascha versteht sich selbst nicht. Was hat ihn da bloß geritten? Er ärgert sich maßlos über sich. Er hätte es wissen müssen. Warum hat er sich mit dieser überschminkten dusseligen Nuss eingelassen? Seine Libido hatte ihm mal wieder einen Streich gespielt.

Er hatte Bibi nach Sonnenuntergang an ihrem Treffpunkt in den Dünen zur Rede gestellt. »Was hab ich da gehört, du hast mit den Bullen geredet.« Sascha hatte Bibi abschätzig angesehen. »Das darf doch nicht wahr sein. Das kannst du nicht machen. Du kannst dich nicht an die Bullen ranschmeißen. Echt nicht.«

»Ich hab nichts gesagt, die haben von mir niiichts erfahren«, hatte Bibi beteuert. »Diese Kommissarin war übrigens echt ganz nett. Der Typ dagegen … oh no, in so einer Art Badeshorts aus'm letzten Jahrtausend und dazu so 'n voll witziges T-Shirt mit der Aufschrift ›Polizei … Friesenbüll‹ oder so. ›Du bist verhaftet‹. Der Typ ist echt megapeinlich.«

»Verdammt, du hast dich doch bestimmt verplappert. Mit den Cops redet man nicht. Absolutes No-Go.« Sascha und Bibi waren immer heftiger aneinandergeraten.

»Was sollte ich denn machen? Die haben mich am Strand gekrallt. Ich konnte denen gar nich ausweichen. Dieser bekloppte Bademeister hat mich gleich gecatcht.«

»Scheiße, Bibi, mit dieser toten Frau am Strand, da hängen wir hammerheftig mit drin.«

Sascha vom »Kommando Käpt'n Ahab« hatte sie am Ende wütend geschüttelt. Am liebsten hätte er die Influencerin im auflaufenden Wasser ertränkt, so wie die Dänin ertränkt wurde. Bibi Barrakudas Schreie hatten durch die Dämmerung über die menschenleeren Dünen gehallt. Und dann hatte sie ihm unter die Nase gerieben, dass da dieses Video auf ihrem Vlog zu sehen ist. Sascha wusste bis dahin gar nichts davon. Bevor sie sich im »Lustigen Seehund« nähergekommen waren, hatte Bibi ihm nachgestellt und heimlich beim Sprayen gefilmt, als er die Schafe und vor allem die dicke Karre des Baulöwen verschönert hatte.

Dieses Video von ihm mit der Spraydose vor der scheiß Protzkiste des Bauunternehmers von Sylt muss ganz schnell aus dem Netz verschwinden. Ganz schnell. Er ist auf dem Film eindeutig zu erkennen. Es sieht zwar echt gut aus, wie er im Abendlicht den Wagen vollsprayt. Aber dieses Video muss unbedingt weg. Wenn die Bullen das zu sehen kriegen, ist er gleich wieder wegen Sachbeschädigung dran. In diesem Schweinesystem darfst du die Luft und das Wasser verseuchen, du darfst täglich tausende Tiere umbringen, alles kein Ding. Aber wenn du so einem

Typen seine CO_2-Schleuder vollsprayst, dann lochen sie dich gleich ein. Zumindest dann, wenn du es vorher schon etliche Male gemacht hast. Er hat diese scheiß Vorstrafen, deshalb würden sie ihn jetzt sofort einbuchten. Und dann geht es nicht nur um Sachbeschädigung. Bei der Besetzung der Offshore-Anlage war jemand zu Tode gekommen. Er hätte das verhindern können, behaupteten alle. Er hätte nicht aufgepasst, er hätte seinen Kumpel nicht ausreichend gesichert. Keine Ahnung. Auf jeden Fall hatten seine ach so solidarischen Kampfgenossen ihn verpfiffen. Die Polizei ermittelte wegen unterlassener Hilfeleistung oder sogar wegen Schlimmerem. Er weiß es nicht so genau. Auf jeden Fall muss er den Bullen aus dem Weg gehen.

Sascha bekommt gleich wieder einen dicken Hals, aber auch etwas Panik. Er war völlig ausgerastet und hatte Bibi angeschrien, als er von diesem Video erfuhr. Mitten im Streit war Bibi weggerannt, einfach in die Dünen getürmt. Sascha war ihr hinterhergelaufen, aber Bibi war wie vom Erdboden verschluckt.

Inzwischen ist es fast dunkel. Sascha läuft durch die Dünen. Aber Bibi ist nirgends zu sehen. Er muss sie schnellstens finden, er muss sie dazu bringen, diese scheiß Bilder aus dem Netz zu nehmen. Und dann will er so schnell wie möglich runter von der Insel. Mit dieser blonden Kommissarin und der Knalltüte von Dorfpolizisten will er auf keinen Fall nähere Bekanntschaft machen. Er wollte sowieso mit dem Boot nach Sylt rüber. Zusammen mit sieben Mitstreitern vom »Kommando Käpt'n Ahab« wollen sie eine dieser dicken Reetdachvillen in Kampen besetzen, die seit Jahren leer steht. So eine Hedgefond-Heuschrecke hat die Hütte vor zehn Jahren gekauft, behaupten seine Freunde. Seitdem hat sich in dem Palast niemand mehr blicken lassen … angeblich. Auf jeden Fall eine schöne Aktion, wenn sie es sich in dem schicken Schuppen mal ein paar Tage gemütlich machen, findet Sascha. Und falls die Bullen aufkreuzen, können sie den Urlaub ja jederzeit schnell beenden. Vorher muss er Bibi finden. Er hat schon den ganzen Strand abgesucht und all die anderen Orte, wo sie sich getroffen haben. Sie ist nirgendwo. Der Barrakuda ist abgetaucht. Wo ist die dumme Kuh?

49

Die Kritikerrunde hat im Hotel »Halligblick« zusammen gefrühstückt. Merle ist schon dabei, den Tisch abzuräumen. Moderatorin Jasmin Schlumberger und »Meer oder weniger«-Kolumnist Hajo Golecki sind bereits zu einer kleinen Erkundungstour über die Insel gestartet und zu einer Meersalz-Verkostung beim Krabbenfischer. Restauranttester Lutz Lehmkühler trinkt noch eine weitere Tasse Kaffee und leistet Paula Botzet-Zisch Gesellschaft. Die Sommelière knabbert missmutig an einem Körnerbrötchen herum und genehmigt sich dazu den zweiten Alka-Seltzer. »Heute Abend gibt es hoffentlich was anderes.« Sie lächelt gequält. »Na, wir wollen mal sehen.«

»Da darf man gespannt sein.« Lehmkühler nickt wissend. »Ich habe bei diesem hochgerühmten dänischen Koch vorgestern einen norwegischen Riesling serviert bekommen. Der war ... wie soll ich sagen ... ausgesprochen säurebetont.«

Jetzt steht Lehmkühler mit Hotelchefin Maggie zusammen, die mit dem Schimmelreiter eigentlich gerade die weitere Teppichlogistik besprechen will. Der Tester vom ›Grande Bouffe‹ ist heute Morgen hellhörig geworden, als die junge Merle beim Servieren des Frühstücks den Namen Melba fallen ließ.

»Frau Melba hat hier bei Ihnen gewohnt?«, will Lehmkühler noch einmal von der Hotelchefin bestätigt bekommen.

»Diese Frau Melba gibt es überhaupt nicht, das hat die Polizei ermittelt und uns gleich mitgeteilt«, entrüstet sich Maggie.

»Ich denke mal, das war meine Kollegin. Die steigt oft unter falschem Namen ab, damit man sie nicht als Restauranttesterin erkennt. Stroganoff oder Pückler. Melba war mir bisher unbekannt, aber das passt zu ihr.«

Seine Kollegin war vor zwei Wochen also auch hier abgestiegen, als sie das »Thor« besucht und diese enthusiastische Beurteilung geschrieben hat, die Lehmkühler nach seinem Besuch in dem Restaurant überhaupt nicht nachvollziehen konnte.

»Die Frau hat einen falschen Namen benutzt, ihre Hotelrechnung nicht bezahlt und ihr Gepäck stehen lassen.« Die Hotelchefin ist immer noch stinksauer.

»Dat Gepäck war in dem Raum, wo wir jetzt unsere Teppichrollen gelagert haben«, funkt der Schimmelreiter dazwischen, als könne dies den Verbleib von Lehmkühlers Kollegin klären.

»Die Sachen sind mittlerweile bei der Polizei.« Sonderlich erfreut scheint die Hotelière darüber auch nicht.

»Meinen Sie denn auch, dass Ihrer Kollegin etwas passiert ist?« Sie sieht den Restauranttester besorgt an.

»Keine Ahnung. Aber dass sie so einfach verschwindet und auch auf Mails nicht reagiert, ist eigentlich nicht ihre Art.«

»Na ja, dass mal jemand verschwindet, haben wir in Fredenbüll auch immer wieder mal«, raunt Schimmelreiter Hauke seiner neuen Bekanntschaft Merle zu.

»Hast du ja schon erzählt.« Merle lächelt ihn bewundernd an.

»Notizen, ein Notebook oder Tablet hat sie nicht zurückgelassen, oder?«, fragt Restauranttester Lehmkühler.

»Ach so, doch, das habe ich ganz vergessen.« Maggie bekommt einen regelrechten Schreck. »Ich hab noch ein Tablet von der Frau in unserem Tresor.« Maggie zögert. »Vielleicht sollten wir doch die Polizei informieren. Diese Kommissarin und ihr … ähhh … Assistent sind doch noch auf der Insel, oder?«

Der Schimmelreiter hat sofort Thies' Handynummer parat, und nach Maggies Anruf ist der Fredenbüller Polizeihauptmeister gleich zur Stelle.

Der Restauranttester klärt ihn als Erstes über den echten Namen seiner Kollegin auf. »Wir haben sogar ein Foto von ihr.«

Lehmkühler schlägt den ›Grande Bouffe‹ des letzten Jahres auf, der im Info-Bord des Hotels steht. Das Bild zeigt Frau Mayer auf einer Gala bei der Auszeichnung für den »Koch des Jahres«. Sie trägt ein schwarzes Abendkleid und im Scheinwerferlicht glitzernde Paillettenpumps.

»Dat Melba nich stimmt, hatten wir auch schon ermittelt. Also Mayer statt Melba«, fasst Thies zusammen.

Inzwischen hat die Hotelchefin das Tablet von Frau Mayer-Melba aus dem Tresor geholt. Merle stutzt und zeigt auf die rosarote Tasche. »Die hab ich neulich gesehen …«

»Ja, das ist der Computer von Frau Mayer«, erklärt Maggie.

»Ich hab jemand mit dieser Tasche im Hotelflur gesehen.« Merle stutzt und überlegt. »Aber das war nicht Frau Mayer, sondern ein anderer Gast. Ich glaub, das war ein Mann.«

»Wann war das?«, fragt Thies. »Und wer war das? Hast du ihn erkannt?«

»Das war, glaube ich, vor einer guten Woche, vermutlich als Frau Mayer hier war.« Merle ist die ganze Situation etwas unangenehm. »Ich kannte die Person nicht, ich hab sie nur ganz kurz gesehen, keine Ahnung. Mir ist vor allem dieses schrille Rosarot aufgefallen.«

Maggie sieht ihre Mitarbeiterin etwas ungläubig an. »Vielleicht hat ihr jemand die Tasche hinterhergebracht. Das muss nichts bedeuten. Das Tablet ist ja nicht gestohlen. Wir haben es ja hier.«

Mit dem Computer der vermissten Frau kann Thies allerdings im Augenblick nicht viel anfangen. Keiner kennt das Passwort.

»Wat sollen wir denn überhaupt damit?«, fragt er. »Wat soll da drauf sein? Brisantes Material?«

»Die Restaurantbewertungen meiner Kollegin«, verkündet Lehmkühler mit wichtiger Miene.

»Restaurant ... bewertungen?« Thies sieht ihn ungläubig an.

»Da warten die Restaurants in ganz Deutschland mit Spannung drauf. Die Köche zittern vor uns.« Lehmkühler zwinkert der Hotelchefin verschwörerisch zu. »Mich interessiert nicht nur, wo meine Kollegin abgeblieben ist. Vor allem würde ich gern wissen, wie sie zu ihrer enthusiastischen Kritik des ›Thor‹ kommt. ›Neuerfindung der nordischen Küche‹, na ja, so kann man es auch nennen. Vielleicht haben die Wikinger so etwas ja gegessen. Da sind auf ihrem Tablet möglicherweise noch ein paar aufschlussreiche Notizen.«

Thies hört bei Lehmkühlers kulinarischen Ausführungen gar nicht richtig hin. »Mal 'ne ganz andere Frage: Hat ihre Kollegin Frau Mayer-Melba eigentlich rosaorange lackierte Fußnägel? Dieselbe Farbe wie hier.« Er deutet auf die Computertasche.

Jetzt sieht Lehmkühler den Polizisten entgeistert an. »Dass sie eine Schwäche für japanisches Sashimi hat, kann ich Ihnen sagen. Aber die Farbe ihrer Fußnägel? Nein, wirklich nicht.«

Thies sieht sich das Foto noch mal genauer an. Aber die Fußnägel kann er nicht erkennen, nur die glänzenden Paillettenpumps.

50

Silke Zaluskowsi war zunächst wie gelähmt, als sie einen Blick in Pohlmanns stehengelassene Tasche geworfen hatte. Sie war randvoll mit Geldbündeln gefüllt. Erst hatte sie die Tasche, ohne sie genauer zu inspizieren, mit spitzen Fingern in ihrem verschließbaren Metallschrank deponiert, um sie Pohlmann zurückzugeben. Aber dann war sie doch zu neugierig und hat sich den Inhalt genauer angesehen. Die harmlos aussehende Tasche ist voller Bündel mit jeweils hundert Hunderteuroscheinen. Es sind fünfundzwanzig solche Geldbündel, wenn sie richtig gezählt hat, also zweihundertfünfzigtausend Euro. Silke war ganz schwindelig geworden. Sie kam sich vor, als hätte sie eine Bank ausgeraubt.

Pohlmann legt sich ja mächtig ins Zeug, denkt Silke, dass er so nebenbei mal eben eine Viertelmillion in einer Badetasche mit Kirschmuster vorbeibringt. Sie muss ihm das Geld schnellstens zurückgeben. Oder sollte sie stattdessen die Polizei informieren? Irgendwie jagt ihr dieser Sylter Bauunternehmer Angst ein.

Eben hat er schon wieder angerufen. Er will noch mal schnell vorbeikommen und die Touristikchefin zur Unterschrift eines LOI überreden. Silke und ihr Assistent Bendix mussten sich erst mal kundig machen, was das überhaupt bedeutet.

»Letter of Intent«, hatte Bendix gleich recherchiert. »Eine Absichtserklärung«, liest er vor. »Insbesondere im Vorfeld komplexer Unternehmenskäufe oder auch bei Immobiliengeschäften.«

Silke Zaluskowski hat überhaupt keine Muße, sich jetzt mit größeren Immobilientransaktionen auseinanderzusetzen. Auch das Tourismusbüro ist bei der großen Koch-Challenge voll eingespannt. Zu dem Ereignis sind etliche Gourmet-Touristen angereist. Die Veranstaltung ist Werbung für die Insel, das will Silke nutzen. Sie und Assistent Bendix, der für die Insel-Website, für Fotos und den Veranstaltungskalender zuständig ist, haben gerade alle Hände voll zu tun. Wo steckt eigentlich ihre Praktikantin Tadje? Im Augenblick gibt es wirklich Wichtigeres als Krabbenpul-Videos mit Rentnern zu drehen. Silke ist gestresst.

Sie hat Pohlmann nicht gleich abgewiesen. Er kann schon vorbeikommen, aber ihre Unterschrift bekommt er natürlich nicht. Stattdessen kann sie ihm dann gleich sein Geld wieder mitgeben. Sie schließt den Schrank auf, holt die Tasche heraus und stellt sie griffbereit auf den Tisch in ihrem Besprechungsraum. Bendix packt währenddessen seine Sachen für die Challenge heute Abend. Er soll Fotos machen und ein paar Werbebanner und Fahnen für die

Touristik aufstellen. Er verstaut die Kameraausrüstung in seiner Tasche.

»Sag mal, Bendix, hast du jetzt auch so ein Teil mit Kirschmuster?«, wundert sich Silke. »Scheint ja der ganz große Hype zu sein.«

»Weiß auch nicht, hab ich geschenkt bekommen«, brummelt Bendix. »Gestern von dem Vertreter von ›Beach and Bags‹. Ist im Augenblick angeblich der Megaseller, auch ganz groß im Internet in diesem Blog von …«

»In Tadjes Nordsee-Blog?«

»Nee, von dieser Bibi Barrakuda. Aber wo ist Tadje eigentlich? Die sollte mir doch bei den Werbebannern und so helfen.«

»Dreht wahrscheinlich wieder Videos mit Krabben pulenden Rentnern.« Frau Zaluskowski verdreht die Augen.

In dem Moment steigt Pohlmann vor dem Tourismusbüro aus seinem Graffiti-SUV und stampft in das Büro. Bendix holt die Werbebanner aus einem Geräteraum und bringt sie zum Auto. Dann kommt er kurz noch einmal ins Büro. Er nickt dem Bauunternehmer etwas widerwillig zu, schnappt sich seine Fototasche und verabschiedet sich Richtung Strand, wo die Vorbereitungen für die Koch-Challenge schon begonnen haben.

»So, verehrte Frau Zaluskowski, dann wollen wir mal zur Tat schreiten«, blökt Pohlmann gleich los.

»Sie bekommen auf jeden Fall erst mal Ihre Geldtasche

zurück.« Silke wirkt nervös. Sie zeigt ihre großen weißen Zähne. Aber ein Lächeln ist das nicht.

»Was haben Sie denn gegen diese Tasche mit dem hübschen …«, er wirft einen Blick auf die Tasche, »… Kirschmuster?« Er macht eine kurze Pause, die Silke wie eine Ewigkeit vorkommt. Pohlmann ist sich seiner Sache sicher. »Sie bekommen eine hübsche Summe. Steuerfrei. Mit dem Geld können Sie sich hier eine kleine Wohnung kaufen.«

»Vielleicht will ich das gar nicht«, gibt Silke schnippisch zurück. Ihr wird die ganze Situation immer unangenehmer.

»Es muss ja nicht unbedingt diese Insel sein.« Pohlmann grinst, und dann wird er auf einmal ernst. »Es ist für uns alle doch besser, wenn wir die Dinge finanziell regeln können. Das läuft doch wie geschmiert … sozusagen.« Er stößt einen kurzen dreckigen Lacher aus. Dann wird sein Ton bedrohlich leise. »Mit meiner dänischen Kollegin ist es ja nich ganz so reibungslos verlaufen.« Er sieht sie eindringlich an.

Silke bekommt es jetzt wirklich mit der Angst zu tun. »Wir können das sicher regeln … irgendwie«, versucht sie ihn zu beschwichtigen. »Wir bekommen das hin, ich bin da zuversichtlich. Aber erst mal bekommen Sie Ihr Geld zurück.« Sie schiebt die Tasche mit dem Kirschmuster zu Pohlmann hinüber.

Der Baulöwe will die Tasche erst gar nicht annehmen.

Aber dann öffnet er den Reißverschluss ein kleines Stück. Mit einem Mal schlägt seine joviale Selbstsicherheit in Erstaunen um. Im nächsten Augenblick grinst er sie aber schon wieder siegesgewiss an.

»Ich sehe, wir sind uns einig.« Sein kurzer bellender Lacher klingt schon etwas freundlicher. Silke starrt entsetzt auf die offene Tasche.

»Ist ja nett, dass Sie sich revanchieren wollen.« Pohlmann hat seinen jovialen Ton wiedergefunden. »Aber eine Fotoausrüstung habe ich bereits, und die Werbebroschüren der Insel kenne ich auch schon.«

51

Das Restaurant bleibt heute geschlossen. Aber die Küche steht unter Dampf. Mehrere Fischfonds sieden seit gestern auf dem Herd vor sich hin. Mohammed Bizou hackt Dünengras und Queller und löst Krebsfleisch aus den Schalen. Marko filetiert Steinbutt und probiert Soßen. Die Vorbereitungen für die Challenge gehen in die heiße Phase. Heute ist auch der Maître anwesend. Thor Skorgaard probiert das puristische Arrangement auf Tellern und verwittertem Strandgut. Er drapiert Gräser, Eiderentenfedern und Möweneier zu bizarren Stillleben.

Skorgaard will diesen Wettbewerb unbedingt gewinnen. Er glaubt, dies ist eine einmalige Chance für ihn. Die Challenge ist ein Heimspiel. Hier auf der Insel am Strand kann er seine Vorstellung von neuer nordischer Küche am eindrucksvollsten präsentieren. Und es ist vielleicht seine letzte Chance, sich noch einmal vor großer Kulisse zu beweisen. Seinen Zenit hat Thor überschritten, das weiß er, auch wenn er es nicht zugibt.

Marko hält Thor zum Probieren einen Teller hin, auf den er einen Löffel Soße gekleckst hat. »Willst du mal testen? Säure, Salz, Schärfe?« Er sieht ihn herausfordernd an.

Skorgaard probiert. Er schließt die Augen und schmeckt und schmatzt und schnauft. »Ein Spritzer Zitrone?« So ganz sicher scheint sich der große Meister nicht zu sein.

»Nee, das hat eher zu viel Säure.« Marko hebt die Augenbrauen und schüttelt den Kopf.

»Spiel dich hier bloß nicht so auf«, ranzt Skorgaard ihn an und klingt dabei auf einmal eher deutsch als dänisch. Wortlos wendet sich der Souschef wieder seinen Soßen zu, und Thor widmet sich den Tellerarrangements. Der Maître ist ohnehin angefressen. Der versprochene Weiße Heilbutt, den er bei der Challenge als großen Clou in unterschiedlichen Rezepturen servieren wollte, kommt nicht an Land. Hochseeangler Boy Boyksen, der ihm den Fisch liefern soll, ist seit zwei Tagen nicht erreichbar. Thor hat es über Funk immer wieder versucht.

Marko hat es schon lange satt. Er muss die ganze Arbeit machen, er kreiert die neuen Geschmackserlebnisse, und der große Guru Thor Skorgaard heimst die Lorbeeren ein. Dabei kann er kaum mehr etwas schmecken. Keine Süße, keine Säure, keine Textur. Thor versucht das zu verheimlichen. Aber es gelingt ihm immer weniger. Es wird immer schlimmer. Zuerst hat er ein Ceviche total verpfeffert, um es anschließend als neue Kreation zu verkaufen. Mittlerweile versalzt und verwürzt er alle Soßen. Bei den essigsauren Salatdressings zieht sich einem alles zusammen, die

Desserts dagegen sind so süß, dass sie im Gaumen kleben bleiben. Und Marko darf dann alles wieder ausbügeln.

Thor verliert zunehmend seinen Geschmackssinn. Marko hat das im Internet mal recherchiert, Ageusie nennt sich das, eine Krankheit, von der er bis dahin noch nie gehört hatte. Für einen Koch ist das natürlich besonders tragisch. Eigentlich müsste Thor ihm leidtun. Aber inzwischen ist Marko einfach nur sauer, weil sein Chef seine Krankheit leugnet und sich nach wie vor als der große Küchenzampano aufführt. Thor hat einige konzeptionelle Ideen gehabt. Aber eigentlich sind es seine Kreationen, eigentlich ist er längst Küchenchef im »Thor«.

Er hat ja immer schon mal so kleine Sabotageakte unternommen. Als diese Restauranttesterin neulich und vorgestern ihr Kollege im Lokal aufkreuzten, hatte Thor sie erkannt und seinen Souschef zu besonderer Präzision am Herd ermahnt. Darauf war Marko rein zufällig das Salzfass ins Essen gefallen oder die Essigflasche umgekippt. Thor schmeckte das alles nicht mehr. Die Restauranttesterin hatte das Gesicht verzogen und dann trotzdem eine Bombenkritik geschrieben. Wie hatte Thor das wieder hinbekommen? Aber die nächsten Kritiken werden vernichtend sein und die Beschwerden der Gäste wütender, da ist Marko zuversichtlich. Thor wird aufgeben und das Restaurant an ihn übergeben müssen.

Heute Abend könnte er einen wichtigen Schritt dazu

machen. Zusammen mit Giselle? Natürlich mit Giselle. Von Skorgaard hat sie sich bereits abgewandt, und dieser friesische Altfreak kann ja wohl auch nicht ihr Ernst sein. Und dann wird sie zu ihm zurückkehren, und zusammen werden sie das »Thor« zum besten Restaurant der Nordseeküste machen.

Marko kontrolliert die Hitze der köchelnden Fischfonds. Er wirft einen abschätzigen Blick auf Skorgaard, der am Serviertresen seine Salzwiesenkräuter zur Probe auf einem Stück Treibholz sortiert. Dann greift der Souschef in einen Korb, in dem er eine eigenwillige Mischung seltsamer Kräuter, Blüten und Früchte gesammelt hat, und zückt sein japanisches Kochmesser.

»Zauberkraut?!« Mohammed Bizou unterbricht das Hacken der Kräuter und blickt Marko fasziniert und gleichzeitig fragend an. Er tippt mit einem Finger in die gehackte Kräutermischung und will probieren.

»Achtung!«, hält der Souschef ihn gleich zurück. »Erst mal nur riechen.« Er schnuppert übertrieben, als müsse er Mohammed alles auch noch mit Gestik erklären. Dabei versteht der Marokkaner ihn sehr gut.

»Magische Mischung hier von der Insel«, raunt Marko ihm zu, als sei das ein Geheimnis, das nicht mal Skorgaard mitbekommen darf. »Nur wenig im Essen ist super, zu viel von den Kräutern ist nicht gut für Magen und Kopf.« Zur Veranschaulichung hält Marko sich den Bauch.

Diese Mixtur aus Hundspetersilie, Tollkirsche, Gartenbohne und rohen Holunderbeeren hat einen ungewöhnlichen, ganz eigenen Geschmack, und sie hat erstaunliche Wirkungen. In niedriger Dosierung schmeckt sie interessant, in mittlerer kann sie euphorische Rauschzustände und in hoher Dosis heftige Magenkrämpfe, Übelkeit und Schwindel auslösen. In einigen Fällen kann sie angeblich sogar zum Tod führen. So genau weiß Marko es auch wieder nicht. Auf jeden Fall ist es ein teuflischer Mix. Er kommt sich vor wie in einer Giftküche. Mohammed sieht ihm gebannt zu und grinst. Mit Öl, einem Löffel Senf und einem Spritzer Zitronensaft mixt Marko die Kräuter in unterschiedlicher Dosierung zu einem gefährlichen Pesto und Salatdressing. Er füllt es in mehrere kleine Behälter, die er gleich in einer Tasche verstaut. In eine andere Dose füllt er bittere Galle, die er verschiedenen Fischen entnommen hat. Er weiß selbst noch gar nicht so recht, wie er die unterschiedlichen Mixturen heute bei der Challenge einsetzen will.

»Als Koch musst du auf Inspiration vertrauen. Spontan«, raunt er Mohammed Bizou verschwörerisch zu.

52

Alle wollen heute Abend zur großen Challenge am Strand. Nur Thies und Nicole wissen nicht, ob ihre Polizeiarbeit das zulässt.

»Unsere Ermittlungen kommen jetzt in die heiße Phase«, verkündet Thies mit wichtiger Miene.

Auch Piet Paulsen ist nach dem denkwürdigen Dinner im »Thor« noch nicht ganz von der Koch-Challenge überzeugt.

»Gibt dat heute Abend bei dem TV-Dinner überhaupt wat zu essen? Und nich bloß wieder Wattwurm-Pafee.« Piet schüttelt sich angeekelt.

Für alle Fälle hat Antje etwas Proviant vorbereitet, den legendären Croque »Störtebeker« und für Piet ein Putensandwich mit ihrer Spezialsoße. Damit unterwegs die Soßen nicht ausgehen, hat die Imbisswirtin mehrere ihrer Dressings in kleine Dosen abgefüllt, die sie jetzt alle in ihrer Tasche mit dem Kirschmuster verstaut. Vor dem Kochevent pilgern die Fredenbüller nämlich noch auf einen Ausguck in den Dünen. Die Runde ist bester Laune. Tadje will eigentlich ein nächstes Video mit den beiden Rentnern drehen. Aber Knut Boyksen ist mit seinen Gedanken ganz woanders. Er macht sich zunehmend Sorgen um seinen Bruder Boy. Er hat ihn über Funk immer noch nicht erreicht. Seine größte Befürchtung ist gar nicht, dass ihm etwas passiert sein könnte, sondern dass er schon wieder eine seiner kriminellen Aktionen gestartet hat.

»Boy ist ja ziemlich dicke mit diesem Pohlmann.« Knut macht ein nachdenkliches Gesicht.

»Wat heißt dat denn?« Thies wird gleich hellhörig.

»Pohlmann geht über Leichen«, brummt Boyksen. »Der Alte war ja schon nicht ganz ohne. Den haben sie doch vor 'n paar Jahren hier auf der Insel tot hin und her transportiert.«

»Na klar, der Tote mit den Golfschuhen und den Burlington-Socken.« Nicole erinnert sich genau.

»Aber sein Sohn ist noch mal 'ne andere Nummer, wat man so hört. Wenn dat um seine Bauprojekte geht, kennt er wohl keine Skrupel.«

»Und was hat dein Bruder mit ihm zu tun?«, will die Kommissarin wissen.

»Tja, wenn ich dat so genau wüsste.« Knut nimmt die Schippermütze kurz ab und wischt sich den Schweiß von der Stirn. »Er hat für Pohlmann wohl so dat eine oder andere auf See entsorgt, wat man so hört.«

»Dat eine oder andere? Wat muss man sich darunter denn vorstellen?«, will Thies wissen.

»Ich weiß auch nich. Irgendwelches Baumaterial oder

sonst was, ich kann es nicht sagen. Mir erzählt er ja nix, und sagen lässt er sich von mir auch nichts.«

Thies und Nicole sind sich nicht ganz sicher, ob Knut wirklich nichts weiß oder ob er seinen kleinen Bruder nur schützen will. Thies' ehemaliger Chef wird auf einmal reichlich wortkarg.

»Hat Knuts Bruder Boy mit unserem Fall zu tun?«, fragt Thies seine Kollegin, als die beiden zu ihrem Auto gehen.

»Entsorgen klingt schon irgendwie komisch. Und ob das wirklich nur Baumaterialien sind?« Nicole weiß auch nicht, was sie von Knuts Bemerkung halten soll. »Auf jeden Fall sollten wir uns diesen Pohlmann mal vornehmen.«

Als die beiden im Auto sitzen, meldet sich Mike Börnsen aus Kiel mit dem Ergebnis des DNA-Testes der Fußnägel aus den Teppichresten, die sie zur Spurensicherung geschickt hatten. Das Resultat ist eindeutig. Mit einer Wahrscheinlichkeit von fast hundert Prozent stammen die Nagelschnipsel von der Frau, deren Fuß angespült wurde.

»Der Fuß mit den lackierten Nägeln gehört also zu dieser Restauranttesterin, die im ›Halligblick‹ verlorengegangen ist«, folgert Thies messerscharf.

»Habt ihr euch die Wundränder, an denen der Fuß abgetrennt wurde, noch mal genauer angesehen?«, will Nicole von dem Kieler Kriminaltechniker wissen.

»Der Stumpf ist halb gerissen, halb abgeschnitten«, antwortet Börnsen aus dem laut gestellten Handy. »Carstensen hatte ja schon eine Schiffsschraube in Verdacht.«

»Schiffsschraube?! Also doch!« Thies blickt auf das Handy der Kollegin, als seien damit alle Unklarheiten beseitigt. »Bleibt nur die Frage, Unfall oder Mord?« Jetzt sieht Nicole Thies an.

»Mord! Eindeutig!« Daran besteht für den Fredenbüller Dorfpolizisten kein Zweifel.

»Habt ihr das Tablet, das ich euch geschickt habe, eigentlich inzwischen geknackt?«, will Nicole dann noch von dem Spusimann wissen.

»Nee, weiß auch nicht.« Börnsen klingt ungewöhnlich kleinlaut. »Wir haben alles Mögliche versucht, ›Grande Bouffe‹ in verschiedenen Varianten eingegeben, ›Melba‹ rauf und runter und … keine Ahnung.«

»Sie heißt auch gar nicht Melba, sondern Mayer und ist Restauranttesterin«, klärt Nicole den Kollegen auf.

»Marion Mayer«, wiederholt Börnsen. »Wie schreibt sich das?«

»Mit AY.«

Aus dem Lautsprecher ist undeutlich das Klackern einer Tastatur zu hören. »Nee, bei Mayer passiert auch nichts.«

»Einen Moment mal!« Auf einmal sitzt Thies aufrecht im Beifahrersitz. »Wie heißt diese Katze von Madame? Foodie! Börnsen, gib mal ›Foodie‹ ein.«

Es klappert weiter auf der Tastatur.

»Dat heißt übersetzt wohl so viel wie Feinschmecker.«
Thies kostet es aus, dem Spusimann eine kleine Nachhil-
festunde zu geben.

»Ich hab's, ich bin drin.« Börnsen triumphiert gleich
wieder, als hätte er das Passwort gefunden.

Es entsteht eine Pause. Die beiden lauschen.

»Was ist auf dem Computer drauf?«, will Nicole sofort
wissen.

»Hier ist eine ganze Reihe von Dateien gelöscht worden.
Aber nicht alles.« Börnsen tippt weiter auf dem Tablet herum. »Da ist noch allerlei auf der Festplatte, Fotos, Videos,
Worddateien … hier ist auch etwas über dieses ›Thor‹, von
dem ihr erzählt habt. Liest sich wie eine Restaurantkritik.«

»Und? Was steht da? Wie ist die Kritik?«

»Ziemlich begeistert. Neuerfindung der nordischen Küche … und so. Also Frau Mayer-Melba war echt angetan.«

»Du sagst, da sind auch noch andere Dateien? Vielleicht
Notizen oder Stichworte?«, will die Kommissarin weiter
wissen.

»Das muss ich erst mal in Ruhe alles sichten. Das dauert
'n bisschen«, mault Börnsen.

»Sieh dir das bitte mal genauer an«, fordert Nicole den
Kriminaltechniker auf. »Da gibt es noch Hinweise, das hab
ich im Gefühl.«

»Die beiden toten Frauen, dat is ein Fall«, meint Thies,
nachdem Nicole das Telefonat beendet hat.

»Meinst du? Ein Bootsunfall, möglicherweise mit einer Schiffsschraube, und eine dänische Immobilienmanagerin, vergraben in den Dünen? Ich kann da keine Gemeinsamkeiten erkennen.« Die Kommissarin sieht ihn fragend an. »Wie kommst du darauf?«

»Intuition und Erfahrung.«

53

Am Strand von Norddorf sind die Vorbereitungen für die Challenge in vollem Gange. Das Fernsehteam baut gerade sein Equipment auf und lässt sich dabei von mehreren kleinen Jungs in Badehose bewundern. Die Bühnenarbeiter installieren Tische und Anrichten in Treibholzoptik, außerdem mobile Herdelemente mit Gaskochern, Grilltische und einen batteriebetriebenen Weinschrank. Mehrere Servicedamen und Männer in weißen Hemden bringen Geschirr, Wasserkrüge, kleine Probierteller und Schalen. Ganze Tische voller Weingläser bekommen die letzte Politur und glitzern im Licht des sommerlichen Spätnachmittags. Im Augenblick herrschen Temperaturen wie an der Adria. Es soll sonnig bleiben, aber für den Abend sind heftige Böen aus Südwest vorhergesagt.

Bendix hat seine Fotoausrüstung vorübergehend bei einem der Kameraleute deponiert. Er stellt Bänke und Werbebanner auf. Außerdem deponiert er Sitzkissen in einer Holzbox. Er ist ziemlich sauer, dass Tadje nicht erschienen ist, um ihm zu helfen, und stattdessen ihren Freund Lasse geschickt hat. Lasse stellt sich nicht besonders geschickt an. Das gerade von ihm aufgestellte Banner wird gleich von einer ersten Böe über den halben Kniepsand gefegt, dass die Badegäste in Deckung gehen müssen.

Die Jury ist noch nicht eingetroffen, und auch Thor Skorgaard und sein Team sind noch nicht am Strand erschienen. Dafür bereiten die drei Küchenstars von außerhalb sich schon auf ihre Präsentation vor. Der Berliner Sternekoch Martin Sauerland, der mit drei Assistenten und einem Sommelier angereist ist, baut auf einem Tisch einen halben Haushaltswarenladen mit unzähligen Schalen, Schneebesen, Tiegeln, Mörsern und Messern auf. Grillgroßmeister Tom Ruff schraubt und schrubbt an dem gigantischen Grill herum und mariniert Grillgut für ein »Surf and Turf« aus Krebsen und Lammkoteletts, mit dem er gleich ins Rennen gehen will. Laura, die Vertreterin der »pflanzenbasierten Naturküche«, wie sie es nennt, blickt angeekelt auf die blutigen Fleischberge und füllt Gemüseschalen und andere Abfallprodukte in einen großen Topf, um eine Suppe daraus zu kochen.

»Zero Waste«, haucht Laura dem staunenden Griller Tom entgegen. »Kochen, ohne Abfall zu produzieren. Lebensmittelanbau, Küche und Essen als einen Kreislauf begreifen. Ich verwerte alles wieder.«

»Du hast jetzt deine Küchenabfälle hier auf die Insel mitgebracht?« Tom kann es nicht fassen.

»Das ist hier natürlich eine andere Situation als normalerweise.« Laura lächelt ihn mitleidig an. »Hier haben wir unseren Kreislauf mal verlassen.«

Maître Sauerland hat für seine Konkurrenten nur einen abschätzigen Blick übrig Er schüttelt den Kopf, instruiert seine Assistenten und diskutiert mit dem Sommelier die Weinbegleitung.

Auf einem Tisch am Rande werden derweil die Kochbücher der Teilnehmer drapiert. Martin Sauerlands ›Küchen Essenz‹, Tom Ruffs martialisch aufgemachter ›Gangsta Grill‹ und gleich stapelweise ›Das Magen-Mantra‹ von Laura Wilson.

»Oh, Laura, können Sie mir da was reinschreiben?« Eine Frau im wallenden Sommerkleid kommt auf die Naturköchin zu und hält ihr ein bereits gelesenes Exemplar des Bestsellers entgegen.

»Eine Widmung?«

»Oh ja, das wäre schööön.« Das Walle-Walle-Kleid wirft einen interessierten Blick in den großen Gemüsetopf, in dem es aussieht wie in der Biotonne.

»Toll.«

Jetzt wollen auch die Jungs in Badehose unbedingt in den großen Topf sehen, werden von Laura aber mit sanfter Stimme und ganz behutsam daran gehindert. Mehrere Surfer bleiben mit ihrem Board stehen und fragen, was hier veranstaltet wird. Lifeguard Hörbi, der jetzt auch dazukommt, weiß natürlich Bescheid. Am Ufer kommen noch ein paar Badende aus dem Wasser. Das Strandleben geht in die abendliche Koch-Challenge über.

Die männlichen Jurymitglieder sind immer noch nicht erschienen. Nur Sommelière Paula Botzet-Zisch hat als Aperitif bereits einen Wein im Glas, den ihr der Kollege des Berliner Gourmettempels spendiert hat.

»Ein leichter Sommerwein. Wunderbarer Trinkfluss.«

54

»Warum haben wir uns noch nicht richtig um diesen Pohlmann gekümmert?«, fragt Thies entrüstet, als er mit Nicole im Auto über die Insel fährt. »Auf dem Auge waren wir blind. Dat is unser Mann!«

Die Kollegin sieht ihn prüfend an.

»Pohlmann will hier bauen. Dabei is ihm die dänische Immobilientante dazwischengekommen, und die hat er dann aus dem Weg geräumt.« Thies überlegt. »Dat heißt, wahrscheinlich hat das Knuts Bruder Boy mit seinem Kutter übernommen. Stichwort Entsorgung.«

»Die Dänin Smilla haben wir am Strand gefunden. Wie soll sie dahin gekommen sein, wenn Boy Boyksen sie auf See über Bord geworfen hat?«

»Als Strandgut angespült? Wie der Frauenfuß auch.« Überzeugt klingt Thies aber nicht mehr.

»Bei der toten Restauranttesterin mit dem abgetrennten Fuß könntest du recht haben. Schiffsschraube, da könnte Knuts Bruder beteiligt sein.«

»Und die Dänin hatte doch auch diese Verletzungen am Fuß«, überlegt Thies. »Wenn dat nich der Weiße

Heilbutt war, dann vielleicht die Schiffsschraube … Boy Boyksen und Pohlmann stecken unter einer Decke.«

»Aber was hat der Sylter Baulöwe mit der Restauranttesterin zu tun, kannst du mir das mal verraten?«

»Ja, hast du auch wieder recht.« Der Dorfpolizist bekommt seinen Kuhblick. Er gerät mit den beiden toten Frauen gerade etwas durcheinander.

»Wenn beides Mord war …«, setzt Nicole an.

»Dat war Mord!« Da ist sich Thies nun wieder ganz sicher.

»… dann haben wir vermutlich zwei Mörder«, bringt Nicole den Satz zu Ende. »Und für die Dänin ist Pohlmann hochverdächtig.«

»Außerdem müssen wir uns auch noch mit diesem Umweltpiraten, von dem Tadje immer erzählt, unterhalten.«

Die beiden Polizisten wissen allerdings nicht, wo sie nach den beiden suchen sollen. Im Steenodder Hafen, wo das »Kommando Käpt'n Ahab« auf einem alten Gaffelboot nächtigen soll, treffen sie nur ein paar nette junge Leute der nicht militanten Fraktion von »Dienstag für Dorsche«. Die freundlichen Umweltschützer wollen die beiden Beamten gleich zu einem Kräutertee einladen, aber neue Informationen haben sie nicht.

»Keine Ahnung«, beteuert eines der Mädchen. »Sascha tobt die ganze Zeit auf der Insel rum … und … echt keine Ahnung …« Sie will offenbar nicht wirklich damit rausrücken, was sie von ihm hält. »Ist schon irgendwie schräg drauf.«

»Aber er ist noch auf der Insel?«, fragt Nicole nach.

»Weiß auch nich. Ich glaub schon. Auf jeden Fall finden Sie ihn im Internet.«

»Wir wollen nich chatten, wir ermitteln in zwei Mordfällen«, pflaumt Thies das Mädchen an, das daraufhin ganz blass wird. Nicole sieht ihren Kollegen strafend an.

So kommen sie jedenfalls nicht weiter. Sie wissen immer noch nicht, wo sie nach Käpt'n Ahab Sascha suchen sollen.

Und auch der Baulöwe ist nirgends aufzutreiben. Wen sie auch fragen, alle haben sein Auto gerade irgendwo gesehen. Der dicke schwarze SUV mit den signalfarbenen Graffiti ist schließlich nicht zu übersehen. Nur Thies und Nicole können die Kiste nirgendwo sichten. Will Pohlmann einer Befragung ausweichen? Ist er sogar auf der Flucht vor ihnen, weil er befürchtet, verhaftet zu werden? Auch bei Silke Zaluskowski kommen sie nicht weiter, als sie in ihr Büro reinschneien. Die Touristikchefin hält sich auffällig bedeckt.

»Sie stehen doch mit ihm in Verhandlungen über den Verkauf des Kinderheimes?«, fragt Nicole. »Oder sind diese Verhandlungen schon abgeschlossen?«

Thies entdeckt in dem Moment auf ihrem Schreibtisch ein Schriftstück, auf dem er den Namen Pohlmann entziffern zu können glaubt.

»Nein, wie Sie schon sagen, wir stehen in Verhandlungen.« Silke Zaluskowski druckst herum. Dabei verdeckt sie das Papier auf dem Schreibtisch mit einer Inselbroschüre und gibt sich dabei alle Mühe, es zufällig aussehen zu lassen. »Ich hab jetzt wirklich keine Zeit, gleich beginnt die Koch-Challenge. Da werden von mir ein paar Begrüßungsworte erwartet, und ich würde mir gern noch etwas anderes anziehen.«

»Und wissen Sie, wo er hier auf Amrum übernachtet?«, fragt Nicole.

»Nein, soviel ich weiß in der Ferienwohnung eines Bekannten. Aber fragen Sie mich nicht. Und jetzt muss ich wirklich …« Silke wirkt nervös und fahrig.

Thies und Nicole werden nicht ganz schlau aus ihr. Will sie Pohlmann schützen? Ist sie selbst in einen krummen Immobiliendeal und vielleicht sogar in einen Mord verwickelt? Die beiden patrouillieren die kleine Insel noch einmal rauf und runter und fahren die Parkplätze ab. Aber Pohlmanns Auto ist nirgendwo zu sehen und der Umweltaktivist Sascha erst recht nicht. Dann meldet sich der dänische Kollege Morton Jensen aus Tondern. Er hat weitere Details zu Smilla Söland beziehungsweise zu ihrem Bruder Börre und seinem tödlichen Verkehrsunfall.

»Es ist eine seltsame Fall. Dieser Börre Söland saß auf dem Fahrersitz, aber er ist vermutlich gar nicht gefahren«, tönt Jensen unvermittelt aus der Freisprechanlage.

»Wie soll dat denn gehen?« Thies schüttelt den Kopf.

»Die Kollegen haben seine Blut auf der Beifahrerseite nachgewiesen. Sie vermuten, dass man ihn erst nach dem Unfall auf dem Fahrersitz platziert hat. Und seine Unfallverletzungen waren sehr wahrscheinlich nicht tödlich. Die Spezialisten untersuchen das noch. Sie glauben, er ist erstickt.«

»Auf'm Beifahrersitz erstickt?« Thies kann sich nur wundern.

»Das ist jetzt in die Sparte ›Ungelöste Fälle‹ und bei mir gelandet. Der Unfall is nämlich gar nicht in Kopenhagen, sondern in Jütland passiert. Ich meld mich, wenn ich mehr weiß.« Dann ist die Leitung zu Morton Jensen unterbrochen.

»Nicole, wat haben wir mit dem dänischen Fall zu tun?« Thies war schon damals bei ihren gemeinsamen Ermittlungen nicht sonderlich gut auf Morton Jensen zu sprechen. Dass Nicole ein bisschen für ihn schwärmte, hatte ihm überhaupt nicht gefallen. »Nix gegen Amtshilfe. Aber der soll die ungelösten Fälle in seinem schimmeligen Keller mal schön selbst lösen.«

55

Silke Zaluskowski hat knallroten Lippenstift aufgelegt und trägt jetzt einen weißen Hosenanzug, als wolle sie zu einer Kreuzfahrt auf der »Queen Mary« in See stechen. Die Tasche mit dem Kirschmuster passt nicht recht zu ihrem Outfit. Eigentlich müsste sie schnellstens Bendix' Fotosachen gegen ihre Tasche mit dem Geld austauschen und sie Pohlmann zurückgeben. Aber sie hat jetzt keine Zeit, sich um die Tasche zu kümmern. Die vier Köche und auch die Jury stehen am Rand schon für ihren Auftritt bereit. Um die Strandküche herum sitzen mit einigem Abstand ein paar hundert Zuschauer. Die Produktionsleiterin, der Regisseur und ein Techniker stürmen auf Silke ein, um sie zu verkabeln und ihr nebenbei ein paar Hinweise zu geben. Gleich soll sie ihre Begrüßungsworte sprechen. Die Sache mit den Taschen lässt sich im Augenblick wirklich nicht regeln. Außerdem ist Pohlmann nirgends zu entdecken. Dabei wollte er doch heute Abend kommen. Und ihr Assistent Bendix steht mit Tadjes Freund Lasse fasziniert bei einem der Kameraleute und lässt sich in die Fernsehtechnik einweisen. Hat er denn noch gar nicht gemerkt, dass er sich die falsche Kirschtasche geschnappt hat? Wo ist die Tasche mit dem Geld?

Im selben Augenblick entdeckt Silke überall die Taschen mit dem Kirschmuster. Etliche Zuschauer haben dieses idiotische Ding. Ihr wird schwindelig. Es ist zum Wahnsinnigwerden. Sie muss sich konzentrieren. Die Produktionsleiterin instruiert das Publikum, wann es zu klatschen hat. Und der Fernsehregisseur gibt ihr schon Zeichen, dass es gleich losgehen soll. Silke wird immer nervöser. Was macht sie hier eigentlich? Wo ist ihr Zettel mit den ganzen Namen der Köche und Jurymitglieder? Und dann zählt der Regisseur den Start der Sendung herunter.

Silke Zaluskowski betritt die als improvisierte Bühne ausgelegten Bohlen. Dabei verfängt sie sich kurz mit einem Absatz zwischen den Holzbrettern. Vielleicht hätte sie heute Abend doch lieber auf die Pumps verzichten sollen. Das Publikum klatscht eine Spur zu enthusiastisch. Bei den ersten Sätzen hat sie noch ein leichtes Zittern in der Stimme. Sie hat zwar schon oft im Fernsehen zu touristischen Themen kurze Interviews gegeben, aber hier kommt sie sich auf einmal wie in einer großen Fernsehshow vor. Als sie die Namen der eingeladenen Starköche unfallfrei herausgebracht hat, legt sich die Aufregung und sie kann die Situation sogar genießen. Die vier Köche marschieren mit ihrer Entourage auf, winken in die Kameras und ins Publikum und bauen sich hinter dem Küchenequipment auf. Die Scheinwerfer strahlen gegen den Sonnenuntergang an. Die Fernsehleute sind mit den Bildern hochzufrieden und zeigen sich gegenseitig den nach oben gestreckten Daumen.

Tadje hält die Szenerie auf einem Video mit ihren beiden Stars Piet und Knut fest, die auf Anhieb Kultstatus genießen. Die Klicks und Kommentare gehen im Sekundentakt ein und sind kurz davor, »Bibi Barrakuda« zu überrunden. »Geil – geil – geil. Piet und Knut, haut rein«, schreibt Svenja aus Bad Segeberg. »Von mir ein mega-fettes Like!«

Auch die anderen Fredenbüller sitzen mittlerweile im Publikum. Antje hat immer noch ihre Proviantasche mit einem halb gegessenen Croque »Störtebeker« dabei. Susi sieht zu Bounty hoch, ob er für sie ausnahmsweise was Süßes dabeihat. Aber Bounty himmelt Giselle an, die gerade die Weine für das Menü prüft. Finn kann von Antje nur mit Mühe daran gehindert werden, die Kochbühne zu stürmen. Der Schimmelreiter und seine Freundin Merle sitzen ein paar Reihen weiter. Merle kann ihre Augen gar nicht von dem dänischen Koch Thor lassen. Hauke ist schon leicht irritiert.

Thies und Nicole stehen etwas abseits. Sie sind noch mitten in Überlegungen zu ihren Mordfällen und halten vergeblich nach Pohlmann und Sascha Ausschau. Auf das kulinarische Spektakel können sie sich gar nicht recht einlassen.

Oberlangweilerin Birte Birkenstolz und ihre beiden Abtrünnigen Martina und Tanja, denen mal wieder nach etwas Abwechslung ist, verfolgen fasziniert die Szenerie. Und auch der Nackte ist mit dabei, nachdem die Produktionsleiterin ihn überreden konnte, wenigstens eine Hose überzuziehen.

Die Gasflammen der Kochstellen werfen kleine bläuliche Lichtkränze in die Dämmerung, und auf dem großen Grill glüht die edle japanische Holzkohle.

»Grillen ist auf der Insel verboten!«, keift der nicht mehr ganz Nackte, der in seinen Shorts kaum wiederzuerkennen ist.

»Keine Panik«, ruft Baywatcher Hörbi ihm beruhigend zu.

Die Jury verkostet die ersten gegrillten Sardinen von Tom Ruff.

»Sehr schöne Röstaromen«, befindet »Meer oder weniger«-Kolumnist Hajo Golecki.

»Sieht wunderhübsch aus«, findet auch Moderatorin Jasmin Schlumberger. Die Fische werden in Großaufnahme auch auf dem Monitor gezeigt, was im Licht der untergehenden Sonne allerdings kaum zu erkennen ist.

»Na ja, dass er den Fisch auf dem Grill nicht verkokelt, sollte man schon voraussetzen können.« Lutz Lehmkühlers Begeisterung hält sich in Grenzen.

»Thor Skorgaards Team serviert jetzt ein sechs Stunden bei zweiundsechzig Grad gegartes Möwenei auf einer Julienne aus Seetang angerichtet«, verkündet Moderatorin

Jasmin Schlumberger. Ihre Stimme überschlägt sich vor Begeisterung fast.

»Mal wat anderes«, findet Piet Paulsen.

»Mein Geheimrezept für die Eier is ja: fünf Minuten bei hundert Grad.« Antje muss selbst grinsen.

»Das Möwenei hat eine sehr schön gallertartige Konsistenz«, befindet Golecki. »Nur der Seetang ist etwas bitter.«

»Bitter? Der ist regelrecht gallig.« Lehmkühler verzieht das Gesicht. »Was ist da drin? Verdorbene Fischgalle? Das ist doch bestimmt anders gedacht.«

Skorgaard windet sich in seinem akkurat gebügelten schwarzen Kochshirt. Er zieht die Ärmel hoch, dass sein Wikingertattoo zu sehen ist.

Imbisswirtin Antje verfolgt dies alles interessiert. Nicole und auch die Männer aus der Fredenbüller Runde sind nicht ganz so fasziniert. Nur Haukes Freundin Merle mustert den dänischen Koch immer wieder. Irgendwie kommt er ihr bekannt vor, vermutlich aus irgendeiner Kochzeitschrift. Und dann deutet Knut Boyksen auf einmal zum Wasser.

»Wat is dat denn? Da is er ja!« Für seine Verhältnisse klingt er richtig aufgeregt.

Thies dreht sich zum Wasser. »Der Krabbenkutter?«

»Nee, dat is die ›Margarethe‹ von meinem Bruder.«

»Zurück von großer Fahrt?« Nicole grient.

»Aber wat macht der da?«, fragt sich Knut. »Der ist viel

zu nah am Sand. Wenn der so weitermacht, läuft er gleich auf. Is dat überhaupt Boy im Steuerhaus? Sieht irgendwie nich danach aus.«

Illegale Fracht, schießt es Thies sofort durch den Kopf. Zusammen mit Knut und Nicole verlässt er die Challenge, um zum Tonnenhafen zu fahren.

56

Thies, Nicole und Knut Boyksen glauben, sie sehen nicht richtig, als sie die letzte Kurve zur Hafeneinfahrt nehmen. Die »Margarethe« läuft gerade deutlich schlingernd in die Hafeneinfahrt ein.

»Wer ist denn da am Steuer?«, fragt Knut aufgeregt.

Thies sieht zu dem kleinen Fischkutter. »Das is nich Boy, dat ist dieser Ozean-Professor aus Kiel.«

»Wat is mit Boy?«, fragt Knut. »Nicole, fahr den Wagen mal gleich weiter auf den Anleger!«, weist er die Kommissarin an. Er steigt, so schnell es irgendwie geht, aus.

»Können Sie 'n Boot anlegen?«, ruft er dem Ozeanografen im Steuerhaus zu.

Es sieht gerade nicht danach aus. Die »Margarethe« schrammt mit der Steuerbordseite an der Kaimauer entlang. Immerhin hat sie das Tempo reduziert. Knut ruft schnell zwei Leute von dem am Kai liegenden Seenotkreuzer heran. Die beiden sind sofort auf der Mole, und einer springt gleich an Bord der »Margarethe«.

»Scheiße! Achtung! Das Boot, verdammter Idiot«, kommt ein wimmerndes Schimpfen hinter der Backskiste hervor.

Knut erkennt die Stimme seines Bruders sofort. »Boy, wat ist mit dir? Wat is mit ihm?«

»Er ist schwer verletzt«, ruft Dreyfuß. Jetzt können die drei sehen, dass die Reling an einer Seite eingerissen ist.

»Was ist passiert?«, ruft Knut. »War dat der Fisch?«

Thies und Nicole stehen etwas hilflos daneben.

»Ja, der Fisch.« Boys Stimme ist gegen das Tuckern des Kuttermotors kaum zu hören. »Aber meine Verletzung, das war dieses oberschlaue Professoren-Arschloch, der hätte uns fast beide umgebracht.«

»Halt, halt, halt, er wollte mich umbringen und gleich in der Nordsee entsorgen … so wie er vorher schon den einen oder anderen entsorgt hat«, ruft Dreyfuß, der ebenfalls eine Verletzung am Kopf hat, aus dem Steuerhaus dazwischen.

Knut und die beiden Seenotretter haben den alten Kutter inzwischen festgemacht. Knut sieht sofort nach seinem Bruder. Thies und Nicole kommen auch dazu. Sie begutachten die Wunde über dem Ohr. Boys Gesicht und auch sein Hemd sind blutüberströmt. Er stöhnt leise vor sich hin und wirkt reichlich weggetreten.

»Wie ist das passiert?«, will Nicole wissen. Boy antwortet nicht. Es sieht aus, als würde er jeden Moment ohnmächtig.

»Hast doch gehört, der Fisch«, antwortet Thies stattdessen.

»Was ist geschehen?«, wendet sich Nicole an Dreyfuß, der jetzt dazugekommen ist.

»Der Fisch hat uns angegriffen, aber vor allem hat unser Käpt'n hier mich angegriffen. Er hat mich im Schwitzkasten gehabt, und dann sind wir quer über das Deck gerutscht, und er ist mit dem Kopf an der Backskiste gelandet.« Der Professor wirkt erschöpft und gleichzeitig nervös. Boy gibt nur ein müdes Ächzen von sich. »Wollte mich über Bord gehen lassen, weil ich etwas von seinen Entsorgungen mitbekommen oder geahnt habe.«

»Entsorgungen?« Thies ist elektrisiert.

»Er hat wohl ganze Asbestdächer in der Nordsee versenkt, für einen Bauunternehmer von Sylt, soweit ich das mitbekommen habe.«

»Heißt der vielleicht Pohlmann?«, fragt Nicole.

»Pohlmann? Ich weiß nicht, ich hab mir nur Sylt gemerkt.« Der Professor wird immer müder.

Nicole sieht zu dem schwerverletzten am Boden liegenden Hochseeangler hinunter. Aber Boy sagt im Augenblick gar nichts mehr. Er stöhnt nur.

»Er muss sofort ins Krankenhaus.« Knut sorgt sich um seinen kleinen Bruder. Er hat bereits den Unfallwagen gerufen. »Und dann muss er gleich nach Föhr ausgeflogen werden.«

Während sie auf den Unfallwagen warten, wendet sich die Kommissarin noch einmal an den Professor. »Sie sagten eben etwas von Entsorgungen, also mehreren?«

»Ich hab ihn auch immer wieder danach gefragt. Auf unserer Fahrt gab es auch nachts noch mal so einen seltsamen Funkspruch, den ich aber nicht verstehen konnte. In seiner halben Ohnmacht eben hat er etwas von einer Frau fantasiert, die er nachts mit dem Boot auf die See rausgefahren hat.«

»Die Frau ohne Fuß?«, fragt Thies gleich nach.

»Eine Frau ohne Fuß? Davon war jetzt nicht die Rede.« Dreifuß zupft an seinem Bart.

»Oder die Dänin aus dem Sand? Oder beide?«, hakt Thies nach.

»Ich weiß nicht, ob es von Bedeutung ist«, fällt dem Professor ein. »Aber als ich bei unserer Abfahrt meine Sachen im Boot verstaut habe, hatte ich so einen einzelnen Damenschuh gefunden. So einen Pumps mit glänzenden Pailletten und einem goldenen Riemen.«

Thies ist plötzlich wie elektrisiert. »Knut, ich glaub, wir müssen deinen Bruder verhaften.«

»Nein, der muss ganz schnell ins Krankenhaus, siehst du dat nich?«, protestiert Knut. »Und dann erst mal befragen, wat er da überhaupt transportiert hat.« Boyksen schüttelt den Kopf. »Thies, dat is dat Einmaleins der Polizeiarbeit.«

Weiter kommen die beiden ehemaligen Kollegen in ihrem kleinen Disput gar nicht. Nicoles Handy klingelt dazwischen. Der dänische Kollege Morton Jensen ist zu später Stunde noch mal dran.

»Ich hab wieder Neuigkeiten zu eure tote Smilla beziehungsweise von ihre ebenfalls tote Bruder Börre.«

»Wat will der schon wieder?« Wenn es nach Thies ginge, sollte sich der Däne aus ihren Vermittlungen schön heraushalten.

Nicole ist da offenbar anderer Meinung. »Morton, ich ruf dich gleich zurück.«

57

Die Sonne ist fast untergegangen. Eine schmale rote Sichel versinkt gerade im Meer. Tom Ruff, Giselle, Laura Wilson und Martin Sauerlands Assistent reichen jetzt kleine Teller und Schälchen mit verschiedenen Amuse-Gueules als Snack an die Zuschauer. Sauerlands Matjesmousse mit mariniertem Queller, in kompostierten Zitronenschalen gegarte Karottenscheiben mit Wildkräutern von Laura Wilson und sautierte Quallen unter einem Salat wilder Beeren und Kräuter der Insel aus dem »Thor«.

»Guck mal, die essen Quallen!«, quiekt Finn. Nicoles Sohn sitzt inzwischen bei seinem Freund Karlchen aus dem Kinderheim und Heimleiter Krüß, der mit mehreren Kindern eine Exkursion zu der Veranstaltung gemacht hat.

»Qualle, igitt!«, kreischt Langweilerin Tanja angeekelt.

»Du musst die Qualle einfach weglassen und nur die Kräuter mit dem tollen Pesto essen«, rät Mitstreiterin Martina. »Die schmecken echt … ähhh … interessant.«

»Krass, die Kräuter«, findet auch der blasse Lasse, der inzwischen mit den Langweilerinnen zusammensitzt.

»Wir haben in unserem Restaurant einen Kräuterspür-hund«, erklärt Giselle auf der Bühne. »Der spürt auf

Kommando alle möglichen Kräuter auf. Wenn ich sage ›Bei Fuß!‹, dann kommt er nicht zu mir, sondern sucht Beifuß.« Giselle blinzelt lachend in die Kamera. Bounty schmachtet sie an und Susi spitzt die Ohren.

»Da sollten wir beiden uns vielleicht auch mal auf die Suche machen, was, Susi? Mal sehen, was wir für Kräuter finden.« Der Fachmann für halluzinogene Pflanzen und Pilze schmunzelt in sich hinein. Susi sieht ihn mit schief gelegtem Kopf fragend an.

»Wundervoll! Echte Outdoor-Kulinarik«, kiekst Moderatorin Schlumberger begeistert in ihr Headset. »Das Wilde tut uns gut. Das ist einfach verlorengegangen.« Sie zwinkert in die Kamera. »Und jetzt haben wir es wiedergefunden. Toll!«

»Kräuter sind die Sterne des Bodens«, schwelgt Naturköchin Laura. »Wir müssen sie nur zum Leuchten bringen.«

»Dann bringen sie auch dich zum Leuchten«, kichert Bounty in sich hinein.

»Wir hier auf den billigen Plätzen wollen ’n büschen wat Gegrilltes«, ruft Bademeister Hörbi Richtung Showtresen.

An der Treibholz-Getränketheke verkostet Paula Botzet-Zisch den legendären norwegischen Riesling, den Skorgaard zu seinen Kreationen reicht.

Paula atmet, beißt und gurgelt den Wein. »Ausgeprägte, sehr kräftige Säure«, befindet die Sommelière.

»Wat hab ich gesagt.« Piet Paulsen fühlt sich bestätigt. »Dat is definitiv nich mein Getränk und von Madame offenbar auch nich.«

»Steinige Note«, urteilt Frau Botzet-Zisch. Die Moderatorin wiegt den Kopf.

Silke Zaluskowski hetzt inzwischen suchend durch die Zuschauerreihen. Schließlich hat sie ihren Assistenten Bendix gefunden.

»Verdammt, hast du deine Kamera noch gar nicht vermisst?« Silke ist übernervös.

»Ach so, ja, ich soll 'n paar Fotos schießen.« Bendix hat gleich ein schlechtes Gewissen.

»Nein, ich hab die Tasche mit deiner Kamera. Hier.« Sie gibt ihm die Tasche mit dem Kirschmuster. »Und wo ist meine Tasche, die du stattdessen aus Versehen mitgenommen hast?« Sie hat leichte Panik im Blick.

»Ich hab deine Tasche mitgenommen? Oh no!« Bendix wundert sich.

»Ja, und wo ist die jetzt?« Die Touristikchefin wird immer panischer.

»Die hab ich dahinten beim Kameramann stehen.« Er holt die Tasche, Silke reißt sie sofort an sich. Vorsichtig öffnet sie den Reißverschluss nur ein kleines Stück. Sie spürt augenblicklich, wie ihr sämtliches Blut des Körpers in den Kopf schießt. Sie zieht den Reißverschluss ganz auf und greift in die Tasche. Jetzt kommt es ihr vor, als entweiche sämtliches Blut wieder aus ihrem Kopf. Ihr wird schwindelig. Sie hat feuchte Badesachen, ein Handtuch und eine Flasche Sonnenmilch in den Händen. Einen kurzen Moment starrt sie ungläubig auf die Sachen. Silke ist kreidebleich. Dann stopft sie die Sachen schnell wieder in die Tasche und verschließt sie, als dürfe niemand den Inhalt zu sehen bekommen.

»Bendix, was ist das für eine Tasche?«, stammelt sie.

»Ich denk, das ist deine. Sind das nicht deine Sachen?«

»Nein, das sind nicht meine Sachen!« Es ist ein leises Schreien, das sie von sich gibt.

»Was war denn in deiner Tasche?«

»Da waren … ähhh …« Panisch lässt Silke ihren Blick über die Zuschauerreihen, Theken und Kochinseln wandern. Überall sieht sie die Taschen mit dem Kirschmuster. Wer, verdammt, hat diese scheiß Tasche mit den Hunderteuroscheinen?

58

Die Sonne ist gerade untergegangen, schon steigt im Osten ein satt orange leuchtender Ball aus dem Wasser auf. Wie ein im Nachthimmel leuchtender Lampion. So einen Mond hat Bibi noch nicht gesehen. Sie macht natürlich sofort ein Foto. Aber auf dem Display des Handys wirkt der Mondaufgang nicht halb so eindrucksvoll. Und eigentlich ist sie auch viel zu nervös, um das Naturschauspiel richtig zu genießen. Bibi hat es mit der Angst zu tun bekommen. Sascha hat ihr gedroht. Er hat sie in den Sand geworfen. Er hat sie gewürgt. Und dabei hatte er diesen fanatischen Blick genau wie bei seinen Aktionen. Nein, fanatischer. Vor zwei Tagen hatte sie das noch fasziniert. Jetzt hat sie das Gefühl, er will sie umbringen. Sie war auf der Flucht vor Käpt'n Ahab, und dieser Ahab war schneller. Er hat noch beide Beine.

Eben hat sie Sascha noch in ihrem Rücken gespürt. Sie ist vor ihm über die Bohlenwege durch den Dünengürtel gehetzt. Ein Stück entfernt hinter sich hat sie seine lauten Schritte auf den Holzbrettern gehört. Dann gingen die Schritte in dem durch Lautsprecher verstärkten Stimmengewirr der Koch-Challenge unter.

Saschas schallendes Rufen durch die letzte Dämmerung war trotzdem unüberhörbar. »Ich hab dich gleich, ich krieg dich, du hast keine Chance!«

Der über die ganze Insel kreiselnde Lichtbalken des Leuchtturms verfolgt sie wie ein Suchscheinwerfer. Für einen Augenblick war Sascha ihr näher gekommen. Er ist ein schnellerer Läufer als sie. Aber dann war Bibi nach einer Kurve hinter ein paar Kiefern von dem Bohlenweg heruntergesprungen und ist jetzt durch das blühende Heidekraut in die wilden Dünen gelaufen. Sie stapft durch den Sand eine Düne hinauf. Nach jedem Schritt rutscht sie wieder einen halben hinunter. Ihre neuen Espadrilles, die ihr ein Versand für Sommerklamotten kostenlos geschickt hat, füllen sich sofort mit Sand. Immer wieder fällt sie nach vorne und krabbelt auf allen vieren die Düne nach oben. Bibi ist außer Atem. Sie hat das Gefühl, zu keuchen. Als hallte ihr Keuchen durch die Nacht. Das muss sie unbedingt vermeiden. Sie versucht, weniger laut zu atmen. Aber das strengt sie noch mehr an.

In einer Mulde zwischen zwei Dünengipfeln bleibt Bibi hocken. Hier hat sie das Gefühl, einigermaßen in Deckung zu sein, und gleichzeitig hat sie das nähere Umfeld im Blick, einen Teil des Bohlenweges, auf dem sie eben gekommen ist, und einen anderen Weg, der über lange Bohlen und eine Treppe zu dem kleinen Leuchtturm, dem Quermarkenfeuer, führt. Das kleine Leuchtfeuer wirft sein

Lichtsignal Richtung Nordsee, um der Schifffahrt den Weg nach Sylt zu weisen. Der große Leuchtturm lässt derweil unermüdlich sein Lichtkreuz über die Insel kreisen. Von Weitem ist jetzt etwas lauter die Koch-Challenge zu hören.

Bibi schüttet den Sand aus ihren Espadrilles. Sie wischt sich den Schweiß aus dem Gesicht und hat gleich ihr halbes Make-up auf den Handflächen. Von wegen wasserfest. Es ist nicht zu fassen. Sie schwitzt, das ist ja widerlich. Normalerweise schwitzt sie nicht. Glücklicherweise sieht sie hier niemand. Und Selfies will sie gerade auch nicht posten. Hier darf sie wirklich niemand sehen.

Sie kauert sich in ihrer Dünenmulde noch mehr zusammen, als sei sie dann schwerer zu sehen. Gleichzeitig hat sie fortwährend die Bohlenwege im Blick. Sie kann keine Menschenseele entdecken. Trotzdem kriecht ihr jetzt die Angst durch den ganzen Körper. Sie steigert sich da regelrecht hinein. Wie konnte sie sich mit diesem Typen einlassen? Sie haben tolle Bilder gepostet. Nachts am Strand oder im Tonnenhafen vor diesem Edelrestaurant. Das war so geil. Aber sie hätte es ahnen müssen, Sascha ist ein Freak. Der Typ ist krass kriminell. Was hatte er ihr erzählt von dieser Protestaktion, bei der sie mitten im Meer Windräder geentert haben? Hatte er einen Mitdemonstranten nicht richtig gesichert und fahrlässig abstürzen lassen, dass der dann sterben musste? Und dann hatte er sich nicht mehr um ihn gekümmert? Deshalb fahndete die Polizei nach ihm? Sie hat das erst für einen Witz gehalten, reine Angabe. Sie hat das irgendwie aufregend gefunden. Jetzt hat sie nur noch Angst. Das ist kein Spaß mehr. Hier geht es nicht um irgendeine Nagellackfarbe oder Strandtaschen mit Kirschmuster. Bibi schlägt der Puls bis zur Kehle. Heute Nacht geht es ums Überleben.

Sie muss die Bilder ganz schnell aus ihrem Blog nehmen. Sie hat es eben schon versucht, es aber nicht hinbekommen. Wie man Bilder ins Netz stellt, weiß sie, das macht sie tausendmal am Tag. Was sie ins Netz stellt, das bleibt da normalerweise auch. Aber wie löscht man sie wieder? Neulich, bei dem Nacht-Video, hat sie es doch hinbekommen. Wie geht das noch?

Sie hört das höhnische schrille Piepen einer Gruppe vorbeifliegender Austernfischer. Das Licht des Leuchtturms kreiselt über sie hinweg. Und dann sieht sie eine dunkle Gestalt über den Bohlenweg auf sie zulaufen. Die schnellen Schritte poltern auf dem Holz und dröhnen ihr in den Ohren.

59

Nicole, Thies und Knut sind zurück bei der Koch-Challenge. Knut durfte bei seinem Bruder im Rettungshubschrauber nach Föhr nicht mitfliegen. Aber er ist in Gedanken bei ihm. Auf die Kocherei und auch auf Tadjes Blog mag er sich im Moment nicht einlassen. Knut ist trotzdem mitgekommen.

Nicole ruft nebenbei noch schnell den dänischen Kollegen Morton Jensen zurück. Allzu viel Neues erwartet sie nicht und Thies erst recht nicht. Die Geschichte von dem falsch etikettierten Biofleisch und den gepanschten Weinen kennen sie bereits. Und sie wissen auch schon, dass Smilla Sölands Bruder Börre bei einem rätselhaften Autounfall auf dem Beifahrersitz starb, und zwar durch Ersticken.

»Wat haben wir mit diesem blöden Börre zu tun?«, raunt Thies seiner Kollegin zu.

Aber Morton hat Neuigkeiten. »Wir vermuten inzwischen, dass sein deutsche Partner, dieser Thorsten Skorkowsky, mit im Auto saß und wahrscheinlich gefahren ist. Möglicherweise hat er Börre umgebracht, auf die Fahrerseite umgesetzt und liegenlassen. Wir könne Mord nich ausschließen. Nach Skorkowsky wird gefahndet. Bisher vergeblich.«

»Und den Fall sollen wir für euch jetzt lösen, oder wat?«, ruft Thies unfreundlich dazwischen.

»Vielleicht ist er ja bei euch in Deutschland aufgekreuzt. Ich schick euch gerad mal ein Foto. Vielleicht kommt er euch ja bekannt vor.«

Im nächsten Moment hat Nicole das Bild auf ihrem Handy. Die beiden deutschen Beamten sehen es sich an und schütteln gleich den Kopf. Es sieht aus wie ein Pressefoto, vermutlich ein Bild von der Internetseite seines Restaurants in Dänemark. Aber den gequält lächelnden Mann mit den kräftigen gelockten grauen Haaren und dem scheuen Blick meinen sie noch nie gesehen zu haben.

»Nich dat wir hier jetzt sämtliche dänischen Verbrecherkarteien durchsuchen sollen«, brummt Thies und schließt das Thema ab.

Der Kochwettbewerb ist mittlerweile in vollem Gange. Die Jury verkostet die Proben der verschiedenen Köche. Sauerland präsentiert die Gänge vier bis elf seines zwanziggängigen Menüs. Norwegische Jakobsmuscheln mit japanischen Koji-Pilzen fermentiert und Bonito von der französischen Atlantikküste.

»Regionale Produkte sind das nicht gerade«, moniert Jurymitglied Golecki. Grillgott Ruff brutzelt Krebse und Lammkoteletts für sein »Surf and Turf«. Aufkommende

Böen wehen den Grillrauch immer mal wieder über die Zuschauer.

»Grillen am Strand ist verboooten«, trompetet der FKKler mit dem hellblauen Frotteehut dazwischen.

Mohammed Bizou sitzt schmunzelnd etwas abseits an dem improvisierten Küchentresen vor einem riesigen Haufen Krabben und pult unermüdlich. »Es soll jeder sehen, wie unsere Gerichte entstehen«, erklärt Skorgaard. »Das Kochen ist ein Destillat aus Ort und Zeit.«

Die Jury verzieht bei der Verkostung seines Ceviche vom Nordsee-Kabeljau die Gesichter. Silke Zaluskowski sucht derweil hektisch nach ihrer Tasche mit dem Geld. Es ist ihr schrecklich unangenehm, aber sie fragt mehrere Leute, ob sie mal kurz in deren Tasche sehen darf. Einige haben dafür überhaupt kein Verständnis.

»Was ich in meiner Tasche habe, hat Sie überhaupt nicht zu interessieren«, blafft eine Frau sie an.

»Ich hab keine Messer oder Waffen dabei«, stänkert ein Mann.

Zwischendurch schnappt Silke sich die Proviantasche von Antje, die sich gerade fachkundig den Grill von Nahem ansieht. Abseits der Zuschauer öffnet sie die Tasche. Als sie statt der Geldbündel nur Tupperdosen mit roten Soßen entdeckt, deponiert sie das blöde Kirschteil kurzerhand am Küchentresen. Verdammt noch mal, wer hat ihre Tasche in Besitz genommen und will sie jetzt nicht wieder herausrücken? Überall sieht Silke die Taschen mit dem Kirschmuster. Es ist zum Verrücktwerden. Wo ist die Tasche mit dem Geld?

Jetzt ist auch noch ihr spezieller Freund Pohlmann zusammen mit der Buchhalterin des Kinderheimes, Wiebke Wilhelmi, aufgekreuzt.

»Frau Zaluskowski, wo ist das Geld? Solange wir uns mit dem Kinderheim nicht einig sind, ist das mein Geld!«

»Die Tasche ist wie vom Erdboden verschwunden. Das heißt vielmehr, hier sind überall diese Taschen.« Silke ist mittlerweile völlig aufgelöst.

»Das kann nicht Ihr Ernst sein.« Pohlmann kocht innerlich.

Frau Wilhelmi schüttelt den Kopf. »Ich kann es nicht fassen.«

Auch Tadje sucht ihre Tasche, die sie Lasse mitgegeben hat. Aber statt darauf achtzugeben, flirtet ihr Freund mit den Langweilerinnen Tanja und Martina. Sogar Workshopleiterin Birte Birkenstolz hat sich heute Abend in den Trubel gestürzt. Gemeinsam verkosten sie den Wildkräutersalat mit dem ungewöhnlichen Dressing aus dem »Thor«. Tadje wirft Lasse einen genervten Blick zu.

»Wo bist du mit meiner Tasche hin?«

»Tadje, beruhig dich mal wieder. Deine blöde Tasche steht gleich da drüben bei dem Kameramann. Was ist da denn so Wichtiges drin?«

»Was interessiert dich das?« Tadje ist angefressen. »Da ist alles Mögliche drin, Kohle und vor allem meine Notizen für meinen Nordsee-Blog mit Piet und Knut. Lasse, treib die bitte sofort wieder auf. Ich hab gerade was anderes zu tun. Ich bin hier bei der Touristik, und außerdem will ich noch ein Video drehen, das ist gerade eine supertolle Gelegenheit.« Und damit schwirrt Tadje auch schon wieder ab.

»Ist ja gut, ich hol deine blöde Tasche sofort«, ruft Lasse ihr hinterher.

»Bei der Kamera da?«, fragt Tanja, die gerade dort steht.

»Ich hol sie dir eben.« Sie geht die paar Schritte zu dem Kameramann, der gleich zum Küchentresen zeigt.

»Die hat sich eben einer von dem Küchenteam geschnappt. Da am Rand steht sie doch.« Tanja nimmt die Tasche und ist gleich wieder bei den anderen.

»Ja, danke, stell einfach hin.« Lasses Aussprache klingt leicht verwaschen. Und auch die beiden Langweilerinnen Tanja und Martina wirken leicht berauscht.

»Es ist auf einmal alles so bunt«, säuselt Martina.

»Mir ist auch so ein bisschen komisch«, bemerkt Lasse.

»Lasst den Augenblick einfach auf euch wirken«, raunt Birte Birkenstolz und langt noch mal kräftig bei dem Wildkräutersalat zu.

»Bei Wildkräutern muss man 'n bisschen aufpassen.« Bounty, der jetzt dazukommt, wirft einen prüfenden

Blick in die Runde und dann in die Schale mit dem Salat. »Is manchmal tricky. Ich kenn mich da aus.«

»Was ist da eigentlich in der Tasche deiner Freundin so Wichtiges?«, kichert Tanja mit deutlich verzögerter Aussprache.

Lasse öffnet den Reißverschluss. Aber was ist das? Plastikdosen? Darin befinden sich Soßen und außerdem Früchte und Kräuter.

»Da ist ja noch mehr von diesem leckeren Salat. Ist ja geil.« Martina ist begeistert. »Hat deine Freundin den gezaubert?« Lasse schüttelt den Kopf.

»Und nach Antjes Küche sieht mir das auch nicht aus«, meint Bounty. Lasse hält den Langweilerinnen die Schale hin, und alle greifen noch mal begeistert zu.

»Das ist dasselbe Dressing wie bei den Wildkräutern eben. Super!«

60

Nicoles Handy klingelt schon wieder.

»Nee, bitte nich schon wieder der Däne.« Thies hat von dem Kollegen langsam die Nase voll. Doch diesmal ist sein anderer spezieller Freund, Kriminaltechniker Mike Börnsen aus Kiel, dran. Er hat inzwischen das Tablet der vermissten Restauranttesterin gesichtet.

»Und es hat sich gelohnt.« Börnsens Stimme aus Nicoles laut gestelltem Smartphone klingt triumphierend. »Das meiste war ja gelöscht, außer dieser Lobeshymne auf das dänische Restaurant bei euch auf der Insel. Aber ein paar Dateien haben wir wiederherstellen können.«

»Und? Wat war da drauf, Mike?« Thies ist ungeduldig. »Spuck's schon aus.« Börnsens Geheimnistuerei ist Thies schon immer auf die Nerven gegangen.

»Immer mit der Ruhe.« Börnsen will seinen Triumph voll auskosten. »Es gibt eine Datei mit Notizen zu den Restaurantbesuchen, also so eine Art digitales Notizbuch, das die Frau vermutlich von ihrem Smartphone auf das Tablet kopiert hat.«

»Lass mich raten.« Nicole wird auch langsam ungeduldig. »Notizen über das ›Thor‹, die weniger schmeichelhaft sind als die spätere Kritik in dem Restaurantführer?«

»Weniger schmeichelhaft ist gut, sie sind vernichtend. Da ist von brutal verwürzten Soßen und versalzenen Fischen die Rede, von gallig bitteren Desserts und strohigen Salaten, die wie eine … wartet mal … wie eine jauchegedüngte Wiese schmecken. Wie heißt es hier? Der Koch muss seinen Geschmackssinn verloren haben und unter Ageusie leiden. Wisst ihr, was das heißt?«

»Hat mit dieser Lobhudelei in der Restaurantbibel nich viel zu tun«, stellt Thies fest.

»Das ist wirklich interessant und könnte uns vielleicht tatsächlich weiterbringen«, findet die Kommissarin und bedankt sich bei Börnsen.

Thies und Nicole sehen sich an. In ihnen arbeitet es.

»Einer von der Jury hat doch eben auch wat von gallig oder so gesagt«, meint der Fredenbüller Polizist. »Und als wir zusammen mit Bounty und den anderen in dem Lokal zum Essen waren, da gab es doch diesen Wein, der nach Korken schmeckte. Und der Däne wollte das überhaupt nicht wahrhaben.« Thies überlegt. »Hat die neue Flamme von Bounty nich auch so wat gesagt?«

Die Kommissarin tippt währenddessen auf ihrem Smartphone herum. »Hier, Ageusie, Verlust der Geschmackswahrnehmung«, liest sie vor. »Das ist offenbar eine richtige Krankheit. Und es sieht mir ganz danach aus, dass unser Starkoch daran leidet.«

»Unsere Frau ohne Fuß hat dat rausgefunden und dann hat er ihr Tablet geklaut und umfrisiert. Aber hat er sie gleich umgebracht?«

»Die Testerin hat seine Existenz bedroht. Nach ihrer Kritik hätte er das Restaurant dichtmachen können. Und du siehst ja, wie der Laden läuft.«

Die beiden Polizisten lassen ihren Blick über das quirlige Kochevent, die mit Messern und Schneebesen herumwirbelnden Köche und das angeregte Publikum schweifen. Die immer heftigere Nordseebrise lässt jetzt Papierservietten, Salatblätter und bereits gehackte Kräuter vom Kochtresen in die Dünenlandschaft wehen. Dann bleibt ihr Blick bei Bounty, Lasse und seinen neuen Bekanntschaften hängen. Von Langeweile kann gerade nicht die Rede sein. Lasse, Birte Birkenstolz und ihre Mitstreiterinnen Martina und Tanja haben heftige Bauchkrämpfe. Der Cocktail wilder Kräuter und Früchte ist ihnen offenbar gar nicht bekommen.

»Oh, Lord, ist mir schlecht!«, jammert Lasse, der unter seinem Sonnenbrand schon wieder erschreckend blass ist.

»Bei mir dreht sich alles«, stöhnt Birte Birkenstock, die das »einfach nur Dasein« im Augenblick nicht recht genießen kann. Das Stöhnen der Wildkräuterfreunde geht im Augenblick noch in der allgemeinen Geräuschkulisse und dem immer stärker aufkommenden Sturm unter. In einer Kameraeinstellung erscheint Birtes leidende Miene kurz auf dem Großbild, das vor dem aufgewirbelten Dünensand leuchtet. Dann wechseln die Fernsehleute schnell auf ein anderes Bild. Jetzt wirft auch Baulöwe Pohlmann einen Blick in die Tasche mit den Wildkräutern. Enttäuscht stampft er gleich weiter. Silke Zaluskowski sucht ein Stück weiter ebenfalls nach der Tasche mit dem Geld. Hinter dem Showtresen schneidet Thor Skorgaard gerade einem Hornhecht mit seinem japanischen Messer den Kopf ab.

Und dann hat Nicole ganz plötzlich eine Idee. Sie holt noch mal ihr Handy aus der Tasche und ruft das Foto mit dem deutschen Partner des Kopenhagener Restaurants von Smilla Sölands Bruder Börre auf. Jetzt in der Dunkelheit ist das Foto deutlich zu erkennen. Sie hält einen Finger über die gelockten Haare, dann sieht sie wieder zu dem Showtresen. Sie hält Thies ihr Smartphone hin.

»Nun denk dir hier mal die Haare weg und stattdessen einen wilden Bart dazu. Und dann sieh dir mal unseren Freund da an.«

61

Lasse und die Langweilerinnen verziehen sich abwechselnd hinter die Dünen, um ihre Mägen zu erleichtern. Ab und zu dringen leise Würgegeräusche über das Dünengras zum Veranstaltungsort der Challenge herüber, bevor sie vom Pfeifen des Windes verschluckt werden. Die meisten haben es noch gar nicht mitbekommen.

»Der Kräutersalat war schlecht«, befindet Antje, die mit Bounty, Piet Paulsen, Knut und Susi die Stellung hält. Kann bei Salat auch passieren, weiß Imbisshündin Susi, der ein abgelaufenes Verfallsdatum ebenfalls mal zum Verhängnis geworden ist.

Bounty wiegt den Kopf. »Ich hab es gleich gesagt. Bewusstseinserweiternde Substanzen können viel Freude machen. Aber man sollte sich ein bisschen auskennen. Und diese Küchen-Heinzel da oben … na ja.«

Tanja sieht den Althippie schwer atmend an. Es sieht fast so aus, als ziehe es sie gleich wieder in die Dünen. »Wenn ihr mich fragt, der Stoff war nich sauber.«

Der blasse Lasse macht seinem Namen inzwischen alle Ehre. Er hat die Dünen zwischenzeitlich verlassen, hat aber immer noch Bauchkrämpfe.

»Sagt mal, wat ganz anderes, wo ist eigentlich meine Kühltasche abgeblieben?« Antje sieht Bounty fragend an.

»Ich dachte ... ja, weiß auch nich.« Der Ex-Kommunarde wirkt mal wieder leicht verpeilt. »Na ja, wegen dem Kirschmuster ... aber das is nich dein Salat, oder?« Es klingt halb wie eine Frage.

»Nee, Bounty, dat is nich mein Salat.« Antje ist empört. »Oder hast du bei mir im Imbiss schon mal so 'n Stück gemähte Wiese als Salat bekommen?«

»Oder ist das jetzt Tadjes Tasche? Aber was hat dieses Kraut in Tadjes Tasche zu suchen? Irgendwie blick ich gerade nich ganz durch«, stellt Bounty treffend fest.

»Wieso, ist das nicht Tadjes Tasche? Die hat Tanja doch eben von da vorne zurückgeholt«, bemerkt Lasse. Aber so recht kann er sich auf das Taschenthema nicht konzentrieren. Ihm ist noch viel zu übel. »Du hast scheinbar die falsche Tasche erwischt«, raunt er Tanja zu und deutet auf den Küchentresen.

Inzwischen haben auch die Mitglieder der Jury mit aufkommender Übelkeit zu kämpfen.

»Was habt ihr uns hier vorgesetzt?«, schimpft Hajo Golecki, der das bisher alles geduldig über sich ergehen lassen hat. Paula Botzet-Zisch schlägt vor, statt des arg säurebetonten norwegischen Rieslings ein paar zünftige Schnäpse oder Magenbitter auszuschenken. Die Sommelière ist bester Stimmung. Sie hat sich bei der Verkostung im Wesentlichen auf die Weinbegleitung der Gerichte konzentriert.

Souschef Marko vom »Thor« hat die große Übelkeit im Publikum inzwischen auch mitbekommen und seine Tasche mit den eingelegten Wildkräutern entdeckt.

»Achtung, die Kräuter, Beeren und auch das Pesto nicht essen!«, ruft er Lasse und den anderen zu. »Die sind giftig!« Marko klingt aufgeregt. Ein Raunen geht durchs Publikum.

»Wollt ihr uns hier alle vergiften?«, ruft ein empörter Zuschauer. »Das darf ja wohl nicht wahr sein!« Im Publikum wird es unruhig.

»Wir wollen mal nicht übertreiben«, versucht Giselle die Leute zu beruhigen.

»Alles eine Frage der Dosis«, versucht Marko sich zu rechtfertigen. Der Sturm weht prompt eine leere Tupperdose durch den Sand. Ein einzelnes Salatblatt flattert hinterher.

»Na, Sie sind gut!«, ruft eine Frau.

Martina, der es offenbar schon wieder besser geht, schleicht sich in der allgemeinen Aufregung ein zweites Mal zum Küchentresen und schnappt sich jetzt Tadjes Tasche. Marko ist auf dem Weg ins Publikum, um seine Kräuter sicherzustellen.

»Halt! Stopp!«, geht Thies geistesgegenwärtig dazwischen. »Polizei! Die Kräuter sind beschlagnahmt.« Der

Fredenbüller Hauptmeister lässt sich von Antje die Tasche mit dem ominösen Kräutersalat aushändigen. »Und Sie sind verhaftet«, ruft er Marko entgegen. »Dat hier is versuchter Mord, wenn ich das richtig seh.«

»Thies, eins nach dem anderen«, versucht Nicole ihren übereifrigen Kollegen zurückzupfeifen. Aber da steht Thies schon mitten unter den Köchen am Showtresen. Knut Boyksen alarmiert vorsichtshalber den Krankenwagen.

»Sind das echte Polizisten?«, will Karlchen gleich von Herrn Krüß wissen. »Die haben ja gar keine Uniform an.«

»Das ist meine Mama«, antwortet Finn anstelle des Heimleiters.

»Die hat ihre Uniform zu Hause, nä?«, vermutet Karlchen.

»Meine Mama hat gar keine Uniform, die is Kommissarin«, verkündet Finn voller Stolz. »Aber Thies hat 'ne Uniform.«

»Thies? Ist das der mit der kurzen Hose?«, fragt Karlchen nach.

»Ja, die Uniform hat er nur auf dem Festland an.«

»Ach so.« Auch die anderen Kinder hören interessiert zu.

Die Fernsehleute diskutieren derweil hinter laufenden Kameras, ob sie die Sendung und die ganze Challenge abbrechen sollen. Aber die Einschaltquoten schnellen in den letzten Minuten in die Höhe. Der Regisseur gibt mit erhobenem Daumen das Zeichen zum Weitermachen.

Auch Tadjes Nordsee-Blog geht gerade viral. »Killerkräuter, krass!«, kommentiert ein Follower. »Und voll der Nordseesturm.« Auch auf den Videos sind die Böen nicht zu übersehen.

»Was haben Sie denn da für Substanzen in Ihrem Salat?« Bevor Thies Verhaftungen vornimmt, übernimmt Nicole gleich die Befragung vor großem Auditorium.

»Hundspetersilie, Tollkirsche und rohe Holunderbeeren«, gibt Marko sofort Auskunft. »Das hat einen ganz eigenen Geschmack, und es hat erstaunliche Wirkungen.«

»Dat kann man wohl sagen«, meint Thies.

»Das hast du alles zusammen in dieser Dosierung in einen Salat gegeben, das kannst du nicht machen!«, echauffiert sich Maître Skorgaard inzwischen fast ohne dänischen Akzent. »Du vergiftest uns.«

Zuerst sagt Marko gar nichts mehr, aber dann platzt es aus ihm heraus. »Dann merken die Leute endlich mal, dass du gar nicht mehr kochen kannst, weil du nichts mehr schmeckst.«

»Das gehört jetzt wirklich nicht hierher«, versucht Giselle zu beschwichtigen.

Doch nun wird auch Thor Skorgaard sauer. »Marko, du willst dir doch nur das Restaurant unter den Nagel reißen. Du veranstaltest diese Giftmischerei doch nur, um mich zu ruinieren und selbst Chef zu werden.«

»Du bist schon ruiniert, du schmeckst nichts mehr«,

giftet Marko zurück. »Wenn du mich nicht hättest, könntest du den Laden längst dichtmachen.«

»Unsere Ermittlungen haben ergeben, dat Sie unter einer ... ähhh ...« Thies fällt der Name nicht gleich ein.

»... Ageusie leiden«, ergänzt Nicole.

»Ja, dat Sie nix mehr schmecken können«, übersetzt Thies noch mal.

Das Publikum der Kochshow, die sich allmählich zum Krimidinner wandelt, hört fasziniert zu. »Die Kommissarin braucht auch ein Mikro«, ruft jemand aus dem Publikum. »Wir verstehen nur die Hälfte.« Die beteiligten Köche dagegen werden weiter über die Lautsprecher verstärkt.

Und dann fällt es Merle wie Schuppen von den Augen. »Der dänische Koch da, ich glaub, das war der Typ mit der rosa Computertasche abends im ›Wattblick‹«, flüstert sie dem Schimmelreiter zu.

»Meinst du, echt? Ja, dat musst du sagen.«

»Hier? Jetzt gleich? Vor all den Leuten?« Merle bekommt gleich wieder rote Ohren.

»Na klar, dat müssen Thies und Nicole wissen. Unbedingt.« Hauke lässt keine zwei Meinungen aufkommen.

Merle meldet sich wie in der Schule. Aber ihr Hallo klingt reichlich zaghaft.

»Hier! Thiiies!«, ruft Hauke laut Richtung Bühne. »Wir haben wat zu melden ... dat heißt, Merle hat wat zu melden!«

»Das ist der Mann, den ich mit der Computertasche im Flur gesehen hab«, traut sich jetzt auch das Mädchen etwas lauter.

»Computertasche?«, fragt Nicole von der Bühne herüber.

»Von dieser Restauranttesterin, die Tasche in dem Rosaorange wie der Nagellack von diesem Fuß.« Durch das Publikum geht wieder ein Raunen, einige lachen, andere wundern sich nur.

» ›Pink Puff‹ heißt die Farbe«, ruft eine Frau.

»Nee, für mich is dat ›Florida Flamingo‹ «, kontert der Schimmelreiter.

Unter den Zuschauern wird es immer unruhiger. So führen Thies und Nicole den dänischen Koch erst mal ein Stück seitlich von der Bühne herunter, um ihn dort zu vernehmen.

Das Kochen ist in diesen Turbulenzen in den Hintergrund gerückt. Das »Surf and Turf« liegt mittlerweile so lange auf dem Grill, dass es von der japanischen Holzkohle kaum mehr zu unterscheiden ist.

»Das ist hier am Strand verboooten«, plärrt die hellblaue Frotteemütze noch mal dazwischen.

Aber ein paar Lammkoteletts sind noch nicht ganz verbrutzelt. Grillgott Tom Ruff greift intuitiv zu der Kirschtasche neben dem Tresen.

»Achtung! Vorsicht!«, tönt ein Mann aus dem Publikum.

»Lebensgefahr!«, ruft ein anderer.

Ruff öffnet die Tasche und wundert sich. »Wieso? Komisch, was ist das denn? Ein Baguette, so eine Art halber Croque und 'ne Tupperdose mit einer roten Soße.«

Antje erkennt ihre Imbissspezialitäten sofort. »Dat is mein Croque ›Störtebeker‹!« Die Wirtin der »Hidden Kist« ist empört.

»Wat machen die Kochmützen da mit meiner Schaschliksoße?«, krächzt Piet Paulsen.

Tom Ruff stippt mit dem Finger kurzerhand in die rote Soße, nickt anerkennend und serviert den Jurymitgliedern und einigen Glücklichen im Publikum ein Lammkotelett.

»Das Fleisch ist ein bisschen über den Punkt«, meint »Meer-oder-weniger«-Kolumnist Hajo. »Aber die Soße … genial!«

»Letztlich ist das Imbissküche«, urteilt Kritikerpapst Lutz Lehmkühler. »Aber auf allerhöchstem Niveau.«

»Dat sag ich doch seit Jahren!«, kräht Paulsen über den halben Strand.

»Das ist der sehr zeitgemäße Trend zur neuen Einfachheit«, resümiert Lehmkühler. »Mehr muss es nicht sein. Man schmeckt die Tomate … Zitrone, Chili. Eine so gute Grillsoße habe ich noch nie gegessen.«

62

Während der Jury und einigen der Zuschauer zumindest etwas Gegrilltes gereicht wird, widmen sich Thies und Nicole etwas abseits des Geschehens dem Mordverdächtigen Skorgaard und seinem giftmischenden Souschef.

»Die Restauranttesterin Marion Mayer hat Ihre Ageusie herausbekommen und wollte es öffentlich machen«, hält Nicole dem Chef des »Thor« vor. »Deshalb musste sie sterben. Sie haben sie brutal ermordet. Dann haben Sie ihren Computer manipuliert. Mit dem Tablet sind Sie gesehen worden, wie wir eben gerade gehört haben. Und dann sind Sie mit ihr im Boot auf die Nordsee hinausgefahren.«

»Ich hab niemanden auf die Nordsee hinausgefahren«, beteuert Thor Skorgaard.

»Dat hat jemand für dich übernommen, und wir wissen auch wer.« Thies sieht ihn provozierend an. »Der Spezialist für illegale Entsorgungen hier auf der Insel, den haben wir eben halbtot aus seinem Kutter gezogen und erst mal nach Föhr ausgeflogen. Aber vorher hat er uns noch alles gebeichtet«, behauptet Thies einfach. Thor reagiert überhaupt nicht darauf.

»Und weil Smilla Söland Sie erkannt hat, musste sie ebenfalls sterben«, fährt die Kommissarin fort.

»Das war dieser Weiße Heilbutt, den ich eigentlich bei dem heutigen Event servieren wollte. Er hat sie angegriffen und sie ist im Meer ertrunken«, will Skorgaard sich verteidigen.

»Dass in dem Moment dieser mörderische Fisch aufgetaucht ist, passte Ihnen natürlich sehr gut in den Kram«, stellt Nicole fest.

»Erzähl hier mal kein Anglerlatein«, geht Thies dazwischen. »Und deinen dänischen Akzent kannst du dir auch schenken.«

Im selben Moment erstarren Skorgaards Gesichtszüge, und auch Marko sieht die beiden Polizisten erstaunt an.

»Wir haben mit unseren dänischen Kollegen Kontakt gehabt, Herr Skorgaard. Oder sollte ich besser Herr Skorkowsky sagen?« Nicole mustert ihn genau. Skorgaard starrt bewegungslos ins Leere. »In Dänemark wird nach Ihnen gefahndet wegen Mordes an Ihrem ehemaligen Partner Börre Söland. Und jetzt haben Sie zwei weitere Morde begangen.«

»Dicker Rauschebart und ’n dänischer Name reichen eben nich für ’ne neue Identität«, ranzt Thies ihn an.

»Und ein dänischer Name kommt hier auf der Insel vielleicht gar nicht so gut an«, meint Nicole. »Ist zumindest aufgefallen.«

»Du bist gar kein Däne? Ich fass es nicht.« Marko ist völlig von den Socken.

»Ja, was soll ich denn machen?«, platzt es jetzt ohne Andeutung eines dänischen Akzents aus Maître Skorgaard-Skorkowsky heraus. »Alle wollen nur noch dänische Köche. In Kopenhagen waren wir die Superstars. Bis die kleinlichen dänischen Behörden mit ihren Beanstandungen kamen.«

»Kleinlich?«, entgegnet Nicole. »Sie haben ihren Gästen Fleisch aus konventioneller Haltung als Biofleisch serviert. Und was war das mit dem Wein?«

»Ja, der norwegische Riesling!« Beim Wein scheint Marko eingeweiht. »Der billigste zusammengepanschte Landwein aus Rheinhessen.« Marko redet sich seinen Frust von der Seele.

»Ihr Idioten merkt es doch nicht mal.« Der Maître macht eine wegwerfende Handbewegung.

»Moment!«, blafft Thies ihn an. »Hier geht dat nich um falsche Weinetiketten, sondern um Mord.«

»Deshalb werden Sie beide uns jetzt aufs Festland begleiten.« Nicole will langsam zur Tat schreiten. »Wir verhaften Sie wegen Mordes.«

»Ich hab niemand umgebracht!«, protestiert Souschef Marko.

»Ihr Fall liegt vielleicht anders als bei Herrn … ähhh … Skorkowsky. Aber Sie haben billigend in Kauf genommen, dass durch Ihre Giftmischung Menschen zu Schaden oder sogar zu Tode kommen.« Nicole deutet zu den Sanitätern, die gerade eine ganze Meute Magenkranker verarzten.

»Einen Moment mal!«, funken der Regisseur und die Produktionsleiterin, die erst jetzt dazukommen, dazwischen. »Sie können unsere Starköche hier nicht mitten aus der Koch-Challenge heraus verhaften.«

»Und ob wir dat können!« Thies lässt keine Zweifel aufkommen.

»Aus welchem Grund?«, fragt die ahnungslose Produktionsleiterin. »Was wirft man Thor denn vor?«

»Ja, wat denn!?« Thies kann es nicht fassen. »Der is gar kein Däne!«

»Und deshalb wird er verhaftet?«

»Außerdem hat er zwei Morde und in Dänemark wohl einen dritten begangen«, fügt die Kommissarin hinzu.

»Eine so geile Kochshow hab ich echt noch nie gesehen«, grölt Hörbi seiner Sitznachbarin in die Ohren.

63

Thies und Nicole haben die beiden Köche abgeführt und warten mit ihnen am Hubschrauberlandeplatz, um sie zur nächsten JVA nach Flensburg zu überführen. Am Strand herrscht trotzdem immer noch wilder Trubel. Die Fernsehleute wollen die Challenge unbedingt weiter durchziehen. Dabei haben die Kameraleute inzwischen immer mehr mit dem Sturm zu kämpfen. Mehrere Exemplare des ›Magen Mantras‹ fliegen vom Büchertisch, leere Weingläser kippen um, ein Konfettiregen von Papierservietten, Kräuterbünden und kompletten Salatvariationen weht über den Strand davon. Die Magenkranken aber haben die größte Übelkeit überwunden. Nur einige haben als Nachwirkung mit ein paar Halluzinationen zu tun.

Touristikchefin Silke Zaluskowski hetzt immer noch reichlich kopflos von Kirschtasche zu Kirschtasche.

»Wo, verdammt noch mal, ist meine?« Silke ist völlig hysterisch.

Auch Bauunternehmer Pohlmann wird langsam ungeduldig und ausgesprochen ungemütlich. »Wo sind Sie mit meinem Geld abgeblieben? Dass Sie das verloren haben, nehm ich Ihnen einfach nicht ab.«

Wiebke Wilhelmi, die Buchhalterin des Kinderheimes, wirft der Touristikchefin böse Blicke zu.

Die noch verbliebenen Köche, die Fernsehleute und auch die Zuschauer nehmen es überhaupt nicht wahr. Die Produktionsleiterin überlegt verzweifelt, wie sie die Veranstaltung retten kann. Und dann hat sie eine Idee.

»Wollen Sie vielleicht den Platz für das ›Thor‹ übernehmen?« Sie zeigt in Richtung der Fredenbüller. »Ja, Sie, die Dame mit der Grillsoße!«

»Antje, du bist gemeint«, zischelt Tadje ihr zu.

»Sie sind vermutlich keine Profiköchin und haben wahrscheinlich kein Restaurant, aber gerade das …«

»Natürlich hat sie 'n Restaurant«, protestiert Paulsen. »›De Hidde Kist‹.«

»Hier auf der Insel?«, will die Fernsehfrau wissen.

»Nee, in Fredenbüll, dat ist auf'm Festland«, stellt Antje klar.

»Mögen Sie spontan übernehmen und uns etwas kochen? Die Konkurrenz ist natürlich nicht zu unterschätzen …«

Ruff, Sauerland und Laura Wilson lächeln gequält.

»Ich weiß nich recht.« Antje zögert noch.

»Los, komm!« Telje und Tadje machen ihr Mut. »Das ist doch *die* Gelegenheit.« Auch Schäfermischling Susi sieht sie aufmunternd an.

»Aber alleine mach ich dat nich.« Die Imbisswirtin sieht sich hilfesuchend um.

»Knut, geh du mit und zeig den Leuten, wie man Krabben pult«, meint Paulsen.

»Und Piet am besten auch gleich«, findet Bounty.

»Jaaa! Knut und Piet!« Telje und Tadje sind begeistert. Und im selben Moment steht das Trio auch schon auf der Bühne und wird von den Fernsehleuten mit Mikros verkabelt. Tadje filmt das mit ihrem Handy und viele andere im Publikum auch.

»Wat machen wir denn überhaupt?« Antje überlegt. Das Gesicht hat inzwischen dieselbe Farbe wie ihre rote Schaschliksoße. »Wat habt ihr denn für Fische da?« Sie wirft einen Blick auf die gut sortierte Fischkiste. »Einfach 'n paar gebratene Schollen mit Krabben, dazu mach ich 'n schönen Kartoffelsalat. Und vorher gibt's 'n kleinen Krabbencocktail.«

Antje ist sofort in ihrem Element. Knut pult schon mit Mohammed Bizou um die Wette Krabben, während die Imbisswirtin dazu auf die Schnelle eine Cocktailsoße improvisiert. Piet Paulsen pellt Kartoffeln für den Salat und bekommt nebenbei von Sommelière Paula Botzet-Zisch einen sehr süffigen Sauvignon von der Nahe kredenzt.

»Sehr schöner Trinkfluss, oder?«

»Ja, muss ich zugeben, fließt wirklich gut«, räumt Pils-Trinker Paulsen ein.

»Krass, das sind doch die Typen aus dem neuen Blog«, bemerkt eine junge Frau. »Cool!« Etliche Zuschauer zücken sofort das Handy und filmen.

»Das ist Antje aus ›De Hidde Kist‹«, klärt Finn seinen Freund aus dem Kinderheim und Herrn Krüß auf.

Während Naturköchin Laura Wilson an einer Tannennadel-Quiche mit einer Löwenzahnwurzel-Creme tüftelt und Sternekoch Sauerland Macarons mit Dashi-gewürztem Steinbutt-Tartar an einer Terroir-Karotte kunstvoll auf kleinen Tellern drapiert, hat Antje die ersten Schollen in der Pfanne.

»Spannend, so ganz einfache Schollen«, juchzt Moderatorin Jasmin. »Wie machen Sie die? Gibt es da ein besonderes Geheimnis? Kann die Kamera das mal zeigen?« Auch die Mitglieder der Jury sehen sich das Schollenbraten fasziniert an.

»Toll! So ganz basic«, findet Jasmin.

»Jo, is eigentlich nichts Besonderes«, meint die Imbisswirtin und wendet die Fische.

»Na ja, wenn man es kann.« Die Moderatorin lacht exaltiert, während eines von Sauerlands Macarons, von einer Böe getragen, über das Dünengras davonflattert.

64

Silke Zaluskowski irrt immer noch durch die Reihen und zerrt gerade wütend ein paar nasse Badesachen aus einer weiteren Kirschtasche. Ihre rechte Hand Bendix ist schon wieder auf der Suche nach seiner Kamera. Und auch Pohlmann und die Kinderheimbuchhalterin Wiebke Wilhelmi blicken suchend über das unermessliche Sortiment der Kirschtaschen.

»Wir wollen auch 'ne Scholle abhaben«, ruft Baywatcher Hörbi und klickt den Plattfisch gleich auf seiner App an.

Auf der Anrichte fliegen die Krabbenschalen. Im Pul-Wettstreit liegt Mohammed einen Viertelliter Krabben vor Knut. In der Schale vor den beiden wartet ein hübscher Berg auf seine Weiterverarbeitung. Antje wirbelt derweil durch die Strandküche. Neben dem Braten der Schollen zaubert sie ihre Spezialsoßen für den Krabbencocktail und den Kartoffelsalat. Giselle füllt schon die ersten Cocktails in Gläser und serviert sie den Jurymitgliedern.

»Piet, wat is mit den Kartoffeln?«

»Mal ganz sutsche«, krächzt Paulsen. Seine Stimme hallt verstärkt über den Strand.

»Nee, wir wollen servieren, die Leute warten.« Antje ist

ungeduldig. Kurzerhand springt Giselle beim Kartoffelschälen und Schneiden mit ein.

»Guck mal, da.« Telje stößt ihre Schwester an und zeigt in die Dünen. »Ist sie das nicht?«

In den Grillschwaden und dem verwehten Sand ist eine Gestalt zu erkennen, die aus der Dunkelheit durch den Sand von den Dünen herunterrutscht.

»Ja klar, das ist Bibi, Bibi Barrakuda«, bestätigt Tadje. Die Bloggerin dreht sich immer wieder hektisch um, dann sucht sie im Challenge-Publikum Zuflucht.

»Der Pirat ist hinter mir her!«, winselt sie einer Gruppe Jugendlicher zu.

»Alles klar!«, ruft einer. Mehr Beachtung findet sie gar nicht. Tadje würde am liebsten gleich Nicole und ihren Vater rufen, dass sie Bibi verhaften. Aber dann wenden sich die Zwillinge doch wieder der Challenge zu.

Im Publikum wechseln derweil mehrere Kirschtaschen den Besitzer. »Wo ist mein Bikini?«, ruft ein junges Mädchen. »Ich hab hier auf einmal 'n Fotoapparat. Was ist das denn?«

Frau Botzet-Zisch zupft sich mäßig amüsiert die Tannennadeln von Laura Wilsons Quiche aus den Zähnen. Lehmkühler und Golecki kosten die Macarons mit Steinbutt-Tartar.

»Ohne Würzung mit japanischem Dashi geht ja wohl gar nichts mehr.« Der Kritikerpapst macht kein besonders glückliches Gesicht.

»Etwas sehr gewollt«, findet auch Hajo Golecki und schnappt sich gleich Antjes Kostproben. »Dagegen der kleine Krabbencocktail hier … die Scholle und der Kartoffelsalat. Das ist traditionell und gleichzeitig modern.«

»Ja, sehr llllecker«, befindet Frau Botzet-Zisch mit leicht verwaschener Aussprache.

»Der Fisch ist auf den Punkt«, urteilt Lehmkühler. »Krabbencocktail und Kartoffelsalat haben eine tolle Textur und Frische. Die einzelnen Zutaten sind wunderbar herauszuschmecken.« Er nickt den Kollegen zu, und die nicken zustimmend zurück. Es wirkt fast so, als hätte die Jury den Sieger der Challenge bereits gefunden.

»Was trinken wir dazu?«, stellt Sommelière Paula die entscheidende Frage.

»Schönes Pils«, schlägt Paulsen vor.

»Passt natürlich auch«, räumt die Sommelière ein. »Aber dieser frische deutsche Sauvignon harmoniert ganz wunderbar mit dem gebratenen Fisch.« Sie schwenkt das Glas und schnuppert. »Schwarze Johannisbeere … Apfel … Stachelbeere.«

»Jo, schöner Trinkfluss«, findet auch Paulsen. »Dann können wir uns die Früchte zum Nachtisch ja sparen.«

Plötzlich gibt es Unruhe im Publikum. Das kleine Karlchen hat jetzt auch eine der Taschen mit dem Kirschmuster vor seinen Füßen stehen.

»Was hast du da denn für eine Tasche?«, wundert sich Heimleiter Krüß.

»Das ist doch dieselbe Tasche, wie Antje sie hat, wo sie den Fuß reingetan hat.« Finn ist gleich ganz aufgeregt. »Ich hatte doch den Fuß mit den bunten Nägeln gefunden!«

»Ist das 'ne Kühltasche?«, fragt eins der Kinder.

»Los, komm, mach auf!« Finn ist ungeduldig.

Karlchen öffnet vorsichtig den Reißverschluss und zieht ein Bündel mit Geldscheinen aus der Tasche. »Guck mal, was ist das denn? Ganz viel Geld.«

»Alles voller Geldbündel. Wo kommen die denn her?«, wundert sich Finn. Er löst die Banderole, worauf eine Sturmbö die Geldscheine sofort durch die Luft wirbelt.

»Sieht ja voll echt aus! Krass!«, findet eine Mutter, die mit ihrer Tochter direkt danebensitzt und einen Hunderteuroschein aus der Luft gegriffen hat.

»Da ist sie ja!« Silke Zaluskowski zeigt aus einiger Entfernung auf die Tasche. »Das ist ja meine ...« Den Rest des Satzes verschluckt sie.

»Wat hat der Jung da mit der Tasche zu kriegen?«, schnaubt Bauunternehmer Pohlmann.

»Das ist die Tasche von Herrn Poh ...pop ...« Diesmal bricht Frau Zaluskowski mitten im Wort stotternd ab.

Knut Boyksen, der mit dem Krabbenpulen längst fertig ist, wird gleich wieder hellhörig. »Is dat Ihre Tasche, Frau Zaluskowski?«, ruft er so laut, dass alle Zuschauer es mitbekommen.

»Nein!«, protestiert die Touristikchefin. »Ich hab damit nichts zu tun.« Sie wirkt fahrig.

»Und wat ist mit dir, Timo Pohlmann?«

Der Baulöwe steht breitbeinig am Rand und kämpft mit sich. »Ja, nee. Die Tasche? Nee, weet ik nich.«

»Hat dat vielleicht mit dem Kinderheim zu tun?« Boyksen fühlt seinen Verdacht bestätigt, dass es sich um Bestechungsgelder handelt, um den Verkauf des Kinderheimes einzufädeln.

»Kinderheim? Wieso?«, blökt Pohlmann. In seinem Inneren tobt es, das ist deutlich zu sehen.

»Bestechungsgelder, damit dat mit deinem Wellnesshotel reibungslos über die Bühne geht«, hallt Knuts verstärkte Stimme mit rollendem R und spitzem St über den Strand.

»Wat geht dich dat an?«, schnaubt Pohlmann.

»Ich bin zwar pensioniert, aber Polizist bleibt Polizist.«

Der Baulöwe winkt ab. »Damit hab ich nix zu tun.«

»Wie kommen Sie auf die Idee?« Silkes Stimme ist kaum mehr zu verstehen. Sie geht im Sturm unter.

»Dann muss dat wohl 'n Piratenschatz sein.« Im Publikum gibt es einzelne Lacher. Boyksen verzieht keine Miene.

»Ja, heute Nachmittag war im ›Haus des Gastes‹ doch die Piraten-Schnitzeljagd?« Die Mutter und ihre Tochter nicken Karlchen und Heimleiter Krüß zu. Aber die beiden wissen gar nicht, was sie sagen sollen.

»Was willst du mit deinem Piratenschatz denn jetzt anstellen?«

Karlchen sieht die Frau, ihre Tochter und schließlich den Heimleiter mit großen Augen an. Und dann platzt er mit einer Idee heraus.

»Herr Krüüüß, mit dem Geld können wir doch neue Fenster kaufen! Fürs gaaanze Kinderheim!«

Die meisten Zuschauer halten das Ganze für eine Showeinlage. Ein paar Jugendliche laufen den über die Dünen flatternden Geldscheinen hinterher. Die anderen sind voll und ganz damit beschäftigt, eines von Antjes köstlichen Schollenfilets oder kleinen Gläschen mit dem Krabbencocktail zu ergattern. Auch das Naturschauspiel über dem Meer entgeht ihnen.

Groß und rund steht der Vollmond über dem Wasser und wirft Lichtreflexe über die bewegte See. Zwischen den Wellen leuchten ganz deutlich immer wieder die weiße Schwanzflosse und der gefleckte Rücken eines Riesenfisches auf. Von allen unbeachtet zieht der Weiße Heilbutt vor dem Kniepsand seine Bahn.

65

Thorsten Skorkowsky wurde wegen zweifachen Mordes zu lebenslanger Haft und Gefängniskost verurteilt. Das Essen im Knast ertrug der einst gefeierte Sternekoch mit Fassung. Schon nach wenigen Monaten war seine Ageusie so weit vorangeschritten, dass er nichts mehr schmeckte. Ein Verfahren wegen Mordes in Dänemark ist noch anhängig. Sein Souschef Marko wurde wegen gefährlicher Körperverletzung durch vergiftete Soßen zu sechs Monaten auf Bewährung verurteilt. Auch der Hochseeangler Boy Boyksen kam wegen Strafvereitelung mit einer Bewährungsstrafe davon. Ehe die Behörden es sich anders überlegten, war er zu einer letzten ausgedehnten Jagd auf den Weißen Heilbutt Richtung Nordkap in See gestochen. Der Umweltaktivist Sascha A. steht wegen etlicher Straftatbestände auf der Fahndungsliste und ist flüchtig. Angeblich lebt er zurzeit in einer Berghöhle über dem Meer auf der kanarischen Insel La Gomera, wo er Höhlen-Graffiti vom Weißen Heilbutt sprayt.

Zu einem Verkauf des Kinderheimes über dem Kniepsand ist es bisher nicht gekommen. Mit dem Geld aus der Kirschtasche wurden die Fenster des gesamten Hauses ausgetauscht. Außerdem hat der Schimmelreiter für neue Bodenbeläge gesorgt, und dann war sogar noch etwas Geld für ein paar Fußbälle und neue Bocciakugeln übrig. Aus dem extravaganten Gourmet-Tempel »Thor« ist inzwischen ein freundliches helles Hafenrestaurant mit frischer Fischküche geworden. Mohammed Bizou brät mittlerweile in der Küche die Schollen, Seezungen und Hornhechte. Für das Krabbenpulen ist jetzt sein aus Marokko angereister Neffe zuständig. Die attraktive Giselle hat immer noch den Service und inzwischen das ganze Restaurant unter sich. Zusammen mit Bounty plant sie für das nächste Jahr regelmäßige Themen-Menüs zu den größten Songalben der Popgeschichte. Grillen am Meer zu Deep Purples ›Smoke on the Water‹ oder Krebsessen ohne Besteck zu ›Sticky Fingers‹ von den Rolling Stones. Der Schimmelreiter und AC/DC-Fan erwartet sehnsüchtig das ›Highway to Hell‹-Dinner mit scharf gewürzten Hacksteaks vom offenen Grill an der Inselhauptstraße.

Bounty sitzt auffällig oft auf der Fähre nach Amrum. Zwischendurch veranstaltet er für Touristen Kräuterwanderungen im Fredenbüller Deichvorland. Nicoles Sohn Finn ist inzwischen eingeschult. Mit der dramatischen Schilderung seines »schönsten Ferienerlebnisses« hat er seine Klasse samt Lehrerin gleich in den Bann gezogen. Nicole hat wieder mit dem Rauchen aufgehört, und das hat seinen Grund. Seit dem Amrumer Sommer ist sie wieder schwanger und trifft sich seitdem öfter mit Niggemeier. Bei dem Studienrat und seiner Frau war zuletzt sogar von Scheidung die Rede.

Der »Salon Alexandra« in Fredenbüll hat neuerdings tatsächlich »Extension Rebellion«, die extravagante Haarverlängerung in verschiedenen Farbtönen im Programm. Dörthes neue Langhaarfrisur mit X-Rebellion-blauen Strähnchen hat bislang aber noch keine Nachahmer gefunden. Birte Birkenstolz hat ganz neue Varianten des Langweilens entdeckt. Angeregt durch das Buch ›Sein und Zeit‹ des Philosophen Martin Heidegger veranstaltet sie neuerdings Workshops in abgelegenen Provinzbahnhöfen: »Warten auf Züge, die vom Fahrplan gestrichen wurden«.

An der Eingangstür der »Hidden Kist« prangt jetzt ein Schild: »Gewinner der Norddeutschen Koch-Challenge 2021«. Seitdem pilgern die Feinschmecker nach Fredenbüll, um Antjes preisgekrönte Krabbencocktails und Grillsoßen zu zelebrieren. Neuerdings bietet die zum Edelimbiss avancierte Lokalität einmal in der Woche statt »Putenschaschlik Hawaii« Ceviche oder Sashimi an. Zu dem rohen Fisch aus der Nordsee empfiehlt Antje den von Sommelière Paula Botzet-Zisch favorisierten Sauvignon Blanc von der Nahe. Die Imbisswirtin hat gleich ein paar Kisten geordert, die sie aus Platzmangel bei Thies in der momentan nicht genutzten Gefängniszelle der Wache untergestellt hat.

Auch Tadje hat für ihren Entwurf einer Tourismus-Kampagne für die Nordseeinsel Amrum viel Beachtung gefunden. Dabei hat sie bewusst auf die Präsentation eines überbordenden Freizeitangebots verzichtet. Kein Golf, keine Wellnessbäder und keine Offroad-Mountainbiker in den Dünen. Stattdessen sieht man auf dem Foto Piet, Knut und den blonden Finn auf dem Deich am Hafen von Steenodde sitzen und Krabben pulen. Neben ihnen stehen drei Lämmer, zwei Biere, eine Brauseflasche und ein Kofferradio aus längst vergangenen Tagen. Die Bundesliga-Konferenzschaltung aus dem Radio ist auf dem Foto natürlich nur zu erahnen. Dafür meint der Betrachter das sanfte Rauschen des Meeres und das schrille Piepen der Austernfischer zu hören. »Die Zeit anhalten – Urlaub auf der Insel«, mit diesem Slogan hat Tadje eine glatte Eins für ihre Studienarbeit bekommen.

Bibi Barrakuda hat sich von der Nordseeküste zurückgezogen und posed in Bikinis aus den Achtzigern an Palmenstränden. Die vor der Fototapete im heimatlichen Bergisch Gladbacher Wohnzimmer aufgenommenen Bilder stoßen bei ihrer inzwischen arg limitierten Community auf ein ausgesprochen müdes Echo.

Knut und Piet dagegen sind bei aller Nostalgie auf der Höhe der Zeit. Sobald sie einen neuen Beitrag posten, geht ihr neuer Blog »Crabs and Crime« sofort viral. Das appetitliche Pulen frischer Krabben kombiniert mit den Beschreibungen weniger appetitlicher Wasserleichen trifft offenbar genau den Geschmack ihrer Follower. Knut ist der Blogger-King, obwohl er mit seinem alten Handyknochen gar nicht ins Internet kommt. Piet Paulsen dagegen hat sich zum echten Internet-Junkie entwickelt und hat auch an Stehtisch Zwei immer sein Smartphone neben dem Pilsglas liegen. Täglich lädt er sich neue Apps auf sein Handy. Nur von der neuen Wetter-App hält er nicht viel.

»Wieso, ist doch voll praktisch«, findet Tadje. »Hier auf meiner Wetter-App soll es bei uns in einer Stunde regnen. Dann nimmst du dir den Schirm mit.«

Piet sieht auf ein paar kleine Wolken über dem Deich Richtung Nordsee. »Regen? Nee, heute nich mehr.«

»Hier auf meiner App schon.« Tadje hält ihm ihr Handy entgegen.

»Meinst du, dat 'n paar junge Leute in Kalifornien wissen, wat wir hier in Fredenbüll nächste Stunde für Wetter kriegen?«

NEUE UND TRADITIONELLE NORDISCHE KÜCHE

Antjes Krabbencocktail

Die Siegervorspeise der Koch-Challenge geht eigentlich ganz einfach, zumindest für geübte Krabbenpuler. Für vier Personen 1 Liter Krabben pulen. Fertige oder selbstgemachte Mayonnaise mit etwas Distelöl verlängern. Mit Zitronenschale und -saft, Knoblauch, Chili, etwas Senf, Curry, Kurkuma und einem Spritzer Tomatenketchup, Salz und Pfeffer abschmecken. Zusammen mit kleingewürfelter Salat- und Gewürzgurke, Apfelstücken, Staudensellerie und gehackter Minze in Gläsern servieren. Dazu ein sommerlicher Sauvignon und der Blick aufs Wattenmeer. Wat will man mehr?!

Gebratene Schollen mit Kartoffelsalat

Sandschollen oder auch normale Schollen braten. Wer mag, kann die Schollen mit Krabben oder gebratenem Speck garnieren. Dazu gibt es einen Kartoffelsalat: Kartoffeln kochen, pellen und in dünne Scheiben schneiden. Weiße Zwiebeln andünsten, mit Essig und Gemüsebrühe ablöschen, mit Zucker und Öl abschmecken. Die Kartoffeln in der Marinade gut durchziehen lassen.

Ceviche vom Kabeljau mit Rhabarber und Meersalz vom Amrumer Fischkutter

Rohes Kabeljaufilet in dünne Scheiben oder kleinere dicke Stückchen und den Teil einer Rhabarberstange ebenfalls in dünne Scheiben schneiden. Eine Weile in reichlich Limonensaft ziehen lassen. Gehackten Chili zugeben und den Kabeljau in diesem Sud im Kühlschrank für zwei Stunden marinieren. Auf einem Teller anrichten, mit dem Chili, den Rhabarberstückchen und einer Prise Salz vom Amrumer Fischerkutter bestreuen und mit etwas Olivenöl beträufeln.

Steinbutt aus dem Ofen

Einen Sud aus einem halben Glas Weißwein, wenig Brühe, Zitronensaft und -schale, Pfeffer, Chili, Knoblauch und Olivenöl in einer Auflaufform anrühren. Den Fisch im Ganzen oder in Portionsstücke zerteilt in den Sud legen und mit dünn geschnittenen Zitronenscheiben belegen. Den Ofen auf hundertfünfundsiebzig Grad erhitzen und fünfzehn bis zwanzig Minuten garen. Dabei immer mal mit dem Sud übergießen, zwischendurch kleine Tomaten dazulegen und ein paar Butterflocken auf die Fischstücke geben. Dazu ein helleres Brot mit kräftiger Kruste.

Matjes-Tartar mit Queller

Matjes, kleine rote Zwiebel, Cornichons und Apfel in sehr kleine Würfel schneiden, Kapern, Petersilie und Dill hacken, frisch im Watt gepflückten Queller in dünne Scheiben schneiden. Alles vermischen und mit Pfeffer, Chili und etwas Senf würzen. Als Häppchen auf Schwarzbrot oder kräftigem Graubrot servieren. Falls Sie die Tage gerade nicht aufs Watt rauskommen, geht das auch ganz gut ohne Queller.

Die Krimi-Reihe
mit viel Humor und
Friesencharme

ALLE LIEFERBAREN TITEL, INFORMATIONEN UND SPECIALS
FINDEN SIE ONLINE

#Darfesetwasgrößersein?   www.dtv.de **dtv**

Ja, do schau her:
Der Eberhofer
ermittelt wieder!